MORDE IN DEN SOUTH REGENT MANSIONS

MORDE IN DEN SOUTH REGENT MANSIONS

EIN HISTORISCHER KRIMI AUS DEN GOLDENEN ZWANZIGERN

DETEKTIVIN MIT STIL, BUCH 7

SARA ROSETT

Übersetzt von
ANNA DRAGO

OHNE TITEL

MORDE IN DEN SOUTH REGENT MANSIONS

SARA ROSETT

MORDE IN DEN SOUTH REGENT MANSIONS

Ein historischer Krimi aus den goldenen Zwanzigern

Buch Sieben der Detektivin mit Stil-Serie

Herausgegeben von McGuffin Ink

ISBN: 978-1-950054-79-4

Copyright © 2023 Sara Rosett

Coverdesign: LLewellen Designs

Lektorat: Historical Editorial

Übersetzung: Anna Drago

Deutsches Lektorat: Katrin Dolle

Floor plan and Illustration: Joanna Pasek with Qamber Designs

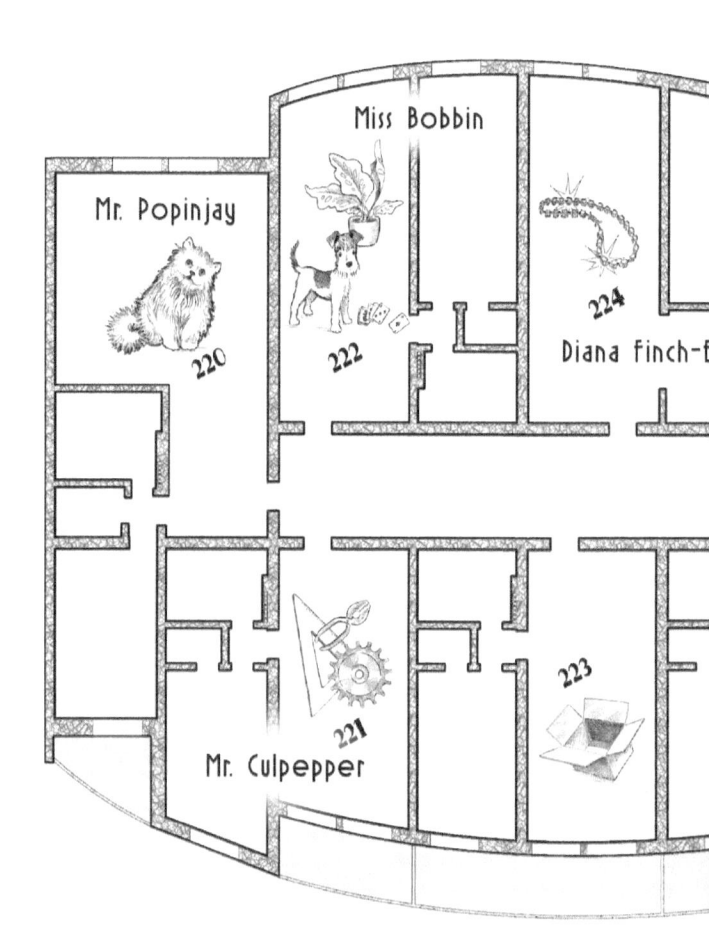

Mr. Popinjay

220

Miss Bobbin

222

224

Diana finch-E

Mr. Culpepper

221

223

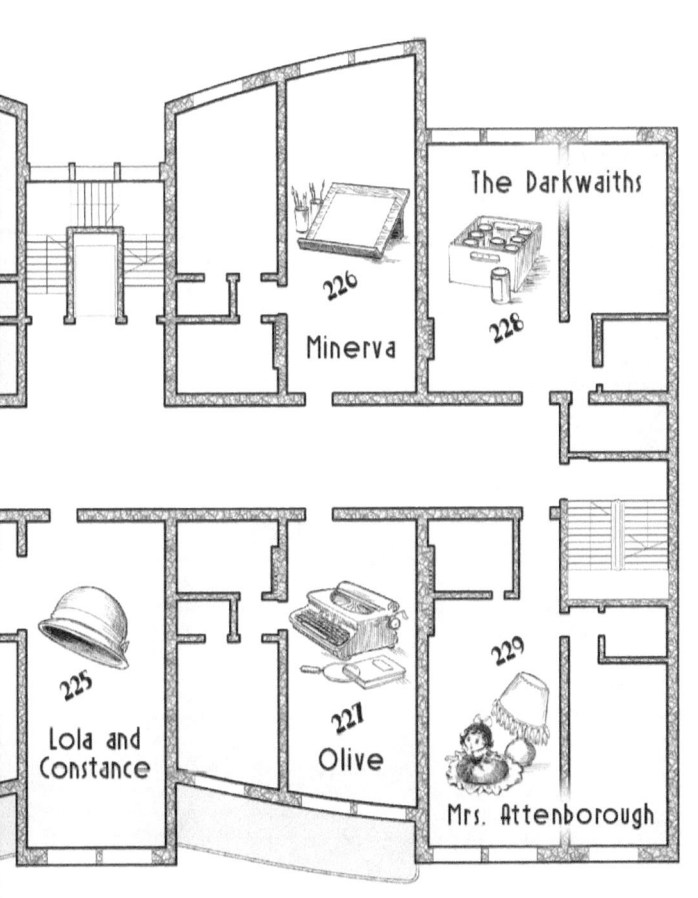

The Darkwaiths

226

Minerva

228

225

Lola and
Constance

221

Olive

229

Mrs. Attenborough

KAPITEL EINS

FEBRUAR 1924

*J*ch eilte durch die neblige Dunkelheit auf das blassgoldene Rechteck zu, das der Eingang zu den South Regent Mansions war. Kalter Nieselregen traf meinen Nacken und ließ mich einen Moment lang meinen modischen Bob bereuen. Ich stieß die Glastüren auf und trat in die Wärme der Lobby, die sich anfühlte, als wäre ich aus den dunklen Seitenflügeln eines Theaters ins Scheinwerferlicht der Bühne getreten. Über mir glitzerte ein Kristallkronleuchter, dessen funkelnde Facetten vom Carrara-Marmorboden und in den Spiegeln reflektiert wurden und die weiß getäfelten Wände sprenkelten. Früher am Tag waren Arbeiter hier gewesen, um den hinteren Treppenaufgang zu streichen, und der Gestank frischer Farbe lag in der Luft.

Ich war ein paar Schritte hinter einem Lieferjungen, der dem Portier zu trällerte: „Lieferung für die Darkwaiths." Bei der Erwähnung des Namens ging ich langsamer. Alle waren neugierig auf die Darkwaiths, die angeblich in Wohnung 228 wohnten.

Der dienstälteste Portier der South Regent Mansions, Evans, ragte hinter seinem Empfangstresen auf, sein walrossartiger Körper füllte die Nische, während er mit Mrs. Attenborough sprach. Sie warf einen Blick über die Schulter, musterte den Lieferjungen von oben herab und warf ihm einen Blick zu, der so kalt war wie der eisige Regen draußen. „Zu meiner Zeit wussten Kinder es besser, als einen zu unterbrechen." Der Lieferjunge, dessen Schiebermütze so groß war, dass sie die Spitzen seiner Ohren bedeckte, blieb stehen und hielt mit seinen dünnen Armen eine Kiste, die breiter als seine Brust war.

Mrs. Attenborough wandte sich wieder dem Portier zu. „Wie schon gesagt, mein Mülleimer wurde erst mittags zurückgebracht. Laut Plan sollen die Tonnen bis acht Uhr im Mülllift stehen und bis spätestens elf Uhr morgens geleert und zurückgebracht sein."

Evans strich seinen Schnurrbart glatt, der auf beiden Seiten seines Mundes nach unten geschwungen war und seine Ähnlichkeit mit einem Walross nur noch betonte, dann nickte er für den Jungen in Richtung des Aufzugs, während er nach einem Stift griff. „Ich werde es mir notieren, Mrs. Attenborough." Der Lieferjunge wandte sich von der Nische des Portiers ab und eilte auf seinen kurzen Beinen über den scharlachroten Teppich, der von der Eingangstür des Gebäudes bis zum Aufzug verlief, der im Erdgeschoss wartete.

Ich nickte Evans und Mrs. Attenborough zu, während ich um sie herumging und schneller über den weichen Teppich ging, damit ich mit dem Lieferjungen im Aufzug nach oben fahren konnte. Ich wollte mir die Gelegenheit nicht entgehen lassen, ihn über die mysteriösen Darkwaiths zu befragen.

Er stemmte die Kiste gegen die Wand der Aufzugskabine, damit er die ziehharmonikaartige Tür des Aufzugs schließen konnte. Ich schob meinen Fuß dazwischen und ergriff das Metall. „Lass mich das machen. Deine Hände sind ziemlich voll." Die Metalllamellen bewegten sich, als ich sie vor die Öffnung zog. Ich verriegelte sie und wandte mich der Aufzugskonsole zu. „Zweiter Stock, denke ich?"

Er nickte, rückte die Kiste in seinen Armen zurecht und zog sich in die hintere Ecke zurück.

„Das ist auch meine Etage." Der Aufzug fuhr langsam und knarrte, doch ich hatte nur wenige Augenblicke Zeit, bis wir unser Ziel erreichten.

Als ich das sagte, weiteten sich die Augen des Lieferjungen, während er sich einen Moment lang auf mich konzentrierte, dann rückte er die Kiste noch einmal zurecht und senkte den Blick.

Es war nicht überraschend, dass er nicht sprach. Ein paar Begegnungen mit den Mrs. Attenboroughs dieser Welt hatten ihn wahrscheinlich gelehrt, dass es besser war, in Gegenwart von Erwachsenen zu schweigen. Ich versuchte es noch einmal. „Bringst du oft Lieferungen für die Darkwaiths?"

Er nickte.

„Wie oft?"

Er hob sein Kinn, damit er unter der Krempe seiner Mütze zu mir aufblicken konnte. „Zweimal im Monat."

„Das ist interessant. Nimmt jemand die Lieferungen entgegen?"

Während ich im Plauderton fortfuhr, entspannten sich

seine Schultern einen Zentimeter. „Nein, Miss. Ich lasse sie vor der Tür."

„Wirklich?" Ich legte so viel Wärme in das Wort, wie ich konnte.

„Ich stelle die Kiste auf die Matte vor der Tür und klopfe an, bevor ich gehe."

Der Aufzug kam mit einem kleinen Ruck zum Stehen, was ungewöhnlich war. Der Mechaniker war heute hier gewesen, um am Aufzug zu arbeiten, der ziemlich unzuverlässig war und sich oft weigerte, sich aus dem Erdgeschoss zu erheben, wenn in einem der oberen Stockwerke der Rufknopf gedrückt wurde. „Sie wollen nicht, dass du die Kiste in die Wohnung bringst? Sieht ziemlich schwer aus", sagte ich über das metallische Klirren hinweg, als ich die Tür zurückschob.

Er zuckte mit seiner schmächtigen Schulter. „Nein, Miss. Das sind die Anweisungen."

Bei den Gegenständen in der Kiste handelte es sich um Grundnahrungsmittel – Dosen mit Tee, Cracker-Packungen und ein Glas Fischpaste sowie ein paar andere Dosen, die so standen, dass ich die Etiketten nicht sehen konnte. „Sieht nicht nach viel Essen aus."

Er betrachtete die Kiste, als hätte er nie über das nachgedacht, was sich darin befand. „Sie müssen es mögen. Es ist immer das Gleiche, alle zwei Wochen. Muss jemand sein, der alt ist. Alte Leute essen nicht viel." Er wartete höflich darauf, dass ich als Erste den Aufzug verließ. Ich verabschiedete mich, als ich den Korridor betrat, der genauso ausgestattet war wie die Lobby, mit makellos weißen Wänden und einem scharlachroten Läufer. Hier war der Farbgeruch stärker. Die Tür, die zum hinteren Treppenhaus am anderen Ende des Flurs führte, stand offen. Die Arbeiter hatten einen Sägebock davor stehen gelassen, an dem ein unnötiger Zettel mit der Aufschrift „frisch gestrichen" befestigt war.

Ich blieb an meiner Tür stehen und rief dem Jungen hinterher: „Für welches Geschäft lieferst du?"

Er drehte sich um, während er die Kiste gegen seine Brust drückte. „Belmont's."

Ich hatte Mitleid mit ihm und hörte auf, Fragen zu stellen. Die Kiste sah ziemlich schwer aus. Ich ließ mir Zeit mit meinem Schlüssel, damit ich ihn aus dem Augenwinkel beobachten konnte. Er stellte die Kiste tatsächlich auf die Matte vor 228, dann klopfte er und kehrte zum Aufzug zurück, während er im Vorbeigehen seine Mütze lüftete.

Ich lächelte ihn an, als ich meine Wohnung betrat, blieb aber an der Tür stehen und ließ sie einen Zentimeter offen, damit ich die Tür zu 228 im Auge behalten konnte. Die Aufzugtür klapperte, als der Junge sie schloss, und dann folgte ein mechanisches Rauschen, als die Kabine nach unten ratterte. Im Korridor herrschte Stille, so dicht wie der Nebel draußen. Ich wartete und kam mir ein bisschen albern vor, doch ich hatte mehrere Monate in der Wohnung gelebt und noch nie einen der Darkwaiths gesehen – und auch sonst niemand, soweit Minerva und ich das beurteilen konnten.

Minervas Wohnung lag meiner gegenüber. Sie war diejenige, die meine Neugier auf die Darkwaiths geweckt hatte. Ich hatte es geschafft, alle anderen im zweiten Stock kennenzulernen. Ich musste zugeben, dass es ziemlich seltsam war, noch nie die Bewohner einer Wohnung auf derselben Etage gesehen zu haben. Minerva und ich hatten über die möglichen Bewohner von 228 spekuliert. Ich wettete, dass es nur einen Bewohner gab, einen Einsiedler. Minerva, die in 226 neben den Darkwaiths wohnte, berichtete, noch nie Geräusche durch die Wände gehört zu haben, und vertrat die Theorie, dass dort ein Invalide lebte.

Das Telefon schrillte in meinem Wohnzimmer, aber ich ignorierte es und blieb, wo ich war, den Blick auf die Tür mit der Nummer 228 gerichtet. Die Kiste stand auf der Matte, während mein Telefon weiter klingelte. Vielleicht war es Minerva, die wegen des Abendessens heute anrief, um mir zu sagen, dass ich früher kommen solle. Das scharfe Schrillen des Telefons verstummte beim siebten Klingeln. Ich beobachtete weiterhin 228.

Nach ein paar Augenblicken klingelte das Telefon erneut. Ich stieß ein etwas genervtes Schnauben aus. Offensichtlich hatte der Anrufer nicht vor, aufzugeben. Ich blieb noch ein oder zwei Momente, doch die Tür zu 228 öffnete sich nicht. Ich schloss meine Tür und ging den kurzen Flur hinunter, vorbei an der winzigen Küche.

Ich stellte meine Handtasche auf den Schreibtisch und meldete mich. „Hallo, altes Mädchen. Wie geht's dir?"

„Jasper!" Ich ließ mich auf der Ecke meines Schreibtisches nieder. „Wie schön, von dir zu hören. Stimmt was nicht?"

„Nein. Warum?"

„Ich dachte, ich würde nichts von dir hören, bis du wieder in London bist."

„Ich habe mich entschlossen, diese praktische neue Erfindung – das Telefon – zu nutzen, um deine Stimme zu hören. Ich finde Edinburgh seltsam schal. Mit dir an meiner Seite wäre die Royal Mile viel bezaubernder."

„Dann hat deine Buchauktion also noch nicht angefangen", sagte ich, und Jaspers Lachen klang über das Rauschen in der Leitung. „Wenn sie morgen anfängt, wirst du sicher viel zu tun haben. Und obwohl es schön wäre, bei dir zu sein, stecke ich mitten in einem Fall."

„Wie laufen die Ermittlungen?"

„Ziemlich gut. Scheint alles völlig legal zu sein. Genau genommen ziemlich langweilig."

„Mach dir keine Sorgen. Ich bin mir sicher, dass du bald etwas Interessantes finden wirst. Das tust du immer, alte Bohne."

„Ich sehe nicht, was mich bei Erkundigungen über einige der angesehensten Wohltätigkeitsorganisationen in London überraschen sollte, aber zwischenzeitlich würde ich es begrüßen. Mich durch ihre Buchhaltung zu arbeiten ist ziemlich mühsam, weißt du? Gott sei Dank habe ich jahrelang die Bücher meines Vaters im Pfarrhaus geführt. Sonst wäre ich hoffnungslos verloren." Ich rutschte vom Schreibtisch und ging zu meinem Stuhl. „Was hast du für die Auktion morgen im Auge?"

„Es gibt ein wunderschönes Exemplar einer Mercedes Quero. Erstausgabe."

„Hol sie dir, wenn du kannst."

„Das habe ich vor. Ich mag Detektivinnen sehr, sowohl fiktive als auch tatsächliche."

„Freut mich, das zu hören."

Ein paar Sekunden lang herrschte Stille in der Leitung. Zu Weihnachten hatte sich die Situation zwischen Jasper und mir verändert. Früher war er eher verschwiegen gewesen, aber das war vorbei. Ich hatte keinen Zweifel daran, dass sein einziger Grund für die Reise nach Edinburgh eine Buchkauf-Expedition war. Doch nachdem die Barriere seiner Zurückhaltung gefallen war, war zwischen uns alles anders. Mir kam es vor, als wären wir vor Weihnachten durch ein Gebüschlabyrinth gewandert und hätten uns nur flüchtig gesehen. Jetzt war es, als stünden wir auf einer weiten Ebene, und der Horizont erstreckte sich überall um uns herum. Wir tasteten uns durch diese neue Phase, und ich glaube, keiner von uns war sich sicher, welchen Kurs wir einschlagen sollten.

Ich drehte mich auf meinem Schreibtischstuhl um und überlegte, was ich sagen könnte, doch mein Ellbogen stieß gegen meine neue Remington-Reiseschreibmaschine und ließ einen Notizblock herunterfallen, den ich darauf gelegt hatte und auf dessen erste Seite eine Erinnerung gekritzelt war. „Oh, verflixt!" Ich hob den Notizblock vom Boden auf. „Ich muss noch einmal raus. Minerva hat mich heute Abend zum Abendessen eingeladen, und ich habe versprochen, eine Flasche Wein mitzubringen. Ich sollte besser gehen. Ich soll in einer halben Stunde bei Minerva sein und muss meinen Regenschirm suchen."

„Dann lege ich jetzt auf, damit du den Elementen trotzen kannst." Seine Stimme verlor etwas von ihrem üblichen unbeschwerten Ton und wurde sanfter. „Bis übermorgen, altes Ding."

„Ich freu' mich."

„Ich mich auch."

Ich legte langsam den Hörer auf. Trotz des tristen Tages fühlte ich mich innerlich sonnig und warm. Der Gedanke, noch einmal das Haus verlassen zu müssen, machte mir nichts aus. Ich holte meinen Regenschirm und einen Schal aus dem Schrank in meinem Schlafzimmer, nahm meine Handtasche und ging dann auf den Flur hinaus. Die Matte vor 228 war leer. Die Kiste war weg, und ich hatte nicht gesehen, wer sie reingeholt hatte, was sehr ärgerlich war. Ich hatte die Gelegenheit gehabt, eine eindeutige Antwort darüber zu bekommen, wer dort lebte, doch ich hatte versagt.

Ich drückte den Knopf, um den Aufzug zu rufen.

Zumindest wusste ich jetzt, dass alle zwei Wochen jemand in 228 eine Lieferung erhielt. Jetzt, da ich den Zeitplan kannte, würde ich sicherlich einen Blick auf einen der Bewohner erhaschen können. Ich musste nur auf den Lieferjungen achten und sicher gehen, dass der Hörer meines Telefons beim nächsten Mal daneben lag.

Mrs. Attenborough stand immer noch vor der Nische des Portiers und tippte mit dem Finger auf sein Logbuch, während sie ihren Standpunkt klarmachte. Ich nickte ihnen im Vorbeigehen kurz zu, wurde aber nicht langsamer.

Ich hatte es nicht für möglich gehalten, dass der Nebel noch unangenehmer geworden sein könnte, doch er schien in der kurzen Zeit, die ich drinnen verbracht hatte, noch dichter geworden zu sein.

Das Februarwetter hatte sich auf die erbärmlichste Kombination eingestellt – dichten Nebel, gemischt mit plötzlichem eisigen Nieselregen. Der Nebel hatte sich gegen Mittag über London gelegt, hüllte die Stadt ein und verwischte die Umrisse von Gebäuden, Autos und Passanten, die unter schwarzen Regenschirmen zusammengedrängt über den Bürgersteig eilten. Die aufgespannten Regenschirme tauchten aus der weißlichen, von Feuchtigkeit triefenden Suppe auf und schaukelten auf mich zu wie Meeresbewohner, die die Meeresoberfläche durchbrachen. Zum Glück musste ich nur einen Block laufen, um meinen Einkauf zu tätigen, und war in weniger als einer Viertelstunde wieder in den South Regent Mansions.

Als ich zurückkam, war Evans Mrs. Attenborough losgeworden. Durch den Dunst des Nebels konnte ich seine rundliche Gestalt erkennen, als er die Tür eines Taxis öffnete, das vor den beiden gelben Rechtecken der

Glastüren, die zur Lobby führten, vorgefahren war. Er hielt einen großen Regenschirm hoch, um einen der Bewohner zu schützen, während der Türsteher den Fond eines anderen Wagens öffnete, der vor dem Taxi stand.

Ich erkannte eine meiner Nachbarinnen aus dem zweiten Stock, Dolores Mallory – oder Lola, wie sie genannt zu werden wünschte –, die durch die Pfützen zum Taxi stapfte. Sie trug ihren mintgrünen Mantel und einen passenden Glockenhut. Eine weiße Feder schwang sich von der Krempe herab und hüpfte in der Nähe ihres Wangenknochens.

Ich sah mich kurz um, um mich zu versichern, dass keine anderen Bewohner in Sicht waren, und ging schneller. „Hallo, Lola!", rief ich.

Sie hielt mitten in der Bewegung inne.

Winzige eiskalte Wassertropfen prasselten gegen meinen Regenschirm, als ich auf sie zueilte. „Möchtest du dich morgen zum Tee treffen?"

Sie warf einen Blick über die Schulter, und ihre Alligatorhandtasche schwang an ihrem Arm, als sie sich umdrehte. „Ja, natürlich."

„Vielleicht hast du Lust, in meine Wohnung zu kommen?" Lola war meine Klientin, und sie hatte mir klar gesagt, dass ich, wenn ich ihr Neuigkeiten mitteilen wollte, dafür sorgen sollte, dass sie allein war, bevor ich etwas sagte.

„Nein, komm doch in unserer Wohnung vorbei. Tut mir leid, aber ich bin ziemlich in Eile."

„Dann sehen wir uns morgen."

Der Türsteher schloss die Tür des Wagens, und das Wasser spritzte. Ich rannte die Stufen hinauf in das Foyer der South Regent Mansions und schüttelte auf dem Weg die Tropfen von meinem Regenschirm. Ich zog die Tür des

Aufzugs in Position und füllte gleichzeitig im Geiste meinen Kalender für morgen aus, während der Aufzug ruckelnd nach oben fuhr. Ich hatte noch eine weitere Anfrage für Lola. Ich könnte das morgen früh erledigen und in die Wohnung zurückkehren, um meinen kurzen Bericht für sie zu tippen. Ich war gerade dabei, das Tippen zu lernen. Es ging langsam voran, aber die Zeit sollte ausreichen.

Der Aufzug kam mit einem weiteren federnden Ruck zum Stehen, und ich blickte auf die Uhr. Ich hatte gerade genug Zeit, mich vor dem Abendessen frisch zu machen und mich umzuziehen.

Ein paar Minuten später überquerte ich den Flur zu Minervas Wohnung. Ein würziger Duft wehte mir entgegen, als sie die Tür öffnete. „Hallo, Olive." Sie musste gerade von der Zeitungsredaktion zurückgekehrt sein, denn sie trug eine eher strenge Jacke und einen Rock in einem Grauton, der mich an den Nebel erinnerte. Minerva hatte tiefliegende Augen mit Schlupflidern, modisch dünne Augenbrauen und eine lange Nase. Heute Abend öffneten sich ihre roten, geschwungenen Lippen zu einem schnellen, automatischen Lächeln, das anders war als ihre übliche aufrichtige Begrüßung. „Komm rein. Freut mich, dass du es geschafft hast. Unsere Dinnerparty ist nicht so groß, wie erwartet. Es sind nur wir zwei."

Ich reichte ihr den Wein. „Das ist enttäuschend."

„Eigentlich bin ich froh. Heute ist etwas passiert – etwas äußerst Beunruhigendes, worüber ich mit dir sprechen muss."

KAPITEL ZWEI

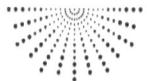

*A*ls Minerva einen Schritt zurückwich, damit ich die Wohnung betreten konnte, wanderte ihr Blick über meine Schulter, und ein besorgter Ausdruck huschte über ihr Gesicht.

Ich sah mich um, aber der Flur war leer, der rote Läufer erstreckte sich einsam zwischen der Reihe geschlossener Türen. „Etwas Beunruhigendes ist passiert?"

Sie schüttelte ruckartig den Kopf und schloss die Tür. „Ich erzähle es dir später. Lass uns zuerst essen."

Ich folgte ihr in die Wohnung. Obwohl ich Minerva erst kürzlich kennengelernt hatte, kannte ich sie gut genug, um zu wissen, dass sie nicht wie einige meiner Flapper-Freunde mit kreativen Adjektiven und Adverbien herumwarf. Für sie waren kleine lästige Dinge wie der Mangel an Rosé-Champagner *herzzerbrechend*. Partys, die scheiterten, waren *verheerend* oder *grausig*. Doch Minerva beschränkte ihre Wortwahl auf das Wesentliche. Für sie bedeutete die Verwendung des Wortes *beunruhigend*, dass etwas ganz und gar nicht in Ordnung war. Aber ich folgte ihr und drängte sie nicht. Sie würde es mir sagen, sobald sie bereit dazu war.

Minerva betrat die Küche und öffnete eine Schublade. „Miss Bobbin hat Schnupfen und ist zu Hause geblieben."

Ich zeigte auf die Platte mit dem Curry auf der Theke. „Soll ich das reinbringen?"

„Ja, bitte. Lass mich den Korkenzieher finden. Ich komme gleich."

„Und Mr. Culpepper?" Ich ging ins Wohnzimmer. Das Schönste an den South Regent Mansions waren die riesigen Fenster. Minervas Fenster blickten auf den Hinterhof, einen winzigen betonierten Bereich, auf dem ein paar wohlhabende Bewohner gegen Aufpreis ihre Autos abstellten. Die Vorhänge waren geöffnet, und hinter dem Hof erhoben sich Reihen imposanter roter Backsteingebäude, allesamt mehrstöckige Miethäuser wie die South Regent Mansions, deren hell erleuchtete Fenster in einem verschwommenen Schachbrettmuster durch den Nebel leuchteten.

Während Minervas Aussicht nicht ganz so attraktiv war wie meine auf den Park vor dem Gebäude, war ihre Wohnung geräumiger. Ich hatte den kleinsten Grundriss, mit einer Küche, einem Wohnzimmer, einem Schlafzimmer und einem winzigen Bad. Minervas Wohnung hatte ein größeres Schlafzimmer und ein Esszimmer.

Die Absage der Dinnerparty musste in letzter Minute passiert sein, da vier Plätze eingedeckt waren. Ich stellte das Curry in die Mitte des Tisches, unter den modernen Kronleuchter mit drei kreisförmig angeordneten Ebenen aus schmalen Kristallen, die wie Eiszapfen aussahen.

Minervas Stimme drang aus der Küche. „Bei Mr.

Culpepper ist bei der Arbeit etwas dazwischengekommen, darum konnte er nicht kommen."

„Dann muss ich das nächste Mal unbedingt von seiner neuesten Erfindung hören." Mr. Culpepper war ein ruhiger Mann. Ich hatte bei einer anderen Dinnerparty von Minerva neben ihm gesessen, und es war für mich anstrengend gewesen, mit ihm zu plaudern, bis ich das Thema Erfindungen und Innovationen angesprochen hatte. Er erzählte mir von einer relativ neuen Erfindung, einer Rotor-Chiffriermaschine namens Enigma Modell A, die wie eine modifizierte Schreibmaschine klang, jedoch codierte Texte produzierte. Ich wusste, dass es Jasper interessieren würde, also hatte ich Mr. Culpepper viele Fragen dazu gestellt. Als wir in dieses Thema eintauchten, war Mr. Culpepper ein ziemlich guter Gesprächspartner geworden.

„Schalt' doch bitte das Radio für uns ein, ja?", bat Minerva. „Ich bin fast fertig. Bin gleich bei dir."

Ich ging ins Wohnzimmer und schaltete das Radio ein. Die Musik des Wireless Orchestra erfüllte den Raum. Ich stellte die Lautstärke so ein, dass es Hintergrundmusik war.

Minerva rief: „Sieh dir die Skizzen auf meinem Schreibtisch an und sag mir, was du denkst!" Ich bin dabei, die eine in Tusche nachzuziehen, aber die andere ist ein Entwurf. Sie sind für die Ausgaben nächste Woche."

Im Wohnzimmer standen ein Sofa und zwei Sessel, die um den Kamin gruppiert waren, doch ich wusste, dass Minerva die meiste Zeit auf der anderen Seite des Raumes an einem Zeichenpult verbrachte, das sie direkt vor dem riesigen Fenster aufgestellt hatte.

Beide Zeichnungen zeigten die bekannte Figur Beatrice, die kluge junge Frau, die regelmäßig in den

Cartoons auftauchte, die Minerva für die Zeitung *The Hullabaloo* zeichnete. Eine Skizze war mit Bleistift angefertigt. Mit ein paar Strichen vermittelte Minerva den eleganten Schwung von Beatrice' Abendkleid, während sie über die Schulter auf ihr Spiegelbild in einem Ganzkörperspiegel blickte. Ich brauchte einen Moment, um Minervas gekritzelte Bildunterschrift zu entziffern. *Der Rückenausschnitt ist nicht annähernd tief genug. Ich habe mir schon die Haare abgeschnitten. Die einzige Möglichkeit, die Leute jetzt noch zu schockieren, ist der Schnitt meines Kleides.*

Ich schmunzelte und legte die Skizze beiseite, um die zweite Zeichnung freizulegen. Sie war teilweise mit Tusche nachgezogen, mit dunkleren, schwungvollen Strichen, die einen Teil der ursprünglichen Bleistiftskizze verdeckten. Es zeigte Beatrice in drei nebeneinander liegenden Szenen. Auf dem Bild links auf der Seite saß Beatrice am Steuer eines Automobils, das über eine Landstraße fuhr, und ihr Schal flatterte hinter ihr im Wind. Die Skizze in der Mitte zeigte Beatrice auf dem Golfplatz, den Schläger auf dem Höhepunkt seines Schwungs. Dünne, fedrige Striche deuteten darauf hin, dass der Schläger gerade durch die Luft geschwungen worden war.

Die dritte Zeichnung rechts zeigte zwei rundliche Matronen beim Tee. Eine von ihnen sagte: „Wir haben Glück, dass unsere Beatrice nicht zu diesen faulen modernen jungen Menschen gehört. Sie hat mehrere schwungvolle Leidenschaften."

Ich trat lächelnd vom Schreibtisch zurück. „Sie sind beide ausgezeichnet."

Minerva kam ins Zimmer, in der einen Hand ein Weinglas und in der anderen einen Teller. „Ich muss noch an der Bildunterschrift für das mit dem Abendkleid arbeiten. Ich bin damit nicht ganz zufrieden. Sie ist ein bisschen lang."

„Also, mir gefällt sie", sagte ich, als sie mir das Weinglas reichte. „Ich freue mich darauf, die endgültigen Versionen zu sehen."

Sie stellte den Teller auf den Tisch. „Lass mich mein Glas holen, und wir können uns setzen."

Als ich mich vom Zeichentisch abwandte, bemerkte ich ein Stück Papier, das auf den Boden gefallen war, und hob es auf. Es war eine weitere Skizze, aber nicht von Beatrice. „Oh, ein Selbstporträt", sagte ich, als Minerva in den Raum zurückkam und es drehte, damit sie sehen konnte, was ich in der Hand hielt. Sie hatte ihre Schlupflider betont, den Schwung ihrer Augenbrauen übertrieben, ihre griechische Nase verlängert und ihren eleganten kleinen Rosenknospenmund lächerlich verkleinert.

Sie lachte, und ein echtes Lächeln erhellte ihr Gesicht. „Oh das. Ich habe eine Wette mit Cyril verloren – einem der Reporter. Das ist meine Wettschuld. Eine Karikatur meiner selbst, etwas, wofür mein Gesicht wie gemacht ist."

„Unsinn. Dein Gesicht ist faszinierend. Die Zeitung sollte es irgendwann veröffentlichen."

„Gute Güte, nein!" Sie riss es mir nicht direkt aus der Hand, doch sie schien es mich auf keinen Fall länger in der Hand halten lassen zu wollen. „Ich möchte nicht, dass Leute mich auf der Straße ansprechen und sich über die Moral von Flappern beschweren." Sie warf die Skizze in eine Schublade im Sideboard.

„Kommt das oft vor?"

„Definitiv. Ich habe auf einer Dinnerparty den Fehler gemacht zu sagen, dass ich die *Beatrice*-Cartoons zeichne. Den größten Teil des Abends durfte ich mir Predigten anhören." Sie bedeutete mir, Platz zu nehmen. „Die Leute sind so dumm zu glauben, dass Beatrice und ich ein und dieselbe sind."

„Das könnte nicht weiter von der Wahrheit entfernt sein", sagte ich, als wir uns an den Tisch setzten.

Minerva reichte mir die Platte mit dem Curry. „Absolut. Beatrice ist adlig und reich. Ich bin weder das eine noch das andere."

„Ich finde, dass Beatrice gelangweilt und launenhaft ist. Jeder, der dich kennt, würde niemals eines dieser Dinge über dich sagen."

„Danke."

Ich gab ihr das Curry zurück. „Jetzt erzähl mir von diesem Cyril."

„Cyril? Was ist mit ihm?"

„Na, ist er interessant? Gibt es da Potenzial?"

Sie runzelte die Stirn.

„Ein potenzieller Freund?", stellte ich die Frage klar.

„Potenzial? Mit Cyril Buncombe?" Sie lachte, ein herzliches, tiefes Lachen. „Nur, wenn ich an einem Siebzigjährigen interessiert bin."

„... ABER DAS TELEFON HAT WEITER GEKLINGELT", sagte ich, „und so musste ich rangehen. Es war Jasper. Als ich zurückgekommen bin, war die Kiste vor Wohnung 228 verschwunden."

Nach ein paar Momenten der Stille blickte Minerva, die die letzten Bissen ihres Currys auf ihrem Teller hin und her geschoben hatte, auf. „Weg, hast du gesagt?"

Ich bemerkte, dass sie auf ihre Erinnerung zurückgreifen musste, um den Kern meiner Geschichte zu verstehen. Minerva war während des Abendessens abgelenkt gewesen und hatte nicht einen Funken Interesse gezeigt, als ich ihr von der Lieferung in die Wohnung der Darkwaiths erzählt hatte.

„Ja, weg. Das bedeutet, dass gerade jemand in Wohnung 228 ist. Die Kiste war da und dann war sie weg. Jemand hat sie hineingebracht."

„Das ist interessant", sagte Minerva, aber ihr Ton war bestenfalls lauwarm.

Ich legte die Serviette neben meinen Teller. „Sollen wir über das reden, was dich beunruhigt hat?"

„Tut mir leid. Ich bin heute eine schlechte Gastgeberin."

„Gar nicht. Das Curry war köstlich, und du hast den größten Teil des Abends zur Unterhaltung beigetragen, aber es ist, als ob es einen Film gibt, der dich davon abhält, dich heute Abend voll und ganz darauf einzulassen." Ich stützte meinen Ellbogen auf den Tisch und legte das Kinn in meine Handfläche. „Erzähl mir davon. Du hast so selten Probleme. Es ist nett, mal nicht diejenige zu sein, die ihr Herz ausschüttet. Lass mich dein Problem hören."

Als gleichgesinnte berufstätige Mädchen waren wir schnell gute Freundinnen geworden. Ich vermutete, dass Minerva ein paar Jahre älter war als ich. Sie war in ihrer Karriere sicherlich weiter fortgeschritten. Sie hatte sich als erfolgreiche Karikaturistin etabliert und war finanziell unabhängig. Sie hatte mir den Übergang in die South Regent Mansions erleichtert und mich den Nachbarn auf unserer Etage vorgestellt. Sie hatte mir Tipps gegeben, welche Geschäfte in der Nähe hochwertige Waren führten. Sie hatte mich auch gewarnt, ich solle am besten der stacheligen Mrs. Attenborough nach Möglichkeit aus dem Weg gehen. Jetzt schien es, als könnte ich das alles wiedergutmachen und ihr helfen.

Minerva strich mit den Fingern durch ihre kurzen, hellbraunen Locken und brachte sie durcheinander. Ich bemerkte einen Tuschefleck auf ihrem Handballen, ein weiterer Beweis dafür, dass definitiv etwas nicht stimmte. Sie war immer perfekt gekleidet, egal, ob sie in einem ihrer strengen Kostüme in die Zeitungsredaktion ging oder einfach nur zu Hause an ihrem Schreibtisch zeichnete.

Sie füllte unsere beiden Gläser nach. „Ich warne dich, das wird sich anhören, als wäre ich verrückt."

„Erzähl' einfach. Ich habe einige ziemlich unglaubliche Geschichten gehört."

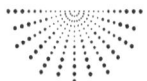

$\mathcal{M}$inerva lehnte sich in ihrem Stuhl zurück und konzentrierte sich auf den Kronleuchter, schien ihre Gedanken zu sortieren, dann richtete sie ihren Blick auf mich. „Ich musste heute die Fleet Street runtergehen. Ich war spät dran und bin hier raus geeilt und durch den Flur zum Aufzug gerannt." Ihre Darstellung dieser Situation war sachlich gewesen, aber jetzt sprach sie langsamer. „Als ich im Aufzug nach unten gefahren bin, habe ich etwas gesehen" – sie trank einen Schluck Wein und stellte dann vorsichtig ihr Glas ab – „einen zusammengerollten Teppich, der an den Türrahmen von 223 gelehnt war."

Sie hielt inne und nach ein paar Sekunden Schweigen sagte ich: „Die Wohnung der Kemps. Ja, ich habe ihn heute auch gesehen, als ich das Gebäude verlassen habe. Ich dachte, wie schrecklich, bei Nieselregen und Kälte umzuziehen."

Sie hatte den Stiel ihres Weinglases gedreht, doch jetzt erstarrte ihre Hand. „Du hast den Teppich gesehen?"

„Ja." Ihr Blick richtete sich mit einer Intensität auf

mich, die zeigte, dass sie jede noch so subtile Veränderung in meinem Gesichtsausdruck bemerken würde. „Und ist dir nichts ... Ungewöhnliches aufgefallen?"

Meine Antwort war ihr offensichtlich sehr wichtig. „Nein", sagte ich langsam.

Enttäuschung breitete sich auf Minervas Gesicht aus. „Überhaupt nichts Seltsames?"

„Nun, ich fand es ein wenig seltsam, dass die Tür zu 223 geschlossen war und die Umzugshelfer den Teppich im Flur stehengelassen hatten. Aber ich habe angenommen, dass sie in der Mittagspause waren und später zurückkommen würden."

Minerva sagte mit gedankenverlorener Stimme: „Ja, es war auch furchtbar still im Flur, als ich gegangen bin, wenn ich darüber nachdenke. Hast du jemanden gesehen?"

Sorge breitete sich in mir aus. Ich hatte geglaubt, sie hätte irgendein häusliches Problem, das ihr zu schaffen machte – ein kleiner Streit mit einer Nachbarin, etwas, das wir beim Dessert klären konnten –, aber das hier war etwas anderes. Was hatte jemanden, der so unerschütterlich war wie Minerva, so aus der Fassung gebracht?

„Niemand war da, außer natürlich dem Dienstmädchen", sagte ich. „Sie war mit meiner Wohnung fertig. Ich bin ihr hinaus gefolgt, als sie gegangen ist, um weiter zu Lola und Constances Wohnung nebenan zu gehen."

Minerva nickte und stieß einen Seufzer aus, der ihre Unzufriedenheit kundtat, während sie sich die Haare aus der Stirn strich und ihre Locken noch mehr durcheinander brachte. „Ich kann wirklich nicht anders, als es einfach zu sagen." Sie verschränkte die Arme und stützte sie auf dem Tisch ab, während sie sich nach vorn beugte. „Ich habe nicht wirklich aufgepasst – ich wünschte, ich hätte es getan! Ich habe darüber nachgedacht, wie spät ich dran war, und es wäre mir fast entgangen."

„Was wäre dir fast entgangen?"

„Als der Aufzug nach unten gefahren ist, ist mein Blick über den zusammengerollten Teppich gewandert. Unten ragte etwas heraus. Ich habe es nur flüchtig gesehen, bevor der Aufzug weiter nach unten gefahren ist."

„Was war es? Was hast du gesehen?"

„Einen Fuß."

Ich blinzelte. „Einen Fuß? Bist du dir sicher?"

„Ja." Sie sah elend aus. „Ich habe den ganzen Tag damit verbracht, mir das auszureden, aber ich bin mir vollkommen sicher."

„Natürlich bist du das." Wenn Minerva sagte, sie habe einen Fuß gesehen, dann hatte sie einen Fuß gesehen. Sie neigte nicht zu Hirngespinsten. „Du meine Güte!"

„Ja." Sie griff nach ihrem Weinglas, hob es aber nicht auf, sondern strich nur mit der Hand am Stiel auf und ab. „Ich habe mir den ganzen Nachmittag den Kopf darüber zerbrochen. In diesem ersten Moment dachte ich tatsächlich, ich hätte mich geirrt – wie könnte ich mich nicht irren? Ein Fuß? Aber du weißt, wie langsam der Aufzug ist. Ich hatte auf jeden Fall genug Zeit, ihn zu sehen und zu verarbeiten, was es war …" Sie schüttelte den Kopf, eine winzig kleine Bewegung, während sie mit den Schultern zuckte. „Ich konnte es einfach nicht glauben. Es war zu bizarr. Aber es war ein Fuß."

„Kein Schuh?"

„Nein. Ein nackter Fuß. Ich kann dir nicht sagen, ob es der eines Mannes oder einer Frau war, aber es war ein menschlicher Fuß und er hatte einen leicht bläulichen Schimmer."

„Oh." Ich schluckte und wandte den Blick von dem Essen ab, das auf meinem Teller zurückgeblieben war. „Was hast du gemacht?"

„Ich war so verblüfft, dass ich einen Moment lang nicht wusste, was ich tun sollte. Dann bin ich natürlich wieder nach oben gefahren."

„Natürlich."

„Aber es schien ewig zu dauern. Du weißt, wie der Aufzug dahinkriecht. Im ersten Stock hat eine ältere Dame gewartet, also hat er dort angehalten. Nachdem sie in der Lobby ausgestiegen war, habe ich den Knopf für den zweiten Stock gedrückt. Doch als der Aufzug endlich wieder oben war, war der Teppich verschwunden."

KAPITEL VIER

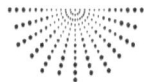

„*D*er Teppich war weg? Meine Güte! Was hast du dann gemacht?", fragte ich Minerva.

„Ich habe mir eingeredet, dass ich das, was ich gesehen hatte, falsch interpretiert haben musste. Es kann unmöglich ein menschlicher Fuß gewesen sein." Sie trank den Rest des Weins aus ihrem Glas und stellte es ab. Ihre Aufmerksamkeit konzentrierte sich darauf, es wieder genau in den kreisförmigen Abdruck auf der Tischdecke zu setzen. Mit gesenktem Kopf blickte sie zu mir auf und hielt meinen Blick fest. „Ich war ein Feigling. Ich hätte den Portier bitten sollen, sofort mitzukommen und danach zu suchen. Ich hätte darauf bestehen sollen, auch wenn es eine schreckliche Szene verursacht hätte." Sie senkte den Blick. „Aber ich habe es nicht getan. Ich habe mir gesagt, wenn ich zu spät zu meinem Termin bei der Zeitung käme, hätte ich morgen keine Arbeit mehr."

„Nach dem, was du über deinen Boss gesagt hast, klingt das sehr wahrscheinlich."

Minervas Mundwinkel verzogen sich zu einem kurzen Lächeln. „Ja, das stimmt. Der alte Harrison sucht nach einem Vorwand, um mich loszuwerden. Er ist immer noch wütend, dass sein Kumpel meinen Job nicht bekommen hat."

Sie strich sich erneut die Haare aus der Stirn und brachte sie dadurch noch mehr durcheinander. „Tatsache bleibt aber, dass ich einen Fuß gesehen habe. Obwohl ich den ganzen Nachmittag versucht habe, mich selbst davon zu überzeugen, dass dem nicht so war, weiß ich, was ich gesehen habe. Es war ein Fuß, darum muss im Teppich jemand eingewickelt gewesen sein. Der Fuß hatte eindeutig eine bläuliche Färbung, daher ist die logische Schlussfolgerung, dass sich im Teppich eine Leiche befand. Die nächste vernünftige Schlussfolgerung ist, dass es sich um Mord handeln muss. Warum sollte ein Leichnam sonst in einen Teppich gewickelt werden? Einen anderen Grund kann es dafür nicht geben."

„Ausgezeichnete Logik – und alles ziemlich furchteinflößend. Was für ein schreckliches Erlebnis. Soll ich bei dir bleiben, während du mit der Polizei sprichst?"

„Ich kann nicht." Sie richtete sich auf.

Da ich dachte, dass der Gedanke, mit den Beamten zu sprechen, sie nervös machte, sagte ich: „Ich bin sicher, dass alles gut wird."

„Nein, wird es nicht."

„Komm schon, Minerva, reiß dich zusammen. Wo ist das Mädchen, das mit ihrem Portfolio in das Büro des Redakteurs vom *Hullabaloo* marschiert ist und ihn dazu gezwungen hat, es sich anzusehen? Mit der Polizei zu sprechen kann bei Weitem nicht so nervenaufreibend sein." Als ich ihr zum ersten Mal begegnet war, hatte ich Minerva überredet, mir zu erzählen, wie sie einen Job als Karikaturistin bei einer Londoner Zeitung bekommen hatte – eine ziemliche Meisterleistung für eine Frau.

Sie schüttelte abrupt den Kopf. „Das war anders. Damals war ich auf der Suche nach einer Anstellung und wollte nicht verkünden, dass es einen Mord gegeben hatte. Es gibt eine Zeit, mutig zu sein und entschlossen voranzukommen, und es gibt eine Zeit, sich zurückzuhalten und keine Aufmerksamkeit auf sich zu ziehen, Olive. Das hier ist definitiv Letzteres. Außerdem wünschte ich fast, ich wäre nicht so dreist gewesen, jetzt, wo der alte Harrison mein Boss ist."

„Aber wenn es eine Leiche gibt, musst du …"

„Wie gesagt, ich kann nicht." Ihre perfekte Haltung unterstrich ihren entschlossenen Ton. „Wenn ich mich an die Polizei wende, werden Nachforschungen angestellt. Wenn Harrison davon erfährt – wenn es überhaupt einen Hinweis darauf gibt, dass ich in etwas Skandalöses verwickelt bin … nun, dann wäre ich bei der Zeitung erledigt." Sie wedelte ihre Hand mit einer schwungvollen Bewegung durch die Luft. „Ich wäre raus."

„Aber warum sollte Harrison das jemals erfahren? Die polizeilichen Ermittlungen würden sich auf die South Regent Mansions konzentrieren."

Minerva rutschte auf ihrem Stuhl herum und drehte sich so, dass sie mich direkt ansah. „Ich habe schon stundenlang darüber nachgedacht, Olive. Offensichtlich ist hier im zweiten Stock etwas Schreckliches passiert. Genauso offensichtlich ist die Tatsache, dass jemand sehr darauf bedacht ist, das geheim zu halten. Du glaubst nicht wirklich, dass, wenn die Polizei hierherkommt und anfängt, Fragen zu stellen, jemand sagen wird: *Oh ja, ich habe eine Leiche in einen Teppich gerollt und sie für ein paar Momente im Flur gelassen. Das war ich.*"

„Du hast recht." Ich hatte ein flaues Gefühl im Magen. Ich wusste, was kommen würde.

„Du hast nie viel über die Fälle gesagt, an denen du gearbeitet hast, aber ich habe darüber in der Zeitung gelesen. Leute sind bereit, alles zu tun, um ihre Geheimnisse zu wahren. Wenn die Polizei anfängt, Fragen zu stellen und es keine klare Antwort darauf gibt, wer entschieden hat, dass es eine gute Idee ist, eine Leiche in einem Teppich zu deponieren, dann wird sich die Aufmerksamkeit auf mich richten. Du weißt, wie das dann laufen wird, Olive. Sie werden denken, ich sei verrückt. Das geht gar nicht. Ich lasse mich nicht als verrückt abstempeln. Das kann ich mir nicht leisten. Wenn ich allein wäre, wäre es anders. Aber Mummy ist auf mich angewiesen."

Ich hatte Minervas Mutter, die in einem Cottage in Somerset lebte, noch nicht kennengelernt. Minerva besuchte sie oft, sprach aber nicht viel über sie. Alles, was ich herausgefunden hatte, war, dass ihre Mutter gelähmt war und sich ihr Gesundheitszustand vor ein paar Jahren rapide verschlechtert hatte.

„Weißt du, wenn auch nur das leiseste Gerücht aufkommt, dass ich nicht ganz richtig im Kopf bin, wird Harrison das nutzen, um mich loszuwerden. Deshalb brauche ich dich. Ich möchte, dass du herausfindest, wer in diesem Teppich war, dann werden wir die Polizei verständigen." Sie begann, das Geschirr zu stapeln.

Der subtile Wechsel zum Pluralpronomen war mir nicht entgangen. Ich beschloss, das für den Moment auf sich beruhen zu lassen und mich auf das Wesentliche zu konzentrieren. „Ich verstehe zwar, warum du die Situation so angehen willst, aber die Polizei mag das gar nicht – ich meine Herumschnüffeln in einer möglichen Mordermittlung. Tatsächlich würde sie das sogar noch misstrauischer machen, weil du gewartet hast."

Minerva schob ihren Stuhl zurück und nahm unsere

Teller. „Das ist mir bewusst, aber das ist jetzt sowieso irrelevant. Ich habe sie nicht sofort kontaktiert. Egal, ob ich ein paar Stunden oder ein paar Tage warte, es bleibt sich gleich. Ich habe immer noch gezögert. Da ich es aufgeschoben habe, können wir die Zeit genauso gut nutzen. Außerdem wird es auf lange Sicht viel besser sein, wenn wir ihnen die Wahrheit anstatt offene Fragen präsentieren können. Ich muss mich schützen. Ich war heute vorsichtig und zurückhaltend, darum müssen wir den Weg einschlagen, herauszufinden, was passiert ist, bevor wir uns an die Polizei wenden." Ich machte Anstalten, aufzustehen und ihr beim Abwasch zu helfen, aber sie winkte ab. „Die Küche ist zu klein für mehr als einen. Ich bringe den Nachtisch, dann kannst du mit deinen Einwänden gegen meinen Plan fortfahren", fügte sie mit einem schwachen Lächeln hinzu.

Geschirr klapperte und Wasser lief, während ich über Minervas Argumente nachdachte. So sehr mir die Situation auch missfiel, ich konnte verstehen, warum sie nicht zur Polizei gehen wollte. Sie hatte recht. Der Zeitpunkt dafür wäre früher gewesen. Die Verzögerung würde Fragen aufwerfen. Ich wischte ein paar Krümel vom Tisch und versuchte, das Unbehagen, das ich um ihretwillen empfand, zu verdrängen. Sie hätte zur Polizei gehen sollen, aber da sie es nicht getan hatte ... Wie meine Mutter zu sagen pflegte, hatte es keinen Sinn, zurückzublicken. Lieber weitermachen.

Der satte Duft von frisch gebrühtem Kaffee wehte durch die Wohnung, und Minerva kam ein paar Minuten später mit einem Tablett mit Tellern voller Erdbeeren und Eiscreme und zwei Tassen Kaffee zurück. Nachdem sie die Teller abgestellt hatte, nahm sie ihre Gabel. „Also? Was denkst du, nachdem du jetzt ein paar Augenblicke Zeit hattest?"

„Es ist eine sehr beunruhigende Situation, und ich verstehe, dass du zögerst, zur Polizei zu gehen."

„Dann hilfst du mir?"

„Ja, natürlich." Auch wenn ich sie erst seit ein paar Monaten kannte, war sie meine Freundin. Es ging ihr nicht gut, und ich konnte sie nicht im Stich lassen.

Sie atmete auf. „Danke, Olive. Ich zahle natürlich deinen üblichen Tarif –"

Ich hob eine Hand, um sie zu unterbrechen. „Ich könnte dir keine Kosten in Rechnung stellen."

„Oh doch, das wirst du. Ich brauche dein Fachwissen. Ich bin genauso sparsam wie jeder andere, wenn es sein muss, aber ich habe gelernt, dass es Zeiten gibt, in denen es sich lohnt, für das Beste zu bezahlen. Wenn es darum geht, heikle Situationen zu bewältigen – und dies ist eine heikle Situation, wenn es jemals eine gab –, brauche ich das Beste, und das bist du, Olive."

„Du bist zu gut –"

„Unsinn. Es ist die Wahrheit." Sie sprang auf und holte ein Skizzenbuch von der Anrichte. „Also habe ich eine Liste geschrieben." Sie blätterte an den Skizzen vorbei, bis sie eine Seite mit einer Namensliste fand. Sie reichte mir das Buch. „Wir müssen nur herausfinden, wer vermisst wird, und dann wissen wir, wer im Teppich war. Das kann nicht allzu schwierig sein, oder? Schließlich gibt es auf dieser Etage nur eine Handvoll Wohnungen."

Ich schob meinen Teller weg. Das Reden über in Teppiche eingerollte Leichen neigte dazu, mir den Appetit zu verderben.

„Das ist ein Ausgangspunkt", sagte ich, während ich die Liste der Bewohner des zweiten Stocks durchging.

„Aber ich denke, wir sollten ein Stück zurückgehen. Ist dir außer der blauen Färbung noch etwas an diesem Fuß aufgefallen? War er groß oder klein? Und du kannst nicht sagen, ob es ein Frauen- oder ein Männerfuß war?"

„Es war nur ein kurzer Blick. Er war weder winzig noch übermäßig groß. Wenn ich mich also für eine Größe entscheiden müsste, würde ich sagen, dass er mittelgroß war, doch es ging so schnell, dass ich keine weiteren Details bemerkt habe."

„Okay, was ist mit dem Teppich?"

Minerva schloss für einen Moment die Augen, dann öffnete sie sie plötzlich wieder. „Er hatte keine Fransen. Daran erinnere ich mich."

„Das ist gut. Farbe?"

„Ich habe die Unterseite davon gesehen, darum könnte ich dir nicht viel über das Muster sagen, aber er war braun, mit etwas Dunklerem darin – vielleicht Schwarz oder Blau."

„Ausgezeichnet. Sonst noch was?"

Stirnrunzelnd blickte sie auf ihren Teller, spießte müßig eine Erdbeere auf und zog sie dann durch das schmelzende Eis. „Nein, das ist alles. Ich weiß, dass es nicht viel ist."

„Es ist ein Anfang, aber wir müssen noch etwas anderes bedenken. Was, wenn derjenige, der in den Teppich eingerollt war, jemand war, der die South Regent Mansions besucht hat? Was, wenn derjenige kein Bewohner war?"

Minerva legte ihre Gabel hin. „Daran hatte ich noch nicht gedacht, aber ich denke, wir müssen die Möglichkeit berücksichtigen."

„Das müssen wir, was bedeutet, dass die

Möglichkeiten nicht nur auf die Bewohner der zweiten Etage beschränkt sind."

„Also gut." Minerva straffte ihre Schultern. „Der Portier wird wissen, ob heute Morgen jemand Besuch hatte. Ich werde mit ihm reden und herausfinden, was heute passiert ist."

„Das ist eine gute Idee. Wir müssen alle Besucher zu dieser Liste hinzufügen." Ich runzelte die Stirn. „Aber diese Liste ist zu kurz. Wir können uns nicht nur auf die Leute im zweiten Stock beschränken. Es könnte jeder im Gebäude sein." Ich schob ihr das Skizzenbuch entgegen. „Die Sache ist zu groß, Minerva. Tut mir leid. Ich dachte, ich könnte helfen, aber das übersteigt meine Möglichkeiten." Sie nahm es nicht. Stattdessen holte sie Luft, doch ich kam ihrem Protest zuvor, von dem ich wusste, dass er kommen würde. „Das ist es wirklich. Wir können unmöglich den Aufenthaltsort aller Personen in diesem Gebäude überprüfen. Wie viele Menschen leben hier? Mindestens Zweihundert, wenn das überhaupt reicht." Ich legte das Skizzenbuch auf den Tisch.

Minervas Schultern sanken nach vorn, und ich wusste, dass sie an ein Stockwerk nach dem anderen dachte. Die neue Schalttafel im Aufzug hatte zwanzig Knöpfe, und jede Etage hatte zehn Wohnungen, aber natürlich konnte es in jeder Wohnung mehr als einen Bewohner geben. Minerva drehte das Skizzenbuch, damit sie einen Blick auf die Liste werfen konnte. „Und deshalb habe ich dich um Hilfe gebeten." Sie seufzte. „Du siehst Dinge, an die ich nicht einmal denke. Es war ein bisschen naiv von mir, nicht zu erkennen, wie viele Möglichkeiten es gibt. Ich habe nie darüber nachgedacht, dass es nicht jemand von unserer Etage sein muss."

Sie schloss das Buch halb, dann hielt sie inne. „Warte.

Vielleicht war es ein Fremder, der zu Besuch war, oder ein Bewohner einer anderen Etage, aber ist es nicht sehr wahrscheinlich, dass die Leiche, die ich im Teppich gesehen habe, jemand von dieser Etage war?" Sie wartete nicht auf meine Antwort, sondern sprach eilig weiter; ihre Worte kamen schnell. „Ich meine, wenn man einen Leichnam hat, der in einen Teppich eingerollt ist, wäre es doch sinnvoll, dass man ihn nicht weiter bewegen will, als nötig, oder? Leichen sind eher schwer, nicht wahr?"

„Ich kann das nur vermuten, da ich keine persönliche Erfahrung auf diesem Gebiet habe, aber ich gehe davon aus, dass du recht hast."

Minerva rutschte auf ihrem Stuhl langsam nach vorn und tippte auf die Liste. „Dann ist es höchstwahrscheinlich, dass es sich bei der Leiche um eine dieser Personen handelt. Wenn du beispielsweise im zehnten Stock wohnst und dir die Mühe machst, eine Leiche in einen Teppich zu rollen, warum solltest du sie dann in den zweiten Stock schleppen, sie dort liegen lassen und verschwinden?"

„Viele Gründe", sagte ich. „Zum einen ein Irrtum. Da du die Leiche im zweiten Stock gesehen hast, bist du davon ausgegangen, dass sie aus diesem Stock stammt. Genau der Grund, aus dem jemand – der Mörder – die Leiche in ein anderes Stockwerk bringen würde."

„Aber denk' an das Risiko! Jeder könnte dich sehen, während du die Leiche bewegst. Ich weiß, wenn ich gesehen hätte, wie jemand einen sperrigen Teppich entweder in den Aufzug oder, schlimmer noch, die Treppe hoch oder runtergeschleppt hätte …" Minervas Augen weiteten sich. „Oh! Der Mechaniker! Es muss jemand auf dieser Etage gewesen sein. Ich weiß es."

Ich begriff, was sie meinte. „Das ist richtig. Der Mechaniker hat heute Vormittag am Aufzug gearbeitet.

Als ich um halb zwölf das Gebäude verlassen habe, musste ich die Treppe nehmen, weil er den Aufzug repariert hat."

„Er war fertig, als ich etwa eine Viertelstunde später gegangen bin", sagte Minerva. „Ich war spät dran und habe auf die Uhr geschaut, als ich zur Tür hinausgegangen bin. Es war 12:45 Uhr."

„Wir müssen genau herausfinden, wann der Mechaniker gegangen ist", sagte ich.

„Evans wird es wissen. Er hat es sicher in seinem Besucherbuch vermerkt."

„Ja, das denke ich auch." Evans arbeitete in seiner Nische im Foyer, kümmerte sich um Post und Lieferungen und notierte in seinem dicken Besucherbuch, das immer offen vor ihm lag, wer kam und ging.

„Ich werde mir einen Vorwand überlegen, um ihn danach zu fragen", sagte Minerva. „Das ist also gut, oder? Dadurch verkürzt sich die Zeit, in der jemand den Lift hätte benutzen können."

„Das stimmt, aber da ist immer noch der Treppenaufgang hinten ..." Ich hatte es in einem gemäßigten Ton gesagt, um Minervas Begeisterung zu dämpfen, doch ich brach ab.

Minerva hüpfte ein wenig auf und beugte sich vor. „Die Maler!"

„Du hast recht. Sie waren heute hier, nicht wahr?"

Minerva nickte, ihr zerzauster Pony flatterte um ihre hochgezogenen Augenbrauen. „Ja, sie arbeiten sich von der obersten Etage nach unten." Minerva sprang auf, öffnete eine Schublade im Sideboard und holte ein Blatt Papier heraus, das ich erkannte. Ich hatte denselben Brief erhalten. „Hier ist es." Sie las von der Seite: „Die Malerarbeiten beginnen am Montag. Die Hintertreppe wird darum nicht zugänglich sein. Die Verwaltung entschuldigt sich für jedwede Unannehmlichkeiten.'"

Minerva ging zu ihrem Schreibtisch, nahm einen Bleistift und kehrte zum Tisch zurück. Sie schlug eine neue Seite im Skizzenbuch auf und beugte sich vor, während sie schrieb. „Das ist eine andere Sache, die wir Evans fragen sollten. Ich werde genau herausfinden, wann der Mechaniker gegangen ist und wie lange die Maler gearbeitet haben, aber ich denke, das macht es noch wahrscheinlicher, dass es jemand auf dieser Etage war. Wenn man sich die Mühe macht, einen in einen Teppich eingerollten Leichnam zu bewegen, will man ihn sicherlich nicht über eine Treppe hinuntertragen, auf der möglicherweise Arbeiter beschäftigt sind."

„Ganz zu schweigen von den frisch gestrichenen Wänden", sagte ich. „Aber hast du nicht gesagt, dass es im Flur sehr ruhig war, als du ins Büro gegangen bist?"

„Die Maler waren bestimmt in der Mittagspause. Die Tür war zur Belüftung geöffnet. Wegen der Dämpfe, weißt du? Ich habe keine Geräusche gehört – keine Stimmen oder Bewegungen – überhaupt nichts." Minerva rutschte nach vorn, sodass sie auf der Kante ihres Stuhls saß. „Herauszufinden, wer da in dem Teppich war, ist keine so überwältigende Aufgabe. Ich sehe, dass du noch Vorbehalte hast, aber hilf mir bitte, herauszufinden, ob jemand auf dieser Etage vermisst wird. Es sollte nicht so schwierig sein. Es sind nur zehn Wohnungen, nicht Hunderte – und das schließt auch die beiden Kemps mit ein."

Die South Regent Mansions hatten ein Schwestergebäude, die North Regent Mansions, und das Nummerierungsschema für die Gebäude war einzigartig. Die Wohnungen auf jeder Etage im Nordgebäude waren von zehn bis neunzehn nummeriert, mit der Stockwerksnummer als Präfix. Die Wohnungen im Südgebäude waren von 20 bis 29 nummeriert, ebenfalls mit der Stockwerksnummer als Präfix. Daher waren die zehn Wohnungen im zweiten Stock der South Regent Mansions 220 bis 229. Offenbar war der Bauherr der Meinung, dass höhere Nummern eine exklusivere Atmosphäre vermitteln würden. Es bedeutete auch, dass Briefe selten an das falsche Gebäude geliefert wurden.

„Na ja, eigentlich nicht einmal so viele. Ich habe Mrs. Attenborough heute auf dem Weg nach Hause gesehen und mich kurz mit Lola unterhalten, als ich gegangen bin, um den Wein zu besorgen."

„Großartig!" Minerva strich ihre Namen durch. „Und ich habe heute Abend die Nachricht von Mr. Culpepper bekommen. Damit können wir ihn auch abhaken. Dann sind es nur noch sieben."

KAPITEL FÜNF

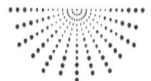

*A*m nächsten Morgen saß ich an meiner Schreibmaschine und schrieb meinen Bericht, wobei ich versuchte, den Blick auf mein Notizbuch zu richten und nicht auf die Schreibmaschinentasten. Ich hatte brav geübt und Jaspers Rat befolgt. Er war ein ausgezeichneter Maschinenschreiber – ein Produkt seiner Jahre bei der Admiralität während des Krieges – und er hatte mir gesagt, dass der einzige Weg, ein schneller Maschinenschreiber zu werden, darin bestehe, zu üben. „Man muss sich dazu entschließen, nicht auf die Tasten zu blicken", hatte er gesagt. „Andernfalls landet man immer wieder beim Zwei-Finger-Adlersuchsystem."

Ich übte jeden Abend, aber meine Fähigkeiten waren leider immer noch unter dem Niveau von Jaspers Können. Nach drei Versuchen war es mir jedoch gelungen, eine fehlerfreie Zusammenfassung meiner Ermittlungen für Lola zu schreiben. Mit einem Gefühl der Zufriedenheit zog ich das Blatt aus der Maschine. Ich legte die Seite in eine Mappe und schob sie beiseite. Ich würde sie ihr an diesem Nachmittag bringen, wenn ich zu ihr zum Tee ging.

Als Minerva und ich gestern Abend mit dem Essen fertig gewesen waren und eine Strategie entwickelt hatten, um nach jeder Person im zweiten Stock zu sehen, war es schon ziemlich spät gewesen – viel zu spät, um sich einen Vorwand auszudenken, unter dem man an irgendjemandes Tür hätte klopfen können, denn das wäre das Gegenteil der diskreten Vorgehensweise gewesen, die Minerva wollte. Es war jedoch noch nicht zu spät, die unbewohnten Teile der South Regent Mansions zu untersuchen.

Wir hatten Taschenlampen mitgenommen und waren im obersten Stockwerk herumgeschlichen. Es dauerte nicht lange, bis wir sicher waren, dass sich der Teppich oder ein bläulicher Fuß, der mit einer Leiche verbunden war, nicht auf dem Dachboden befanden. Eine Staubschicht auf den Dielen bestätigte, dass sich in letzter Zeit niemand dort oben aufgehalten hatte. Übriggebliebene Zierleisten und Bodenfliesen waren zusammen mit einer gesprungenen Leuchte in einer Ecke gestapelt. Kisten und mehrere Gepäckstücke, darunter auch mein Koffer, standen ordentlich auf der gegenüberliegenden Seite des Raumes angeordnet und jeweils mit der Wohnungsnummer beschriftet. Keiner von ihnen war groß genug, um einen Leichnam darin verstecken zu können. Die größeren konnten wir problemlos bewegen, was uns zu dem Schluss brachte, dass sie leer sein mussten. Die wenigen, die schwer waren, waren zu klein, um für uns von Interesse zu sein. Unter den anderen auf dem Dachboden gelagerten Gegenständen befand sich kein einziger aufgerollter Teppich. Anschließend waren wir die Treppe hinunter in den Keller gegangen und hatten dort noch weniger für uns Interessantes gefunden. Es war ein kleiner, dunkler Raum mit Mülltonnen und sonst nicht viel. Da es an diesem Abend zu spät gewesen war, mit unseren Nachforschungen über die Bewohner des zweiten Stocks zu beginnen, waren wir mit dem Plan, am nächsten Morgen mit der Untersuchung zu beginnen, in unsere Wohnungen zurückgekehrt.

Minerva musste an diesem Vormittag in die Fleet Street gehen, und ich musste einen Termin einhalten, den ich in der Vorwoche vereinbart hatte, um mein Projekt für Lola abzuschließen. Vor ein paar Wochen hatte ich eine Nachricht von Lola erhalten, in der ich ihr vorgeschlagen hatte, sie in einem nahegelegenen Lyons Teeladen zum Tee zu treffen. Bei Tee und Toast hatte sie einen einfachen Auftrag beschrieben. Lola wollte, dass ich die Finanzunterlagen zweier Wohltätigkeitsorganisationen durchsah und bestätigte, dass sie mit dem Geld, das sie bekamen, tatsächlich Menschen halfen. Ich hatte einen Buchhalter vorgeschlagen, aber sie hatte gesagt: „Dein Vater war Vikar, nicht wahr?"

Ich hatte genickt, nicht sicher, worauf sie hinaus wollte. „Und hast du ihm mit den Gemeindebüchern geholfen?"

„Also … ja. Er ist eher geistesabwesend und neigt dazu, sich wenig um alltäglichere Dinge wie Buchhaltung zu kümmern."

Sie nickte. „Das dachte ich mir. Du bist die perfekte Person, um die Bücher zweier religiöser Wohltätigkeitsorganisationen zu prüfen. Ich möchte lieber nicht mit einem Buchhalter zusammenarbeiten." Sie rümpfte die Nase. „Ich mag diese Leute nicht. Mir wäre lieber, dass die Wohltätigkeitsorganisationen nichts von meinem Interesse erfahren. Das würde uns viele ungelegene Fragen und spätere Belästigung ersparen."

Ich ging davon aus, dass Lola vorhatte, einer der Organisationen oder möglicherweise beiden zu spenden, und darum sichergehen wollte, dass ihr Geld sinnvoll eingesetzt werden würde. Ich hatte den Auftrag angenommen und meine Kontakte in der High Society genutzt, um zu tun, was getan werden musste. Eine ehemalige Klientin von mir, Lady Mulvern, engagierte sich für eine der Wohltätigkeitsorganisationen, und sie hatte mir letzte Woche bei dieser Organisation den Weg geebnet.

Dann hatte ich die Mutter einer alten Schulfreundin angerufen, die eine Society-Löwin und Vorstandsmitglied der anderen Wohltätigkeitsorganisation war. Nachdem ich ihr erklärt hatte, dass ich im Auftrag eines möglichen Spenders, der anonym bleiben wollte, diskrete Nachforschungen anstellte, hatte sie ein Gespräch mit dem Schatzmeister der Wohltätigkeitsorganisation arrangiert, der mir gern einen Einblick in die Bücher gewährte.

An diesem Morgen hatte es nicht lange gedauert, zu bestätigen, dass die Wohltätigkeitsorganisation, eine von einer Kirche betriebene Suppenküche, legitim war und hervorragende Arbeit leistete, um den Armen zu helfen. Ich hatte nicht gedacht, dass meine Nachforschungen irgendwelche Überraschungen bringen würden, aber Lola hatte mich beauftragt, Nachforschungen anzustellen, also wurden Nachforschungen angestellt. Ich würde ihr am Nachmittag, wenn ich sie zum Tee traf, einen ausführlichen Bericht vorlegen können.

Als ich die Schreibmaschine abdeckte, hörte ich ein leises Geräusch vom Flur. Ich ließ die Abdeckung einrasten und ging zur Tür, um nachzusehen.

Auf dem Teppich lag ein weißes Stück Papier. Es war Briefpapier, das gefaltet und durch den Spalt zwischen der Tür und der Schwelle geschoben worden war.

Geschätzte Miss Belgrave,

Lola hat ein Telegramm von einer Verwandten bekommen und musste unerwartet verreisen. Sie hat mich darum gebeten, Ihnen diese Nachricht mit ihrem Bedauern zu schicken. Sie kann sich heute Nachmittag nicht mit Ihnen zum Tee treffen. Sie wird am Mittwoch zurückkommen und würde sich freuen, Sie am Nachmittag zu sehen, wenn das für Sie akzeptabel ist.

Mit freundlichen Grüßen, Constance Duskin

Ich faltete den Zettel zusammen und klopfte damit auf meine Handfläche. Es kam mir etwas seltsam vor, dass Lola Constance gebeten hatte, mir zu schreiben, obwohl die beiden Frauen eine Wohnung teilten.

Beide hatten sehr helle Haut und waren ungefähr gleich groß, aber man würde sie nie verwechseln. Lola war schlank und hatte flachsblondes Haar, das sie aus der Stirn zurückgekämmt trug. Sie hatte elfenbeinfarbene Haut, eine Stupsnase und ein herzförmiges Gesicht. Constances Haar war dunkler blond und sie hatte einen Pony, der fast ihre geraden Augenbrauen bedeckte. Ihr Gesicht war runder, ihre Figur voller, und sie hatte einen schwerfälligen Gang. Vielleicht war es Lolas hellgrüner Lieblingsmantel in der Farbe der Weidenblätter im Frühling, der die Assoziation auslöste, aber Lola erinnerte mich an eine Weide mit ihren dünnen, sich wiegenden Ästen, während Constance in ihrer langweiligen braunschwarzen Garderobe eher an eine solide Eiche erinnerte.

Als ich die beiden Frauen zum ersten Mal getroffen hatte, hatte ich den Eindruck bekommen, dass Lola schüchtern war. Die wenigen Male, die ich sie zusammen gesehen hatte, schien es, als würde Lola sich gerne

Constance unterordnen, die eine starke Persönlichkeit hatte. Ich hatte beide Frauen auf Minervas Dinnerparty kennengelernt, die ich gemeinsam mit Mr. Culpepper besucht hatte. Es war Constance, die den Großteil des Gesprächs dominierte und oft an Lola gerichtete Fragen beantwortete. Constance hatte sogar das Dessert für beide abgelehnt, mit der Begründung, sie machten eine Diät.

„Arme Lola", hatte Minerva gesagt, als wir den Tisch abräumten, nachdem die beiden Frauen gegangen waren. „Stell dir vor, du lebst mit jemandem zusammen, der so penetrant ist. Ich frage mich, ob Constance auch ihr Frühstücksmenü diktiert."

Aber als Lola mich mit der Ermittlung beauftragt und ich sie persönlich getroffen hatte, war mir klar geworden, dass Lola genau wusste, was sie wollte. Nach diesem Treffen hatte ich meine Meinung über sie revidiert. Lola ließ sich nicht einschüchtern. Sie war einfach eine gelassene Frau. Sie ließ Constance die Dinge regeln – oder vielleicht war die treffendere Aussage, dass Lola Constance freie Hand in den Dingen ließ, die ihr nicht wichtig waren. Scheinbar fiel Dessert in diese Kategorie. Ich wäre nicht so lakonisch, wenn es um Süßigkeiten ging – sie waren eine meiner Schwächen –doch andererseits arbeitete Constance in einem Kaufhaus. Sie musste schick aussehen und ihre Figur behalten. Vielleicht unterstützte Lola Constance dadurch, dass sie keinen Nachtisch aß.

Ich faltete Constances Notiz wieder zusammen und legte sie zusammen mit dem fertigen Bericht für Lola auf meinen Schreibtisch. Sie hatte eine Bedingung für meinen Auftrag gehabt: dass ich mit niemand anderem außer ihr darüber sprechen sollte. Ich wusste nicht, warum sie darauf bestand, aber ich hatte schon früher Klienten gehabt, die ungewöhnliche Wünsche geäußert hatten. Ich konnte mir nicht vorstellen, dass die Bitte in irgendeiner Form nachteilig sein könnte, also hatte ich eingewilligt und mich an die Arbeit gemacht.

Die Tatsache, dass Lola Constance darüber informiert hatte, ich käme zum Tee, und sie gebeten hatte, die Notiz zu schreiben, deutete darauf hin, dass tatsächlich etwas Unerwartetes passiert war. Ich ging an meinen Schreibtisch und schrieb eine Nachricht, dass ich am Mittwochnachmittag frei war und mich freuen würde, Lola dann zu sehen. Ich schob sie in einen Umschlag, versiegelte ihn und legte ihn neben meine Handtasche.

Constance arbeitete als Verkäuferin bei Montford's und war zu dieser Tageszeit nicht zu Hause. Sie musste die Nachricht auf dem Weg zur Arbeit unter meiner Tür hindurchgeschoben haben, also würde ich das Gleiche tun und die Nachricht unter der Tür zu Wohnung 225 hindurchschieben.

Ich wandte meine Aufmerksamkeit der Liste zu, die Minerva und ich am Abend zuvor geschrieben hatten. Wir hatten die Bewohner des zweiten Stocks aufgeteilt. Minerva würde sich mit Diana Finch-Ellis in Verbindung setzen und sich bei Evans nach den Arbeitern erkundigen, die das Gebäude betreten und verlassen hatten. Sie würde Evans auch fragen, wohin die Kemps gezogen waren. Ich sollte nach Mr. Popinjay und Miss Bobbin sehen. Minerva hatte Miss Bobbin am Tag vor der Dinnerparty im Aufzug getroffen. Sie hatte gesagt, sie fühle sich nicht gut und würde nicht kommen, doch da das am Sonntag gewesen war, dem Tag, bevor Minerva den Teppich gesehen hatte, mussten wir nach Miss Bobbin sehen.

Ich nahm einen Bleistift, um den Namen Constance von der Liste zu streichen, zögerte dann aber. Ich hatte nur eine Nachricht von ihr. Ich kannte Constances Handschrift nicht. Jeder hätte diesen Zettel schreiben und unter meiner Tür hindurchschieben können. Ich legte den Bleistift wieder auf den Tisch. Ich würde warten, bis ich tatsächlich mit ihr gesprochen hatte, bevor ich ihren Namen von der Liste strich.

Ich ging meinen Hut und Mantel holen. Um diese Zeit ging Miss Bobbin jeden Tag mit ihrem Hund im Park spazieren.

KAPITEL SECHS

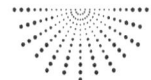

*E*s hätte leicht sein sollen, Miss Bobbin im Park gegenüber von South Regent Mansions zu finden. Obwohl sie in ihrem sechsten – oder vielleicht siebten – Lebensjahrzehnt war, hatte sie pechschwarzes Haar und war fast so schlank wie einer der schmiedeeisernen Pfähle des Zaunes, der den Park umgab, in dem sie jeden Tag mit ihrem Drahthaar-Foxterrier Ace spazieren ging. Aber ich hatte den ovalen Park vollständig umrundet, sogar hinter das dichte Gebüsch am anderen Ende gespäht, und Miss Bobbin nicht gesehen.

Als ich über den Schotterweg zum Tor zurückkehrte, überkam mich ein düsteres Gefühl. Ich hatte damit gerechnet, Miss Bobbin sofort zu entdecken. Je länger ich sie nicht sah, desto stärker wurde meine Sorge.

Ich wickelte den Schal fester um meinen Hals, als mir ein scharfer Windstoß ins Gesicht wehte. Eine steife Brise hatte den Nebel vertrieben, und durch die kahlen Zweige der Kastanienbäume zeichnete sich ein leuchtend blauer Himmel ab. Als ich den Park verließ, entdeckte ich Miss Bobbins kantige Gestalt. Ihr voluminöser Mantel verbarg kaum ihre spitzen Ellbogen und spindeldürren Schultern. Sie kam mit gutem Tempo auf mich zu, während sie die Straße entlangging, die zwischen den Mansions und dem Park verlief.

Erleichterung durchströmte mich, was mich überraschte. Miss Bobbin hatte nie geheiratet und lebte allein, aber sie gehörte nicht zu den rundlichen älteren Frauen, die man mit Stricknadeln und frisch gebackenen Scones in Verbindung brachte. Miss Bobbin dachte ganz sicher nicht an klebrige Backwaren. Nein, sie war eher herb als süß. Ihr aufgeschlossener Hund Ace machte ihr etwas distanziertes Verhalten wett. Er eilte ihr auf dem Bürgersteig voraus, genau so weit, wie die Leine es zuließ. Er begrüßte mich immer mit unbändiger Freude, wenn wir uns zufällig begegneten.

Ich ging so über die Straße, dass ich genau in dem Moment zu ihnen stieß, als sie die Tür zum Foyer erreichten. „Hallo, Miss Bobbin." Sie blieb stehen, um mich Ace streicheln zu lassen, der vor Freude zitterte, als ich ihn mit einer Ohrmassage begrüßte. „Fühlen Sie sich wieder besser? Minerva hat gesagt, sie haben sich gestern Abend nicht sehr gut gefühlt."

„Hallo, Miss Belgrave. Ja, vielen Dank. Ich glaube, das kühle Wetter war schuld. Sonnenschein wirkt wahre Wunder, finden Sie nicht?"

Wir gingen den scharlachroten Läufer des Foyers entlang, während Ace vor Aufregung kreuz und quer vor uns her lief. „Heute ist deutlich besser als gestern", sagte ich, als wir den Aufzug betraten und die Tür schlossen.

„Das ist wahr. Richtig schön für Februar. Ace wollte heute weiter gehen als nur in den Park, also musste ich nachgeben."

Ace hatte seine Nase in die Ecke gedrückt, in der die

Tür auf den Rahmen des Aufzugs traf, und war so bereit, hinauszustürmen, sobald wir den zweiten Stock erreichten. Als er seinen Namen hörte, drehte er den Kopf, um Miss Bobbin anzusehen. Ihre scharfen Gesichtszüge wurden weicher, als sie den Hund anlächelte.

Miss Bobbin wandte ihre Aufmerksamkeit wieder mir zu. „Wir hatten hier in den Mansions in letzter Zeit ziemlich viel Aufregung, nicht wahr?"

„Hatten wir?", fragte ich. Ich versuchte, meinen Argwohn aus meinem Ton herauszuhalten, doch es gelang mir nicht ganz. Wollte sie damit andeuten, dass sie etwas über den aufgerollten Teppich wusste?

„Gestern waren die Umzugshelfer, der Mechaniker und auch die Maler da."

„Oh. Ja, richtig. Natürlich. In letzter Zeit war viel los." Wenn diese Bemerkung von Mrs. Attenborough gekommen wäre, wäre sie von Missbilligung durchdrungen gewesen, aber Miss Bobbin schien die Invasion der Arbeiter nicht zu stören.

„Armer Ace. Er ist ganz erschöpft davon, ständig auf die Geräusche aus dem Flur lauschen zu müssen. Er war gestern den ganzen Tag in Alarmbereitschaft."

„Ich nehme an, dass Sie nicht wissen, wohin die Kemps gezogen sind?"

„Nein, ich fürchte nicht."

„Ist Ihnen gestern vielleicht irgendetwas … Ungewöhnliches im Flur aufgefallen? Ich meine, abgesehen von den Arbeitern."

„Nein, ich bin zu Hause geblieben. Wegen meines Schnupfens, wissen Sie? Evans war so freundlich, Ace für mich in den Park auszuführen, sodass ich nicht hinausgehen musste."

„Das war nett von Evans. Ich gehe gerne mit Ace

spazieren, falls Sie einmal keine Lust haben, ihn auszuführen."

„Danke. Das werde ich im Hinterkopf behalten", sagte sie, aber ich konnte mir vorstellen, dass sie mich nur als allerletzten Ausweg fragen würde. Sie schien zu der Sorte zu gehören, die sich lieber nicht auf irgendjemanden verlassen oder jemandem verpflichtet sein wollte.

Als der Aufzug federnd anhielt, kam mir ein Gedanke. „Wie lange leben Sie eigentlich schon in South Regent Mansions, Miss Bobbin?"

„Seit dem Eröffnungsjahr."

„Sie haben also viele Leute kommen und gehen sehen."

„Oh ja."

Ace, der voller Vorfreude darauf wartete, aus dem Aufzug zu stürmen, ging im Kreis, kehrte dann zur Tür zurück und wickelte die Leine um meine Knöchel.

Während ich mich befreite, fragte ich: „Haben Sie jemals die derzeitigen Bewohner von Nummer 228 getroffen?"

„Nein, sie neigen dazu, für sich zu bleiben. Tatsächlich kenne ich nur den Namen. Er steht auf der Bewohnerliste, wissen Sie? Ich habe ihnen eine Einladung zu einem meiner Bridgeabende geschickt, aber sie haben höflich abgelehnt. Spielen Sie Bridge, Miss Belgrave?"

„Ja, das tue ich."

„Dann schicke ich Ihnen eine Einladung zu meiner nächsten Bridge-Party."

„Ich freue mich darauf." Ich entriegelte die Tür. Ace schoss voraus, und Miss Bobbin machte einen schnellen Schritt, um mit dem zügigen Tempo des Hundes schrittzuhalten. „Hätten Sie gern eine Tasse Tee, Miss Belgrave?", fragte sie über ihre Schulter.

„Das wäre nett, danke."

Die Tür zu Wohnung 220 am Ende des Flurs öffnete sich einen Zentimeter. Eine ingwerfarbene Katze schlüpfte durch die kleine Lücke und flitzte den scharlachroten Läufer des Flurs entlang. Miss Bobbin musste ihren Griff um die Leine gelockert haben, denn Ace stürmte mit am Boden schleifender Leine hinter der Katze her. Im Flur herrschte Chaos, als Katze und Hund auf dem Läufer auf und ab rannten und gegen die kleinen Wandtische stießen, die den Flur zierten. Miss Bobbin stürzte sich auf Ace' Leine, und ich rannte hin und her, um die Blumenvasen auf den Tischen zu stabilisieren, die die Tiere ins Wanken gebracht hatten.

Mr. Popinjay kam aus der Wohnung 220 und begann, am wilden Rennen im Flur teilzunehmen. Obwohl er gedrungen und eher rundlich gebaut war, war er beweglich. Es gelang ihm, die Katze zu nehmen und sie an seinen runden Bauch zu drücken. Eine der Pfoten der Katze traf seine Fliege, sodass sie schief hing, doch er bemerkte es nicht. „Dieser Hund ist eine Landplage!", polterte er, während er in seine Wohnung zurückkehrte. „Er macht Desdemona Angst. Sie hätte verletzt werden können."

Miss Bobbin rückte ihren Hut zurecht. „Ace ist keine Landplage. Er hat sich perfekt benommen, bis Ihr Tier durch den Flur rannte, mit den Möbeln kollidierte und für Unruhe gesorgt hat. Man kann von einem Hund nicht erwarten, dass er eine freilaufende Katze *nicht* jagt."

Mr. Popinjay schlug seine Tür zu, doch Miss Bobbin fuhr fort: „Es widerspricht der Natur eines Hundes."

Das Schloss an der Tür zu Wohnung 220 rastete ein.

Miss Bobbin schnaubte. „Dieser *Mann* ist eine Landplage", verkündete sie gut hörbar im Flur, dann marschierte sie zu ihrer Wohnung, Nummer 222, und zog mit einem dumpfen Knall die Tür hinter sich zu.

„Nun, wie es scheint, werde ich heute meinen eigenen Tee kochen." Ich kehrte in meine Wohnung zurück und strich die Namen von Miss Bobbin und Mr. Popinjay von meiner Liste.

~

Ich hatte mich gerade mit einer Tasse Tee – die ich mir selbst gemacht hatte – und meiner Namensliste niedergelassen, als ein Klopfen durch die Wohnung hallte.

Ich dachte, es wäre Miss Bobbin, die gekommen war, um sich dafür zu entschuldigen, dass sie ihre Einladung zum Tee vergessen hatte, doch es war Minerva, die auf der Schwelle stand. „Ich habe Neuigkeiten", verkündete sie.

„Ich auch. Komm rein. Eine Tasse Tee?"

„Ja, bitte. Ich brauche eine."

„Stimmt was bei der Zeitung nicht?"

„Nein, da ist alles beim Alten. Der alte Harrison ist so unzufrieden mit mir wie eh und je. Ich habe Zeichnungen, die ich heute Nachmittag fertigstellen muss, aber ich bin ein bisschen aufgedreht. Ich fürchte, ich werde mich nicht konzentrieren können."

Ich kam mit einer frischen Tasse und Untertasse aus der Küche und bedeutete ihr, mir ins Wohnzimmer zu folgen. „Nach deinem gestrigen Erlebnis ist es kein Wunder, dass es dir so geht. Was sind deine Neuigkeiten?", fragte ich, während ich den Tee eingoss.

Sie reichte mir ein zerknittertes Stück Papier aus ihrer Tasche. „Ich habe die Adresse der Kemps."

„Ausgezeichnet. Wo sind sie hingezogen?", fragte ich, während ich sie auf die Namensliste schrieb.

„Bloomsbury."

„In Ordnung, ich werde heute Nachmittag dort vorbeigehen."

„Ich war schon da. Ich habe heute Morgen auf dem Weg zur Fleet Street mit Evans gesprochen. Ich habe mir eine Geschichte darüber ausgedacht, dass ich Miss Kemp etwas zurückgeben muss, damit er mir ihre neue Adresse gibt. Sobald ich in der Fleet Street fertig war, bin ich nach Islington gefahren. Ich habe sowohl Mr. als auch Mrs. Kemp gesehen."

„Oh, hast du mit ihnen gesprochen?"

Sie schüttelte den Kopf, als ein kleines Lächeln über ihre leuchtend roten Lippen huschte. „Das wäre peinlich gewesen, findest du nicht? Zumal ich eigentlich nichts habe, was ich ihnen zurückgeben könnte. Ich konnte mir keinen guten Grund vorstellen, warum ich sie in ihrem neuen Zuhause besuchen würde. Ich bin an der Ecke stehengeblieben und habe auf ein Blatt Papier gestarrt, als hätte ich mich verlaufen. Sie sind von irgendeiner Besorgung zurückgekommen. Sie sind in ein Reihenhaus gegangen."

„Das ist gut. Wir können sie also von unserer Liste streichen."

Minerva trank einen Schluck Tee und stellte die Tasse zurück auf die Untertasse. „Ich habe auch die Zeiten, zu denen die Arbeiter hier waren und wann sie gegangen sind."

„Gut gemacht."

„Ich habe ziemlich viel mit Evans geplaudert, und er schien kein Problem damit zu haben, mich einen Blick in sein Besucherbuch werfen zu lassen. Seine Aufzeichnungen sind ausgezeichnet."

„Gott sei Dank. Wie waren die Arbeitszeiten der

Arbeiter?", fragte ich mit gezücktem Stift.

„Genau, wie wir dachten. Der Aufzugsmonteur war um halb eins fertig, und die Maler haben von zwölf bis eins Mittagspause gemacht. Und als sie zum Mittagessen gegangen sind, haben sie Evans gesagt, dass sie mit dem Treppenhaus im zweiten Stock fertig waren. Als sie vom Mittagessen zurückgekommen sind, haben sie gesagt, sie wollten den Rest des Treppenhauses erledigen und wären gegen drei Uhr fertig."

Ich notierte die Zeiten, dann fragte Minerva: „Hast du auch was herausgefunden?"

Ich legte meine Liste nieder und lehnte mich mit meiner Teetasse in meinem Stuhl zurück. „Ja, sowohl Miss Bobbin als auch Mr. Popinjay sind gesund und munter – ebenso wie ihre Haustiere. Eben ist es im Flur zu einer ziemlichen Rauferei gekommen."

Minerva schmunzelte „Lass mich raten. Katze gegen Hund? Die übliche Geschichte?"

„Volltreffer. Mr. Popinjays Katze ist aus seiner Wohnung geschlüpft und den Flur entlanggerannt. Miss Bobbins Hund natürlich hinterher. Für ein paar Momente herrschte wildes Durcheinander. Zum Glück wurde nichts von der Dekoration zerstört, aber Mr. Popinjay und Miss Bobbin waren beide recht entnervt."

„Die beiden sind sich doch nie grün."

„Wem sagst du das? Damit sind die beiden geklärt. Ich habe eine Nachricht von Constance bekommen, dass Lola unerwartet weg musste."

„Sehr gut. Wir machen Fortschritte." Minerva drehte die Namensliste zu sich um und griff nach meinem Stift. „Das bedeutet, dass wir sie auch abhaken können."

„Noch nicht."

Sie hielt inne, den Stift in der Luft. „Was? Warum nicht?"

„Weil ich Constances Handschrift nicht kenne. Jeder hätte diesen Zettel schreiben und unter meiner Tür hindurchschieben können. Ich kann Constance nicht abhaken, bis ich sie tatsächlich gesehen habe."

„Ja, ich denke, das ist die beste Vorgehensweise." Minervas hochgezogene Brauen senkten sich. „Dann heißt das, dass wir auch noch nach Mr. Culpepper sehen müssen."

„Aber ich dachte, du hättest gestern von ihm gehört?"

„Er hat eine Nachricht geschickt, dass er arbeiten muss und es nicht schaffen würde. Aber es ist dasselbe wie bei Constance. Ich kenne Mr. Culpeppers Handschrift nicht. Du hast recht – jeder hätte sie schicken können."

„Wann hast du die Nachricht bekommen?"

„Mit der Nachmittagspost."

„Also nachdem du die Leiche im Teppich gesehen hattest?" Ich fragte nach, um doppelt sicherzugehen.

„Ja. Evans hat sie mir gegeben, als ich am Nachmittag von der Fleet Street zurückgekommen bin."

„Hast du den Umschlag noch? Wir könnten den Stempel überprüfen …" Ich verstummte.

Minerva schüttelte den Kopf. „Ich habe ihn gestern beim Aufräumen vor dem Abendessen in den Müll geworfen. Er ist weg."

Jede Wohnung im Gebäude hatte einen Mülllift in der Küche, der bis in den Keller führte. Die Mülltonnen wurden jeden Morgen geleert und zurückgebracht, was bedeutete, dass der Zettel am Morgen mit dem Müll entsorgt worden war.

„Dann können wir Mr. Culpepper nicht abhaken", stimmte ich zu.

Minerva nickte und legte den Stift auf den Tisch. „Ist dir klar, was das bedeutet? Wenn Mr. Culpepper diese Nachricht tatsächlich geschickt und Constance die an dich geschrieben hat, dann haben wir alle." Ihr Teint hatte deutlich an Farbe verloren. „Das bedeutet, dass ich mich geirrt habe, und niemand in diesem Teppich eingerollt war. Oh, Olive. Was stimmt nicht mit mir? Vielleicht bin ich verrückt."

„Unsinn", sagte ich und ließ meine Stimme so scharf und schulmeisterlich wie möglich klingen. „Von allen Leuten, die ich kenne, bist du die am wenigsten Verrückte. Du hast gestern Abend einen sehr logischen Plan vorgelegt, und wir werden ihn bis zum Abschluss verfolgen. Wir werden nach jeder Person suchen, bevor wir irgendwelche Annahmen treffen."

Minerva rieb sich mit der Hand über die Stirn und zerzauste wieder einmal ihren Pony. „Ja, du hast recht. Ich bin ein bisschen durcheinander."

„Vollkommen verständlich."

Sie sah immer noch verstört aus, also tippte ich auf einen Namen auf dem Papier. „Und du vergisst auch Diana Finch-Ellis."

„Oh, das stimmt." Erleichterung breitete sich auf Minervas Gesicht aus, doch sie schüttelte sofort den Kopf. „Wie schrecklich von mir – ich war tatsächlich für einen Moment erleichtert, als ich dachte, ich hätte recht –, dass ich mir das nicht eingebildet habe. Wie viel besser wäre es, wenn ich mich tatsächlich geirrt hätte – auch wenn das bedeuten würde, dass ich verrückt bin."

„Du bist nicht verrückt. Du bist vernünftig und logisch und ein bisschen erschüttert deswegen, was völlig verständlich ist."

„Was ist, wenn es Diana ist? Das wäre schrecklich. Ich

kann nicht glauben, dass ich ihren Namen einfach im Geiste übersprungen habe. Ich war so auf die Kemps und ihre Neuigkeiten konzentriert, dass ich sie ganz vergessen habe."

„Sie ist sehr oft unterwegs. Ich sehe sie nur selten."

„Miss Bobbin scheint die Einzige zu sein, die sie hört – um zwei Uhr morgens!"

„Ja, es ist scheinbar recht unangenehm, eine beliebte Salonlöwin als Nachbarin zu haben", sagte ich.

„Nun, nach einem Theaterabend muss schließlich jemand Omeletts für die junge Generation der Gesellschaft machen."

Ich war froh, dass eine Spur von Minervas Humor zurückgekehrt war. „Ich werde heute Nachmittag nach ihr sehen", sagte Minerva. „Sie sollte bald wach sein." Dianas Teilnahme an Partys und gesellschaftliche Veranstaltungen bedeutete, dass sie oft erst in den frühen Morgenstunden zurückkehrte und normalerweise nicht vor Mittag in den Fluren der South Regent Mansions gesehen wurde.

„Und da ist noch eine Wohnung, die du übersehen hast." Ich deutete auf den Nachnamen auf der Liste.

„Das stimmt, die Darkwaiths."

„Wir müssen herausfinden, wer in Wohnung 228 lebt", sagte ich. „Vielleicht kann uns Evans dabei helfen?"

Minerva zuckte mit den Schultern. „Keine Ahnung. Ich habe schon früher versucht, ihm Informationen über die Darkwaiths zu entlocken, aber er war immer äußerst zurückhaltend."

„Vielleicht müssen wir herausfinden, wo seine Schwächen liegen."

„Das klingt ziemlich hinterhältig."

„Ermittlungen erfordern oft ein bisschen Hinterhältigkeit."

KAPITEL SIEBEN

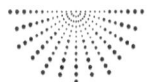

*M*inerva stellte ihren Tee ab. „Lass uns nicht bis heute Abend warten, um mit Mr. Culpepper zu sprechen. Rufen wir ihn jetzt an." Sie sprang auf. „Es macht dir doch nichts aus, wenn ich dein Telefon benutze, oder?"

Da sie auf halbem Weg zu meinem Schreibtisch war, sagte ich: „Natürlich nicht. Weißt du, wo er arbeitet?"

„Ich kenne den Namen. Er hat es auf der Dinnerparty erwähnt, als ich ihn gefragt habe, was er macht. Es war eine seltsame Wortkombination, die mir im Gedächtnis geblieben ist. Ich sollte den Namen finden können, wenn du ein Telefonbuch hast."

„Mittlere Schublade links."

Sie blätterte durch die Seiten. „Duck, Dade und … noch irgendwas anderes."

„Was ist das für ein Unternehmen?"

„Eine Buchhaltungsfirma."

Ich hatte mich abgewandt und füllte meine Teetasse wieder auf, doch auf ihre Worte hin stellte ich die Kanne ab und drehte mich um, um über die Sofalehne zu blicken.

„Buchhaltung? Ich dachte, seine Arbeit hat irgendetwas mit Wissenschaft zu tun. Die wenigen Male, die ich mit ihm gesprochen habe, hat er über seine Erfindungen und interessanten wissenschaftlichen Durchbrüche gesprochen. Ich gebe zu, dass ich einiges von dem, was er gesagt hat, nicht verstanden habe, aber ich weiß, dass es mit Wissenschaft und mechanischen Entwicklungen zu tun hatte. So viel habe ich verstanden."

Mit gesenktem Kopf blätterte Minerva im Verzeichnis. „Das mechanische Zeug ist sein Hobby. Er arbeitet als Buchhalter. Ich war auch überrascht. Ich habe ihn gefragt, warum er nie darüber spricht, und er sagte, die meisten Leute fänden Buchhaltung todlangweilig. Die Leute interessierten sich viel eher für Erfindungen und andere Spielereien."

„Für mich klang das kaum nach Spielerei. Er schien sehr sachkundig zu sein."

„Das stimmt. Aber offenbar sind seine Gadgets ein Hobby, nicht sein Beruf."

Sie strich mit dem Finger über die Spalten des Telefonbuchs. „Allerdings hat er mir erzählt, dass er vorhat, sich an einen Investor zu wenden, sobald er seinen Prototyp zum Laufen gebracht hat. Er hat nicht die Mittel, in großem Maßstab zu produzieren."

„Das ist interessant. Hört sich an, als ob er seine Arbeit nicht befriedigend findet."

„Nein, ich glaube nicht, dass er das tut. Ah, hier ist es." Sie griff nach dem Telefon. „Duck, Dade und Croft."

„Ich kann verstehen, warum du dir diesen Namen gemerkt hast." Während sie darauf wartete, verbunden zu werden, rührte ich einen Würfel Zucker in meinen Tee.

„Mr. Culpepper bitte ... oh. Und wann kommt er zurück?"

Ich drehte mich um und blickte noch einmal über die Sofalehne.

Minerva riss ihren Kopf hoch, ihr ausdrucksstarkes Gesicht überrascht. „Er ist nicht in der Stadt? In Edinburgh. Oh, das habe ich nicht gewusst ... Nein. Keine Nachricht. Ich werde ihn später kontaktieren. Wann kann ich es wieder versuchen?" Ihr besorgter Blick fing meinen ein, als sie das Telefonbuch zuklappte. „In ein paar Tagen, verstehe." Sie legte auf und kam langsam durch das Zimmer zu mir zurück. Die Energie und der Enthusiasmus, die sie ein paar Minuten zuvor gehabt hatte, waren verschwunden. „Sie sagen, dass er wegen einer dringenden Angelegenheit unerwartet verreisen musste. Warum hat er das nicht in seiner Notiz geschrieben?"

„Vielleicht hatte er keine Zeit."

„Vielleicht", sagte sie, aber in ihrem Ton schwangen Zweifel mit. Sie setzte sich und strich geistesabwesend ihren Rock glatt. Ich bot ihr an, ihre Teetasse wieder aufzufüllen, aber sie schüttelte den Kopf. „Ich glaube nicht, dass ich im Moment noch etwas trinken könnte."

Ich stellte die Teekanne ab. „Wir müssen einfach noch einmal mit Evans sprechen. Er wird wissen, wann Mr. Culpepper gegangen ist."

„Aber das ist es ja eben. Die Person, mit der ich in seinem Büro gesprochen habe, sagte, Mr. Culpepper sei direkt von der Arbeit gegangen."

„Er ist nicht einmal hierher zurückgekommen, um einen Koffer zu holen?"

„Scheinbar nicht. Die Dame sagte, dass Mr. Culpepper Familie in Edinburgh hat und häufig dorthin reist."

„Er hat keinen schottischen Akzent, aber ich vermute, dass entfernte Verwandte dort leben könnten. Oder seine

Familie könnte vor Kurzem dorthin gezogen sein. Aber es ist ausgesprochen seltsam, dass er nicht wenigstens einen Koffer mitgenommen hat."

Minerva rieb sich mit der Hand die Stirn. „Wir machen keinerlei Fortschritte. Es wird immer nur komplizierter." Die Reiseuhr auf dem Kaminsims schlug die Stunde, und Minerva seufzte. „Ich muss eine Zeichnung für Harrison fertigmachen. Abgabe ist in ein paar Stunden."

„Dann konzentriere deine ganze Aufmerksamkeit darauf. Lass mich nach Diana sehen – das ist eine Sache, die wir erledigen können. Und ich habe eine Idee, wie wir mehr über Mr. Culpepper herausfinden können."

Nachdem Minerva gegangen war, setzte ich mich an den Schreibtisch, fand eine Karte, die ich in einer Schublade versteckt hatte, und rief einen gewissen Antiquitätenladen an.

Eine raue Stimme antwortete, und ich sagte: „Hallo, sind Sie das, Boggs? Ich bin's, Olive Belgrave."

„Miss Belgrave! Freut mich, von Ihnen zu hören."

Ich hatte Boggs kennengelernt, als ich an einem anderen Fall gearbeitet hatte. Seitdem hatte ich ihn ein paarmal eingesetzt, damit er mich bei meinen Fällen unterstützte. Er war sehr hilfreich beim Aufspüren von Informationen in Bereichen und sozialen Situationen, die mir verschlossen waren. Als junge Frau aus der Oberschicht öffneten sich mir bestimmte Türen, doch andere blieben mir verschlossen. Boggs war in den Bereichen, in denen ich eingeschränkt war, hervorragend. „Ich war mir nicht sicher, ob Sie da sein würden. Ich dachte, ich müsste vielleicht eine Nachricht für Sie hinterlassen."

„Leider wurde mein Stück abgesetzt, und ich habe im Moment nichts zu tun. Vielleicht könnte ich Ihnen behilflich sein?"

Als ich Boggs das letzte Mal gesehen hatte, war er kostümiert gewesen. „Es tut mir leid, zu hören, dass das Stück abgesetzt wurde – Sie waren ein toller Pirat –, aber ich habe tatsächlich etwas, bei dem ich Hilfe brauche."

„Wunderbar. Ich habe im Laden alles abgestaubt, und mein nächstes Vorsprechen ist erst am Montag."

„Ich brauche Informationen über einen Mr. Culpepper. Er arbeitet bei Duck, Dade und ähm – ich bin mir nicht sicher, was der letzte Name ist. Es ist eine Buchhaltungsfirma hier in London."

„Sollte nicht so schwer zu finden sein."

„Ja, das dachte ich mir auch. Ich muss vor allem wissen, ob Mr. Culpepper Verwandte in Edinburgh hat und ob er gestern nach Schottland gereist ist."

„Sicher. Sicher. Sollte nicht allzu schwierig sein."

Ich war zuversichtlich, dass Boggs die Informationen beschaffen würde. Er hatte ein Talent, sich in jede Umgebung einzufügen, in der er sich gerade befand – ein Ergebnis seiner schauspielerischen Fähigkeiten, da war ich mir sicher. Er hatte auch ein Gespür dafür, das Vertrauen seiner Mitmenschen zu gewinnen – oder er zahlte gut für Informationen. Ich war mir nicht sicher, welche Methode er bei der Buchhaltungsfirma anwenden würde, aber mir war beides recht. Wir mussten schnell die Informationen über Mr. Culpepper bekommen, und ich war zuversichtlich, dass Boggs sie herausfinden konnte. „Wird unser üblicher Tarif ausreichen?", fragte ich. „Zuzüglich etwaiger anfallender Spesen versteht sich."

„Ich könnte nicht mehr von Ihnen verlangen, Miss Belgrave", sagte er. „Ich werde heute Nachmittag das Büro dieser Firma aufsuchen. Soll ich danach eine Nachricht schicken?"

„Bitte. Oder rufen Sie mich direkt an. Ich gebe Ihnen meine neue Adresse und Nummer." Ich wartete, um ihm Zeit zu geben, einen Stift und Papier zu holen.

Nachdem er beides aufgeschrieben hatte, sagte er: „Sie sind umgezogen?"

„Ja. In die South Regent Mansions."

Er gluckste. „Ich wusste immer, dass es nicht mehr lange dauern würde, bis Sie ihre Pension verlassen würden. Ich melde mich."

DIANA FINCH-ELLIS WOHNTE in Wohnung 224, neben Miss Bobbin in 222. Ich klopfte an Dianas Tür. Aus Miss Bobbins Wohnung ertönte Gebell, doch hinter Dianas Tür war keine Bewegung zu hören. Nach ein paar Augenblicken klopfte ich erneut, diesmal fester. Ace' Bellen, das nachgelassen hatte, erklang wieder in voller Lautstärke.

Jeder im zweiten Stock wusste, dass Diana ziemlich laute Freunde hatte, die regelmäßig für Aufruhr sorgten, wenn sie sie mit nach Hause brachte. Miss Bobbin bekam das Schlimmste davon mit, und ich wollte sie nicht stören, indem ich noch länger Lärm machte. Ich würde später wiederkommen, wenn Miss Bobbin mit Ace auf seinen Abendspaziergang ging. Als ich mich umdrehte, öffnete sich Miss Bobbins Tür, und sie steckte ihren Kopf heraus. „Oh, Miss Belgrave, Sie sind es." Sie hielt Ace auf einem Arm, den sie an ihre schmale Taille drückte. „Ich dachte,

Diana hätte wieder ihren Schlüssel verloren. Sie macht immer so viel Lärm."

„Kommt das oft vor?"

„Öfter, als Sie glauben. Ich weiß, dass es bei den jungen Leuten angesagt ist, einen Hausschlüssel zu haben, aber sie scheint nicht in der Lage zu sein, ihren bei sich zu behalten." Miss Bobbin nickte in Richtung eines Gemäldes von einem Wasserfall, das an der Wand zwischen ihren Türen hing. „Miss Finch-Ellis hat einen zusätzlichen Schlüssel oben auf dem Rahmen. Doch sie reißt jedes Mal das Gemälde von der Wand, was Ace furchtbar aufregt. Und natürlich passiert es immer mitten in der Nacht. Ich habe ihr gesagt, dass es viel besser wäre, einen Ersatzschlüssel bei Evans zu lassen, aber sie sagt, das mache überhaupt keinen Spaß."

„Nun, sie scheint gerade nicht zu Hause zu sein."

„Das ist sie nicht. Sie besucht eine Freundin auf dem Land."

„Ach so?"

„Ja, sie ist gestern gegangen. Sie sagte, ich hätte mehrere Tage Ruhe und Frieden." Miss Bobbin schüttelte den Kopf. „Sie ist wirklich unverbesserlich – und ziemlich frech –, aber sie hat eine so gewinnende Art an sich, dass ich ihr immer wieder vergebe, obwohl ich eigentlich ziemlich böse auf sie sein sollte."

„Haben Sie sie gehen sehen?"

„Nein. Es war ungefähr zehn, als ich mit ihr gesprochen habe – erschreckend früh für sie, wissen Sie? Sie hat gemerkt, dass ich überrascht war, sie zu sehen. Sie hat gesagt, sie sei normalerweise eine furchtbare Langschläferin, aber gegen ein Uhr musste sie einen Zug erwischen und einige Besorgungen erledigen, bevor sie zum Bahnhof gehen würde."

„Hat sie gesagt, wohin sie wollte?"

„Lassen Sie mich nachdenken. Es war nicht weit." Sie blickte abwesend über meine Schulter auf das Gemälde. „Irgendwas mit Court. Lassen Sie mich einen Moment nachdenken. Nein, ich kann mich nicht erinnern, aber es wird mir einfallen." Ihre Aufmerksamkeit richtete sich wieder auf mein Gesicht. „Jetzt muss ich mich bei Ihnen entschuldigen, Miss Belgrave. Ich habe vorhin völlig vergessen, dass ich Ihnen Tee angeboten hatte. Doch wegen dieser schrecklichen Katze habe ich meine Einladung ganz vergessen. Hätten Sie jetzt vielleicht gern eine Tasse? Vielleicht fällt mir Miss Finch-Ellis' Ziel ja noch ein. Es scheint etwas zu sein, das Sie unbedingt wissen möchten."

„Oh, ich muss nur mit ihr sprechen, und ich wusste nicht, dass sie nicht in der Stadt sein würde." Ich hatte heute schon mehrere Tassen Tee getrunken, doch wenn ich herausfinden könnte, wo Diana war, würde ich noch eine trinken. „Ja, ich habe Zeit für eine Tasse Tee."

Ich folgte Miss Bobbin in ihre Wohnung. Sie setzte Ace ab, und er begrüßte mich, als wäre ich ein lange verschollenes Familienmitglied, das zurückgekehrt war. Miss Bobbin ging Tee kochen, und ich betrat ihr Wohnzimmer, während Ace um mich herum hüpfte und wie verrückt mit dem Schwanz wedelte.

Ich war noch nie auf einer von Miss Bobbins Bridge-Partys gewesen und hatte daher noch nie ihre Wohnung von innen gesehen. Da sie alleinstehend war, hatte ich mir vorgestellt, dass sie mit sperrigen viktorianischen Möbeln vollgestopft war, mit reichlich verstreuten Deckchen und Nippes, der auf jeder möglichen Oberfläche verkeilt war, aber das Gegenteil war der Fall.

An den Wänden hingen mehrere moderne

Landschaften, einige davon im neuen kubistischen Stil. Die Möbel waren schlicht und modern, mit Ausnahme eines Chesterfield-Sofas, das eindeutig Ace' Domäne war. Er sprang hinauf und ließ sich in einer Ecke nieder. Farne und andere Topfpflanzen waren im Raum verteilt. Dicht gepackte Bücherregale säumten eine Wand. Plaketten und ein paar Trophäen hingen über dem Kaminsims. Auf der, die mir am nächsten hing, waren die Worte „Erster Platz, Sillbury-Bridge-Turnier, 1922" eingraviert. Auf beiden Seiten des Kamins hingen Fotos von Gruppen von Schulkindern vor einem dreistöckigen Backsteingebäude an den Wänden. Auf jedem der Fotos erkannte ich neben den Kindern die schlanke Gestalt einer viel jüngeren Miss Bobbin, die in der Reihe der Lehrer stand.

Als ich das Klirren von Besteck und Porzellan hörte, ging ich zu Miss Bobbin, um ihr zu helfen. „Danke, Miss Belgrave. Stellen Sie es auf die Ottomane."

Ich stellte das Tablett auf, und sie setzte sich auf das Sofa, um den Tee einzugießen.

Ich nickte zum Kaminsims, als ich Platz nahm. „Ich habe Ihre Fotos bewundert. Sie waren Lehrerin?"

„Leitende Mathematiklehrerin an der Dunbar School for Young Ladies."

„Und Sie sind erst kürzlich in den Ruhestand gegangen?"

„Ja, vor zwei Jahren. Meine Nichte und ihr Mann haben diese Wohnung für mich gefunden, und seitdem lebe ich hier."

„Sie ist wunderbar."

„Danke. Nachdem ich mein gesamtes Berufsleben in den Räumlichkeiten der Schule verbracht habe, ist es eine Freude, für mich selbst einzukaufen. Es hat mir Spaß gemacht, sie einzurichten. Einige meiner Freunde sagen, sie ist zu modern, aber mir gefällt es so."

„Mir auch."

Sie reichte mir meinen Tee. „Und ich erinnere mich an den Namen des Hauses, in dem Miss Finch-Ellis sein würde. Es war Henley Court."

„Davon habe ich gehört. Ich glaube, es ist in Surrey?"

„Ja, das ist richtig. Sie wollte nach Surrey, nach Henley Court."

Ace war vom Sofa gesprungen und setzte sich aufmerksam vor mich hin. „Aber Sie haben sie nicht zum Zug fahren sehen?", fragte ich, während ich mich vorbeugte und Ace' Rücken streichelte.

„Nein, ich habe sie nur am Morgen gesehen."

„Oh."

Miss Bobbin neigte den Kopf und sah ein wenig verwirrt aus. „Das ist nicht die Antwort, die Sie sich erwünscht haben."

Ich lächelte schnell, um meinen Ausrutscher zu verbergen. „Nein, alles in Ordnung. Es macht die Sache nur ein bisschen komplizierter." Die Tatsache, dass sowohl Diana als auch Mr. Culpepper die Stadt am Tag zuvor verlassen hatten, beunruhigte mich.

„Welche Sache?"

Ich richtete mich auf. Ich hätte fast mit einer Zusammenfassung dessen begonnen, was vorgefallen war. Es war leicht, mit ihr zu reden, aber ich konnte mich ihr nicht anvertrauen. Trotz ihres süßen Hundes und ihrer hübsch eingerichteten Wohnung kannte ich Miss Bobbin überhaupt nicht. Ich musste alles, was sie sagte, mit Vorsicht genießen. „Nichts Wichtiges." Ich tätschelte Ace ein letztes Mal und lenkte das Gespräch auf ein anderes Thema. „Mir sind Ihre Bridge-Trophäen aufgefallen."

„Ich habe mich ziemlich in Bridge vertieft. Es ist eine schöne Art, Leute kennenzulernen. Ich habe eine Affinität zu Zahlen, und es macht mir Spaß, einem Gegner den Allerwertesten zu versohlen."

Ace trottete davon und kam wenige Augenblicke später mit einem Ball im Maul zurück. Er stellte sich wieder vor mich und ließ den Ball mit einem erwartungsvollen Blick in seinen großen braunen Augen vor meine Füße fallen.

„Ace", schalt Miss Bobbin ihn, „lass unseren Gast in Ruhe!"

„Schon gut." Ich stellte meinen Tee ab und warf den Ball für ihn. Ace rannte hinterher, seine Beine flogen durch den Raum. „Hat Miss Finch-Ellis gesagt, wann sie zurückkommen würde?"

„Nein, sie hat keinen konkreten Tag genannt, nur, dass ich eine ganze Woche Ruhe und Frieden haben würde."

„Dann muss ich bis dahin warten, um mit ihr zu sprechen. Vorhin haben Sie gesagt, Sie seien überrascht gewesen, mich im Flur zu sehen. Hatten Sie damit gerechnet, jemand anderen vor Miss Finch-Ellis' Tür zu sehen?" Ace kam schnell mit dem Ball zurück. Ich warf ihn noch einmal. „Oh nein. Meistens kenne ich die Leute nicht, die ich in ihre Wohnung kommen und gehen sehe. Außer natürlich der jungen Frau aus Wohnung 225. Ich glaube, ihr Name ist Miss Mallory?"

„Ja, richtig, Lola Mallory. Ich wusste nicht, dass sie und Miss Finch-Ellis befreundet sind."

Aus dem Flur ertönte ein Geräusch. Ace neigte den Kopf, spitzte die Ohren, dann ließ er den Ball fallen und rannte los, um ein paarmal zu bellen und die Situation zu beobachten.

Miss Bobbin stellte ihre Tasse wieder auf die

Untertasse. „Ich würde ihre Gespräche kaum als freundschaftlich bezeichnen."

„Wirklich? Warum das?"

„Nun, einmal bin ich mit Ace von einem Spaziergang zurückgekommen und habe ihre lauten Stimmen gehört. Wenn Miss Finch-Ellis in ihrer offenen Tür und Miss Mallory im Flur steht, kann man natürlich nicht anders, als mitzuhören."

„Ich verstehe, ja. Ich frage mich, worüber sie gestritten haben. Ich hatte nicht das Gefühl, dass sie sich gut genug kennen, um eine Meinungsverschiedenheit zu haben." Glamourös und kontaktfreudig hatte Diana einen großen Freundeskreis, und Fotos von ihr tauchten immer wieder in den Gesellschaftskolumnen auf. Die wenigen Male, die ich sie in der Lobby getroffen hatte, war sie in ihrem Nerz vorbeigerauscht und hatte einen teuren Duft verströmt, ihr kastanienbraunes Haar immer perfekt frisiert unter einem eleganten Hut. Es schien, als hätte sie nicht viel mit der ruhigen, zurückhaltenden Lola gemeinsam, die für sich blieb.

„Ich weiß nicht, worüber sie gesprochen haben, aber Miss Finch-Ellis sah äußerst wütend aus. Ich konnte Miss Mallorys Gesicht nicht sehen, aber sie klang ernst, als sie sagte, es sei nur zu Miss Finch-Ellis' eigenem Besten und dass sie – Miss Mallory, meine ich – nur helfen wollte. Natürlich ging es mich nichts an, also habe ich den beiden nur zugenickt und bin in meine Wohnung gegangen."

„Ja, natürlich, das hätte ich auch getan." Ich warf den Ball noch ein paarmal für Ace und dankte Miss Bobbin dann für den Tee.

„Gern geschehen. Ich schicke Ihnen eine Einladung zu meiner nächsten Bridge-Party."

„Ich freue mich darauf", sagte ich automatisch, als ich

ging. Im Geiste hatte ich bereits Pläne geschmiedet, die Garage anzurufen und darum zu bitten, dass mein Morris Cowley so schnell wie möglich vorbeigebracht würde. Plötzlich verspürte ich das Bedürfnis, die Stadt zu verlassen. Eine Fahrt über die Landstraßen war genau das, was ich brauchte, und Surrey wäre das perfekte Reiseziel.

KAPITEL ACHT

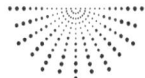

*E*ine Viertelstunde später verließ ich London,
eingehüllt in meinen Wollmantel, meine Mütze
und meinen dicksten Schal. Der Himmel war voller
Wolken, und die Luft war kühl. Surrey war nicht weit, und
nachdem ich London hinter mir gelassen hatte, waren die
Straßen perfekt befahrbar, obwohl sie an den Rändern
durch den jüngsten Regen schlammig waren.

Ich wurde langsamer, als ich mich dem kleinen Dorf,
das Henley Court am nächsten lag, näherte, und beschleu-
nigte dann wieder, nachdem ich die Häuser hinter mir
gelassen hatte. Henley Court war ein beeindruckendes
jakobinisches Herrenhaus. Als Debütantin hatte ich dort
einen Jagdball besucht. Es lag in einem Tal, und die Straße
vom Dorf stieg über die umliegenden Hügel an, bevor sie
ins Tal abfiel, wo sich das Anwesen befand. Wenn ich mich
richtig erinnerte, gab es einen Abschnitt der Straße auf der
Kuppe eines der Hügel, von dem aus man einen perfekten
Blick auf das zwischen Bäumen eingebettete Henley Court
hatte.

Als ich den Aussichtspunkt fand, bremste ich und fuhr

den Morris auf den gekiesten Straßenrand. Dann öffnete ich das Etui, in dem sich mein Fernglas befand, das ich jetzt in meinem Wagen aufbewahrte. Zu Weihnachten hatte ich meinem Vater einen Feldstecher gekauft. Nachdem ich herausgefunden hatte, wie nützlich so etwas war, war ich noch einmal zu Harrods gegangen und hatte mir ebenfalls einen gekauft.

Rauch stieg aus den Schornsteinen auf, und die Bleiglasfenster glitzerten im Sonnenlicht. Eine Gestalt ging vom Haus zu den Nebengebäuden, doch das war das einzige Anzeichen einer Bewegung. Ich wartete noch ein paar Minuten, den Feldstecher auf das Herrenhaus gerichtet, aber es schien, als würde ich nicht so viel Glück haben, die Mitglieder des Haushalts beim Spaziergang oder bei der Rückkehr von einer Fahrt zu entdecken.

Als ich die Schnur um meinen Feldstecher wickelte und ihn in sein Etui zurücklegte, raste ein Rolls-Royce vorbei, und ich erhaschte einen Blick auf eine Frau auf dem Rücksitz. Unter ihrem stilvollen Glockenhut spähten rotbraune Locken hervor. Sonnenlicht blitzte und wurde von einem kristallverzierten Clip reflektiert, die einzige Dekoration des Hutes.

Ich warf das Fernglas auf den Sitz, drehte das Lenkrad und brachte den Wagen wieder auf die Straße. Diana Finch-Ellis' Haar hatte diesen kastanienbraunen Farbton, und es war wahrscheinlich, dass der Rolls-Royce den Bewohnern von Henley Court gehörte. Da ich in die entgegengesetzte Richtung stand, musste ich etwa eine Viertelmeile fahren, bevor ich eine Lücke zwischen den Hecken fand, wo ein Feldweg einmündete, den ich zum Umdrehen benutzen konnte.

Auf der Straße war nicht viel Verkehr, und ich hätte leicht zum Rolls-Royce aufschließen können, doch ich hielt mich weit zurück. Die Geschwindigkeit der eleganten Limousine verringerte sich, als sie sich dem nahegelegenen Dorf näherte, doch der Wagen hielt dort nicht an. Ich folgte ihm und war froh, dass ich die Werkstatt gebeten hatte, meinen Tank aufzufüllen, bevor sie mein Automobil zu den South Regent Mansions brachten. Ich hatte einen Benzinkanister am Trittbrett festgeschnallt, und der Fahrer, der den Morris zu meiner Wohnung gebracht hatte, hatte gesagt, er sei voll, doch wenn ich anhalten müsste, um Benzin nachzufüllen, wäre der Rolls vielleicht außer Sichtweite, bevor ich weiterfahren konnte.

Der nächste Ort war eine größere Marktgemeinde, und der Rolls hielt vor einem der Pubs an. Ich fuhr weiter die Straße hinunter, um das Ehrenmal herum und hielt dann den Wagen im Schatten unter den kahlen Ästen einer alten Buche an. Ich nahm mein Fernglas und beobachtete, wie der Chauffeur um den Wagen herum ging. Dankbar, dass in diesem Moment keine Bewohner der Gemeinde die Straße entlangschlenderten, beugte ich mich tief über das Lenkrad und richtete den Feldstecher auf die Passagiere, die aus dem Rolls stiegen.

Zwei Frauen und zwei Männer, die neben der Limousine stehenblieben und die Geschäfte, Häuser und die Kirche betrachteten. Eine der Frauen war Diana Finch-Ellis. Ich war ihr nur in der Lobby und im Flur der South Regent Mansions begegnet, aber ich war mir sicher. Ihr glänzendes Haar und ihre große, schlanke Figur waren unverkennbar. Sie rückte das Revers ihres langen Nerzmantels zurecht, als einer der jungen Männer mit aus dem Gesicht gekämmten dunklen Haaren und unbekümmerter Art zu ihr schlenderte und ihr seinen Arm anbot. Sein rundes Gesicht und seine fleischigen Lippen kamen mir bekannt vor, aber sein Name fiel mir nicht ein. Die anderen beiden jungen Leute in der Gruppe standen mit dem Rücken zu mir. Dann gingen die vier in den Pub.

Ich wendete mein Automobil, um zurück nach London zu fahren. Diana Finch-Ellis war gesund und munter und besuchte Freunde auf dem Land. Ich war froh, dass ich Minerva nach meiner Rückkehr gute Neuigkeiten überbringen konnte.

ALS ICH WIEDER IN der Stadt ankam, war es bereits dunkel. Die Straßen waren mit Autos, Lieferwagen und Fußgängern verstopft, die über die Straßen huschten und nach einem langen Arbeits- oder Einkaufstag unbedingt nach Hause wollten. Ich brachte den Morris in die Garage zurück und hatte vor, Minerva zu bitten, mit mir zu Abend zu essen, wenn sie Interesse daran hätte, Suppe und Sandwiches aus der Küche der Mansions zu essen.

In den South Regent Mansions blockierte Evans' auberginenförmige Gestalt die Tür. Ein ungepflegt aussehender Mann in einer abgenutzten Tweedjacke und mit einem unförmigen Homburg-Hut deutete in das Gebäude, doch Evans schüttelte den Kopf. Die tiefe Stimme des Portiers hallte über den Bürgersteig: „In den South Regent Mansions haben wir eine Richtlinie, was Reporter betrifft."

Ich ging die flachen Stufen hinauf, um an den beiden Männern vorbei in die Lobby zu gehen.

Der Mann fragte: „Und die wäre?"

„Keine Reporter." Evans' Ton war streng. Der Mann in der Tweedjacke trat einen Schritt zurück, und ich sah sein Profil.

Es war Boggs.

„Also gut", sagte der Mann, als er noch ein paar

Schritte zurückwich. Einen Moment lang überlegte ich, ob ich auf die Männer zugehen und die Situation entschärfen könnte. Ich war mir sicher, dass Boggs da war, um mich zu besuchen, aber Evans war der Schlüssel dazu, herauszu-finden, wer das Gebäude betreten und verlassen hatte. Zu seinen Aufgaben gehörte es, die Bewohner der South Regent Mansions vor lästigen Zeitgenossen wie Reportern und Verkäufern zu schützen. Wenn Evans glaubte, ich sei freundlich zu Reportern ... nun, dann würde er mir gegen-über misstrauisch werden. Ich brauchte Evans auf meiner Seite.

Ich blieb stehen und murmelte: „Oh, wie dumm von mir. Jetzt habe ich doch glatt ...", dann drehte ich mich um und ging wieder die Stufen hinunter. Ich machte mich in flottem Tempo auf den Weg zu den Geschäften am Ende des Blocks. Wenige Minuten später hatte Boggs mich eingeholt und ging neben mir her.

„Also sind Sie jetzt Reporter?", fragte ich.

„Es ist erstaunlich, wie viele Türen sich öffnen, wenn man die Möglichkeit eines positiven gedruckten Artikels erwähnt."

„Haben Sie Duck, Dade und Croft das auch versprochen?"

„In gewisser Weise. Sie waren sehr freundlich, als ich ihnen erklärt habe, dass ich für einen Artikel über langjäh-rige Unternehmen mit Sitz in Westminster recherchiere. Die Firma ist seit 1823 dort."

Innerlich schauderte ich angesichts dieser Geschichte, aber ich konnte verstehen, warum Duck, Dade und Croft mit Boggs gesprochen hatten. „Sie sehen auf jeden Fall wie ein Zeitungsmann aus."

„Danke. Besonders stolz bin ich auf die Jacke. Ein wenig ungepflegt, aber immer noch am Rande der

Seriosität. Ich habe sie vor nicht allzu langer Zeit in einem Geschäft gefunden und aufbewahrt."

„Ja, sie ist ideal für die Rolle, aber dazu gehört mehr als nur Kleidung. Sie schaffen es irgendwie auch, Ihre ganze Ausstrahlung zu ändern."

Als ich Boggs zum ersten Mal getroffen hatte, war er der Inbegriff eines Dieners der Oberschicht gewesen, doch jetzt baumelte eine Zigarette in seinem Mundwinkel, während er mit schnellen Schritten ging und die Arme locker an seinen Seiten schwingen ließ. Aus einer seiner Jackentaschen ragte ein abgegriffenes Notizbuch. Er erinnerte mich an die Reporter, die nach einem unglücklichen Todesfall auf Archly Manor zur gerichtlichen Untersuchung in ein kleines englisches Dorf gekommen waren.

Wir überquerten die Straße und eilten zwischen einem Lastwagen und einem Taxi auf die andere Seite. „Ich versuche, zumindest für ein paar Minuten in die Person einzudringen – sie zu werden", sagte Boggs. „Heute war ich ein Mann auf der Suche nach einer Geschichte."

„Und Ihre Geschichte war Mr. Culpepper?"

„In der Tat. Anfangs habe ich viele Fragen über die Firma selbst gestellt, doch dann habe ich mich zu ihren vorbildlichen Mitarbeitern vorgearbeitet. Mr. Culpepper stand ganz oben auf der Liste."

„Wirklich? Ich hatte den Eindruck, dass er seine Arbeit eher als Mittel zum Zweck und nicht aus Vergnügen macht."

„Ob es ihm Spaß macht oder nicht, er ist sehr gut in dem, was er tut. So gut, dass sie ihn nach Edinburgh geschickt haben, um sich dort mit einem ziemlich heiklen Mandanten zu treffen."

„Er ist also auf Geschäftsreise?"

„Ja. Offenbar ist es nicht das erste Mal, dass er nach Edinburgh geschickt wird, um sich mit diesem Mandanten zu treffen. Mr. Culpepper hat einen Verwandten, der in Edinburgh lebt – einen Bruder, sagten sie. Die Kanzlei schickt ihn oft zu diesem eher reizbaren Mandanten, wenn der in Schwierigkeiten ist. Klingt, als wäre er ein launenhafter Kerl – der Mandant, meine ich. Er hat am Montagmorgen angerufen und Duck, Dade und Croft aufgefordert, sofort jemanden zu schicken. Darum ist Mr. Culpepper am Montag mit der Flying Scotsman in der ersten Klasse dorthin gereist."

Ich gestikulierte zu den South Regent Mansions, die vor uns aufragten. „Er ist nicht einmal zurückgekommen, um Gepäck zu holen? Ziemlich seltsam, das." Boggs hob eine Schulter. „Finde ich auch und habe die Empfangsdame in diesem Punkt bedrängt. Ihr war gesagt worden, dass Mr. Culpepper oft seinen Verwandten in Edinburgh besuche und bei seiner Ankunft alles haben würde, was er brauchte, sodass er keine Tasche packen musste."

„Ich nehme an, das könnte so sein, aber ich würde auf jeden Fall meine eigenen Sachen haben wollen."

„Ein Mann ist nicht so wählerisch", sagte Boggs.

„Nun, auch wenn ich nicht so reisen würde, sind es sehr hilfreiche Informationen." Wenn Mr. Culpepper an diesem Morgen mit dem Zug gefahren war, könnte er vor seiner Abreise aus London per Post eine Nachricht an Minerva geschickt haben.

Boggs zog den Notizblock aus seiner Tasche und riss eine zerknitterte Seite heraus, als wir uns auf den Weg zurück zu den South Regent Mansions machten. Er deutete mit dem Kopf auf die geschwungenen Linien der Fassade, die vor uns aufragte und aus deren Fenstern

Quadrate von goldenem Licht strahlten. „South Regent Mansions lag auf meinem Nachhauseweg, also dachte ich, ich würde das hier vorbeibringen, anstatt anzurufen oder es Ihnen zu schicken. Ich habe nicht mit einem so entschlossenen Portier gerechnet."

„Evans ist der verantwortliche Portier hier. Er ist sehr gut in seinem Job. An ihm kommt nichts vorbei."

„Das kann ich nur bestätigen. Normalerweise kann ich mich fast überall einschleichen, aber er war wie eine Mauer."

„Und das sollte er auch sein. Die Bewohner möchten nicht von neugierigen Reportern belästigt werden – außer mir, wenn Sie der Reporter sind."

Er reichte mir die Seite. „Es ist die Adresse, unter der Mr. Culpepper in Edinburgh zu finden ist. Ich habe darum gebeten, falls ich weitere Fragen hätte."

„Brillante Arbeit. Danke. Allerdings tun mir Duck, Dade und Croft ein wenig leid. Sie haben nicht erwähnt, für welche Zeitung Sie arbeiten, oder?"

„Nein. Ich habe natürlich gesagt, dass ich freiberuflich tätig bin. Aber es könnte ein guter Artikel sein. Wussten Sie, dass das Unternehmen eines der ersten war, das eine Frau als Buchrevisorin eingestellt hat? Und dass sie seit der Firmengründung im selben Gebäude sind? Und dass das Gebäude ursprünglich ein Zunfthaus für Maler war?"

„Sehr interessant. Sie sollten Essie Matthews vom *Hullabaloo* kontaktieren."

„Eine Freundin von Ihnen?"

„Ja. Sie schreibt eine Gesellschaftskolumne, ist aber immer auf der Suche nach einer guten Geschichte. Vielleicht kann sie es in einen ihrer Artikel einbauen."

Boggs nickte. „Das werde ich tun. Aber zurück zu

Ihrem Kerl. Mr. Culpepper wird in ein paar Tagen zurück sein."

„In ein paar Tagen?"

Mein Ton musste meine Verzweiflung über die Nachricht zum Ausdruck gebracht haben, denn Boggs sagte: „Müssen Sie dringend mit ihm sprechen?"

„Nein, ich muss ihn nur sehen – oder wenigstens mit ihm sprechen. Sie haben nicht zufällig eine Telefonnummer?"

„Der Bruder hat kein Telefon."

Ich seufzte. „Das macht es schwierig. Ich muss zweifelsfrei wissen, dass es Mr. Culpepper war, der nach Edinburgh gereist ist."

„Aber das Büro sagt, dass er es getan hat."

„Ich weiß, aber das reicht nicht."

Ich spürte, wie Boggs mich aus dem Augenwinkel ansah. „Normalerweise würde ich gern nach Schottland fahren, aber ich habe eine Verpflichtung, der ich mich morgen nicht entziehen kann."

„Ein neues Vorsprechen?"

„Nein, der Geburtstag meiner Mutter."

„Ich würde nicht verlangen, dass Sie den verpassen", sagte ich. „Und außerdem wissen Sie nicht, wie Mr. Culpepper aussieht."

Wir gingen ein paar Schritte schweigend weiter. „Oh, das ist es, oder? Jemand wird vermisst?"

„Möglicherweise. Es sieht so aus, als müsste ich nach Edinburgh fahren, um herauszufinden, ob er vermisst wird oder nicht."

KAPITEL NEUN

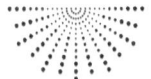

Sobald ich den zweiten Stock der South Regent Mansions erreichte, ging ich direkt zu Minervas Tür und klopfte. Ich war mir nicht sicher, ob sie zu Hause sein würde, aber nach ein paar Sekunden öffnete sich die Tür wenige Zentimeter, und ihr Gesicht erschien im Spalt. „Oh, du bist's, Olive." Die Erleichterung in ihrer Stimme war spürbar. Sie öffnete die Tür. „Komm rein."

„Stimmt was nicht? Ist irgendwas passiert?"

Minerva schüttelte den Kopf und tat meine Besorgnis mit einer Handbewegung ab. „Ich bin nervös, das ist alles. Ich erwarte jeden Moment die Polizei."

„Du hast mit ihnen gesprochen?"

Sie richtete sich auf, als hätte ich sie in die Rippen gestoßen. „Nein. Natürlich nicht." Sie ging voraus ins Wohnzimmer. „Ich habe die irrationale Angst, dass sie irgendwie von der Leiche im Teppich erfahren haben und auf dem Weg sind, um mich zu befragen." Sie gestikulierte mit einer ihrer Hände im Kreis herum. „Es sind nur meine Gedanken, die sich immer wieder darum drehen. Hier, lass mich aufräumen."

Minerva nahm eine große Papierrolle und ein Skizzenbuch vom Sofa.

„Nun, ich habe gute Neuigkeiten. Ich habe Diana gesehen."

Minerva drehte sich zu mir um, das Papier und das Skizzenbuch vergessen in ihren Händen. „So?"

„Ja. Sie war nicht in ihrer Wohnung, aber Diana hat Miss Bobbin erzählt, dass sie aufs Land fahren würde, nach Henley Court in Surrey. Ich bin heute Nachmittag mit dem Automobil dorthin gefahren und habe sie in einer Marktgemeinde in der Nähe des Anwesens entdeckt. Sie war mit einer Gruppe junger Leute zusammen, offensichtlich um den örtlichen Pub zu besuchen und sich das Dorf anzusehen."

Minerva setzte sich ganz plötzlich hin. Die Papierrolle rutschte ihr aus den Fingern. „Oh, Gott sei Dank! Und Mr. Culpepper?"

„Ich habe noch keine definitiven Neuigkeiten über ihn, aber ich konnte bestätigen, dass sein Büro ihn tatsächlich nach Edinburgh geschickt hat, um sich mit einem Mandanten zu treffen. Laut Duck, Dade und Croft war es eine kurzfristige Sache. Anscheinend macht er die Reise häufig. Die Firma hat einen schwierigen Mandanten dort."

„Woher weißt du diese Details?"

„Geschäftsgeheimnis."

Minerva lächelte mich kurz an, doch dann verfinsterte sich ihre Miene. „Wir sind mit Mr. Culpepper immer noch in der gleichen Situation wie mit Diana zuvor. Wir haben ihn nicht wirklich gesehen."

„Deshalb fahre ich morgen nach Edinburgh."

„Oh, das kannst du nicht. Das wäre zu viel verlangt –"

„Es ist kein Problem. Es gibt nichts, was mich hier hält. Eine Reise nach Schottland ist der schnellste Weg, um herauszufinden, ob Mr. Culpepper wirklich in Edinburgh ist. Duck, Dade und Croft sagt, dass Mr. Culpepper erst in ein paar Tagen wieder nach London zurückkommen werde und bei seinem Bruder wohnt, der jedoch kein Telefon hat. Dorthin zu fahren erscheint mir sinnvoll."

„Oh. Nun, dann muss jemand gehen, aber das sollte ich sein", sagte sie und warf einen Blick auf ihren Schreibtisch. Die Skizzen, die ich mir vor der Nicht-ganz-Dinnerparty angesehen hatte, waren immer noch da, eine nur teilweise mit Tusche, die andere im Bleistiftstadium. „Ich habe Schwierigkeiten, mich zu konzentrieren. Ich kann mich einfach nicht überwinden und sie fertig machen." Sie senkte den Kopf, während sie ihre Schläfen massierte. „Und ich habe noch nicht einmal über die Ausgabe nächste Woche nachgedacht. Ich habe nichts. Keine Gedanken. Keine Ideen. Nur ein großes Nichts."

„Was vollkommen verständlich ist. Hast du Ideen, die du in der Vergangenheit hattest, ohne die Zeit dazu zu haben, daran zu arbeiten? Vielleicht eine Liste von Möglichkeiten?"

Minervas Kopf hob sich ein Stück. „Keine Liste, nein." Sie sprach langsam, während ihr Blick zur Anrichte wanderte. „Ich habe eine Mappe mit Skizzen in einer Schublade, die ich aus dem einen oder anderen Grund nicht weitergemacht habe."

„Na, dann los. Vielleicht kannst du da was finden?"

„Vielleicht." Sie rutschte auf dem Kissen nach vorn, als würde sie in diesem Moment aufspringen und nachsehen wollen. „Ja, ich bin mir sicher, dass ich etwas retten und überarbeiten kann."

„Brillant! Also fahre ich morgen nach Edinburgh, und du bleibst hier und erledigst die Arbeit, die du erledigen musst. Ich habe sonst nichts vor. Es ist überhaupt kein

Problem. Und Jasper ist dort. Ich werde ihm heute Abend ein Telegramm schicken und ihn wissen lassen, dass ich unterwegs bin."

„Oh." Minerva warf mir einen wissenden Blick zu. „Ich hatte vergessen, dass Jasper in Edinburgh ist. Jetzt habe ich kein schlechtes Gewissen mehr."

„Und das solltest du auch nicht. Es ist mein Job. Hör auf, mich so anzusehen. Ich fahre nach Edinburgh, um Mr. Culpepper zu finden. Es ist Zufall, dass Jasper da ist."

„Aber trotzdem ein schöner Nebeneffekt."

Um ihrem neckenden Blick zu entgehen, hob ich die Papierrolle auf, die sie fallen gelassen hatte. „Was ist das?" Die Rolle war dick. Mehrere lange Lagen waren zusammengerollt.

„Blaupausen." Minerva nahm sie mir ab und rollte das Papier auf dem Sofatisch aus. Sie beschwerte eine Ecke mit ihrem Skizzenbuch und benutzte eine Schüssel Potpourri, um die andere zu halten.

Ich erkannte den Grundriss sofort. „Das ist der zweite Stock."

„Ja. Ich habe Evans erzählt, dass ich darüber nachdenke, die Wand zwischen Wohn- und Esszimmer einzureißen, und dass der Architekt, mit dem ich zusammenarbeite, wissen wollte, ob es Pläne gibt."

„Evans hatte sie?"

„Er sagt, er habe mehrere Papierrollen auf einem Schrank im Büro gesehen und werde nachsehen. Ein paar Stunden später hat er sie mir gebracht, und seitdem studiere ich sie."

„Wonach suchst du?"

Minerva beugte sich über die Zeichnung. „Wenn ich nicht verrückt bin und wirklich eine Leiche im Flur gesehen habe, muss sie irgendwo hingebracht worden sein. Die Frage ist nur: wohin? Wir haben am ersten Tag im Dachboden und im Keller nachgesehen, also wissen wir, dass sie dort nicht ist. Ist sie immer noch hier in den South Regent Mansions? Ich glaube nicht, dass es so ist. Ich glaube, zwischenzeitlich könnte man sie ..." Sie rümpfte ihre lange Nase. „Riechen."

„Ja, das denke ich auch."

Sie tippte auf die alte Wohnung der Kemps. „Aber um ganz sicherzugehen, habe ich mich heute in der leeren Wohnung umgesehen. Es schien der logischste Ort zu sein, eine Leiche zurückzulassen, wenn man sie hier im Gebäude verstecken wollte. Ich habe Evans gebeten, die Wohnung für mich aufzuschließen."

„Meine Güte, du hast ihn aber ganz schön auf Trab gehalten."

„Das habe ich. Nachdem ich mir die Baupläne ange-sehen hatte, habe ich ihm gesagt, dass es viel einfacher wäre, in eine andere Wohnung zu ziehen, als hier Wände einzureißen. 223 war leer." Sie wedelte mit der Hand durch die Luft, als würde sie Staub von einer Tischplatte wischen. „Ich habe meine Nase in jeden Winkel und jede Ritze gesteckt." Sie lehnte sich zurück. „Nachdem die Leiche nicht in der alten Wohnung der Kemps ist, was ist dann mit ihr passiert? Da sich niemand über einen – ähm – Geruch beschwert hat, musste es eine Möglichkeit geben, sie aus dem Gebäude zu bringen."

„Die Packer?"

Minerva schüttelte den Kopf. „Evans sagte, sie wären gegen halb elf fertig gewesen, erinnerst du dich? Da der Aufzug außer Betrieb war, mussten die Umzugshelfer die Treppe benutzen. Während sich die Maler vom obersten Stockwerk nach unten gearbeitet haben, wollten die Packer alles so schnell wie möglich aus dem Haus bringen, damit sie nicht um die Maler herum navigieren mussten."

„Und du bist definitiv gegen Viertel vor eins gegangen?" „Ja. Ich bin mir der Zeit vollkommen sicher. Ich war spät dran und habe auf die Uhr geschaut, als ich gegangen bin."

„Also waren die Umzugshelfer weg, als du den Teppich gesehen hast."

„Ja. Und wenn die Maler einen gerollten Teppich aus dem Haus getragen hätten, wäre das Evans sicherlich aufgefallen."

„Genau, wie wenn der Aufzugsmechaniker es getan hätte."

„Richtig." Minerva nahm ihr Skizzenbuch, und die Blaupausen sprangen wieder in ihre gebogene Form zurück, rollten über den Tisch und stießen gegen die Potpourri-Schale, die noch immer eine Seite der Pläne festhielt. „Ich habe alle Details aufgeschrieben, die ich von Evans bekommen habe."

Sie gab mir das Skizzenbuch. „Meine Güte, er dokumentiert wirklich alles genau, was uns sehr hilft."

„Ich habe ihn gefragt, ob an diesem Tag jemand irgendwelche Haushaltsgegenstände transportiert hat, und Evans besteht darauf, dass niemand einen Teppich nach draußen gebracht hat und am Montagmorgen keine Besucher in den South Regent Mansions waren." Sie zuckte zusammen, als sie sagte: „Oh, und als Evans die alte Wohnung der Kemps für mich aufgeschlossen hat, habe ich ihn nochmal nach der Darkwaith-Wohnung gefragt. Ich habe den Anschein erweckt, dass ich daran interessiert wäre, in diese Wohnung zu ziehen, falls sie frei werden sollte. Aber ganz gleich, wie ich es formuliert oder was ich angedeutet habe, er hat mir keinerlei Informationen gegeben."

Ich blickte von ihr zur Decke. „Das ist ziemlich seltsam für Evans. Er ist kein Mann für leeres Geschwätz, aber gegenüber den Bewohnern ist er nie so schweigsam. Sein Gesicht ist auch sehr ausdrucksstark – besonders wenn man Mrs. Attenborough erwähnt. Als ich ihn einmal gefragt habe, ob Mrs. Attenborough da sei – sie hatte ihren Schal im Aufzug fallen lassen –, haben seine großen Augen mir gesagt, dass es besser wäre, ein paar Stunden zu warten, bevor ich an ihre Tür klopfte."

„Ja, das stimmt", pflichtete Minerva mir bei, „aber sein Gesicht wurde ziemlich seltsam, als ich Wohnung 228 erwähnt habe. Es war … hmm, wie soll ich es beschreiben? Bemüht ausdruckslos. Ja, das ist es. Es war, als würde er sich sehr bemühen, nichts preiszugeben. Ich habe sogar angedeutet, dass ich ihn für die Informationen bezahlen würde, aber als ich Geld erwähnt habe, ist er noch vorsichtiger geworden."

Ich legte das Skizzenbuch auf das Sofa, während sie die Pläne wieder ausrollte. „Da ich Evans nichts entlocken konnte, habe ich mich auf die Pläne konzentriert." Sie glättete das Papier und hielt es fest. „Ich dachte, dass es vielleicht einen anderen Weg nach unten gibt, von dem ich nichts wusste, oder dass es eine Verbindung zwischen zwei der Wohnungen geben könnte, aber ich sehe nichts dergleichen."

Sie blätterte die Baupläne durch. Jede Seite stellte eine andere Etage dar. Ich blickte über ihre Schulter, während sie die großen Bögen umblätterte. Als sie zum Letzten kam, sagte ich: „Du hast recht. Der einzige Weg, von dieser Etage und den anderen Etagen aus dem Haus ist entweder mit dem Aufzug oder der Hintertreppe."

Minerva nahm ihre Hände vom Tisch, und die Seiten rollten sich wieder auf.

Ich rutschte auf dem Sofakissen herum, und das Skizzenbuch fiel mit der Vorderseite nach unten auf den Boden. „Oh, tut mir leid."

„Kein Problem. Es sind nur Entwürfe und Notizen." Sie hob es auf und strich eine zerknitterte Seite glatt.

Eine der Zeichnungen auf der Seite fiel mir ins Auge. „Warte. Darf ich?"

„Natürlich. Ich habe skizziert. Ich neige dazu, das zu tun, wenn ich schlechter Stimmung bin. Alle hier im zweiten Stock sind in meinen Gedanken."

„Ja, das sehe ich." Die Seite war mit Minervas Skizzen von jedem Bewohner des zweiten Stocks gefüllt. Die Skizzen waren einfach und offenbarten dennoch etwas von der Persönlichkeit des jeweiligen Subjekts. Minervas sparsame Striche fingen Mrs. Attenboroughs Patriziernase und ihre hochmütige Miene ein. Diana, deren Kinn in einem Pelzkragen steckte, blickte kokett unter dem kleinen Rand ihres Glockenhuts hervor. Mr. Culpeppers Trilby verdeckte seine fliehende Stirn und seinen zurückge-henden Haaransatz, und er hatte die Hand erhoben, um seine Brille die Nase hinaufzuschieben, eine gewohnheits-mäßige Bewegung. Minerva hatte Mr. Culpeppers distan-zierten Gesichtsausdruck festgehalten, der eher scheue Zurückhaltung als Unnahbarkeit ausdrückte. „Die sind sehr gut, Minerva. Du hast sie genau getroffen. Nicht nur ihr Aussehen, sondern auch ihre Art, und das mit nur wenigen Strichen. Darf ich das mit nach Edinburgh nehmen?"

Minerva neigte den Kopf. „Warum?"

„Weil es praktisch wäre, ein Bild zu haben, das ich den Trägern am Bahnhof zeigen könnte. Ich kann versuchen, ob einer von ihnen Mr. Culpepper erkennt. Er ist in der ersten Klasse gereist – das hat sein Büro zumindest gesagt – und ich habe vor, dasselbe zu tun."

Minerva riss die Seite vorsichtig heraus. „Ausgezeichnete Idee."

„Ich freue mich, dass du ihn mit seinem Trilby skizziert hast. Ich glaube nicht, dass ich ihn jemals anders gesehen habe."

Minerva sagte: „Weißt du, jetzt, wo du es erwähnst – ich auch nicht. Es ist immer der Trilby mit der kleinen roten Feder."

„Das bedeutet, dass er ihn wahrscheinlich getragen hat, als er nach Schottland gefahren ist." Ich stand auf. „Jetzt muss ich Jasper ein Telegramm schicken. Er hatte vor, morgen nach London zurückzukommen, möchte aber vielleicht noch ein paar Tage bleiben, wenn ich auch dorthin reise."

„Oh, ich bin sicher, er wird seine Pläne gern ändern, sobald er hört, dass du auf dem Weg bist."

KAPITEL ZEHN

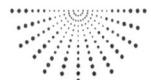

*I*ch klappte meinen Koffer zu und ließ die Verschlüsse einrasten. Es war ein neues Design, ein Flugzeugkoffer für Damen, den ich gekauft hatte, nachdem ich in einem Landhaus, das ich über Weihnachten besucht habe, einen Gepäckverkäufer getroffen hatte. Auch wenn ich heute keinen Flug geplant hatte, freute ich mich auf jeden Fall über die Tatsache, dass der Koffer leicht und kompakt war, als ich ihn vom Bett hob.

Ich sah mich in meiner Wohnung um, um sicherzugehen, dass alles ordentlich war, dann nahm ich meine Handtasche und die Notiz, die ich für Constance geschrieben hatte. Ich hatte reichlich Zeit, um es rechtzeitig vor der Abfahrt des Flying Scotsman zum King's Cross-Bahnhof zu schaffen.

Ich trat auf den roten Teppich und schloss die Tür zu meiner Wohnung ab. Als ich den Schlüssel einsteckte, hörte ich, dass der Aufzug anhielt. Ich bückte mich und schob den Zettel unter der Tür der Wohnung neben mir hindurch, dann ging ich zum Aufzug, damit ich nicht warten musste. Doch da sah ich, dass Constance auf der anderen Seite der Tür stand und sich mit zwei Einkaufstüten, ihrer Handtasche und einem großen Paket abmühte. Obwohl ihr Kopf gesenkt war und ich ihr Gesicht nicht sehen konnte, wusste ich auf den ersten Blick, dass es Constance war und nicht Lola. Das konnte ich an ihren dunkelblonden Haaren erkennen und an ihrer breitbeinigen Haltung.

Ich zog die Tür auf. „Hier, lassen Sie mich helfen."

Constance blickte vom Gewirr der Einkaufstütenschlaufen auf und zuckte ein wenig den Kopf, um ihre langen Ponyfransen aus ihren Augen zu schütteln. „Danke."

„Ich habe gerade einen Zettel für Sie und Lola unter der Tür durchgeschoben", sagte ich. „Ich verlasse London für ein oder zwei Tage, daher kann ich nicht mit Lola sprechen, wenn sie heute zurückkommt."

„Oh." Constance hielt inne, ihr Blick wanderte durch den Flur und dann zurück zu mir. „Das ist in Ordnung. Denn Lola hat beschlossen, auf unbestimmte Zeit zu bleiben. Sie hat heute Morgen angerufen." Constance hatte die Schlaufen der Einkaufstüten gezähmt und hielt sie jetzt zusammen mit ihrer Handtasche in einer Hand. Sie klemmte das Paket unter ihren Arm. „Kranke Verwandte, so eine traurige Situation."

„Tut mir leid, das zu hören. Wo haben Sie nochmal gesagt, dass Lola ist?"

Constance öffnete ihre Handtasche und suchte nach ihrem Schlüssel. „Edinburgh."

„Nun, das trifft sich ausgezeichnet. Ich muss mir ihre Adresse von Ihnen geben lassen." Ich warf einen Blick auf meine Armbanduhr. „Ich habe gerade Zeit, wenn es Ihnen nichts ausmacht. Ich habe ein paar Unterlagen, die ich Lola geben muss. Ich bin heute auf dem Weg nach Edinburgh. So kann ich sie ihr mitbringen, anstatt auf ihre Rückkehr zu warten. Ich gehe nur schnell in meine Wohnung und hole –"

Constance' Brauen verschwanden unter ihrem Pony, als sie die Stirn runzelte. „Das ist leider nicht möglich. Ich weiß nicht genau, wo sie in Edinburgh ist."

„Könnten Sie sie nicht zurückrufen und es herausfinden?"

„Ich habe die Nummer nicht." Schließlich fand Constance ihren Schlüssel und ging in Richtung Wohnung. „Die Verbindung war schrecklich, und wir wurden unterbrochen. Lola wollte nur für kurze Zeit weg sein. Es ist albern von ihr, mir vor ihrer Abreise die Adresse nicht zu hinterlassen, aber so ist Lola nun einmal. Schusselig."

Ich ging mit Constance den Flur entlang. „Aber Sie kennen doch sicher den Familiennamen der Verwandten? Es würde mir nichts ausmachen, anzurufen …"

„Ich kenne ihre Verwandten nicht." Constance' Ton, der freundlich gewesen war, als ich die Tür des Aufzugs geöffnet hatte, war um mehrere Grad kühler geworden, was wohl ausdrücken sollte, dass sie nicht ihre Sekretärin war und ich das bitte selbst mit ihr klären sollte. Sie steckte ihren Schlüssel ins Türschloss.

Ich trat zurück. „Natürlich. Tut mir leid, dass ich Sie belästigt habe. Nur war Lola ziemlich besorgt über die Informationen, die ich für sie habe. Ich würde sie ihr wirklich gern bringen."

„Informationen?" Constance wandte sich von der Tür ab, um mich anzusehen. „Welche Informationen?"

„Es ist nichts. Nur ein kleiner Gefallen." Mehr würde

ich Constance nicht verraten, auch wenn sie Lolas Mitbewohnerin war. Ich hatte sowieso schon zu viel gesagt.

Constance drehte das Schloss und stieß die Tür auf. „Ich schätze, ich werde irgendwann eine Nachsendeadresse brauchen, da Lola nicht weiß, wie lange sie weg sein wird. Ich werde sehen, was ich für Sie heraus-finden kann."

„Danke." Constance nickte.

Ich holte tief Luft, um ihr zu sagen, dass ich im Premier Hotel in Edinburgh sein würde, aber sie ging in ihre Wohnung, bevor ich die Worte herausbringen konnte.

„Dann rufe ich Sie einfach an", sagte ich zur geschlos-senen Tür, bevor ich den Aufzug betrat, die Tür zuzog und den Knopf für das Erdgeschoss drückte.

DANK MEINES LEICHTEN Koffers brauchte ich keinen Gepäckträger, doch sobald ich King's Cross betrat, übergab ich ihn dem ersten Gepäckträger, der auf mich zukam. Während wir uns zwischen anderen Passagieren und großen Gepäckwagen hindurchschlängelten, hielt ich ihm die Seite mit Minervas Skizzen entgegen und zeigte auf die von Mr. Culpepper. „Haben Sie diesen Mann gesehen? Es wäre vor ein paar Tagen gewesen, am Montag."

Wir waren schnell vorangekommen, aber jetzt blieb er stehen und schob seinen Hut zurück, um sich den Haaransatz zu reiben, während er die Zeichnung betrach-tete. „Nein, Miss."

„Sind Sie sicher? Er ist allein und ohne Gepäck gereist. Sein Trilby hat eine kleine rote Feder."

„Ich sehe jeden Tag Hunderte von Reisenden. Ich kann mich nicht an alle Gesichter erinnern."

„Natürlich nicht." Wir gingen weiter.

Mit dem Gepäckträger zu sprechen war ein Schuss ins Blaue gewesen – vor allem, da Mr. Culpepper ohne Gepäck gereist war. Er hätte keinen Gepäckträger gebraucht, aber es wäre eine Schande gewesen, die Gelegenheit zu verpassen, mit jemandem zu sprechen, der den ganzen Tag im Bahnhof verbrachte. Ich hatte gehofft, dass Mr. Culpepper vielleicht aufgrund seines Mangels an Gepäck aufgefallen wäre. Vielleicht würde ich im Zug selbst mehr Glück haben.

Weiter unten auf dem Bahnsteig stieß der Flying Scotsman eine Dampfwolke aus, die die Menschen einhüllte, die in der Nähe der Lokomotive standen. „Sie sollten sich besser beeilen, Miss", sagte der Träger mit einem Blick auf die römischen Ziffern der vierseitigen Uhr unter der Decke, die eine Minute vor zehn Uhr anzeigte. Sowohl der Träger als auch ich gingen schneller, als wir zu den Teakholzwaggons gingen. Ich hatte gehofft, mit ein paar weiteren Trägern sprechen zu können, aber meine Begegnung mit Constance hatte mich Zeit gekostet, und ich war spät dran.

Ein Pfiff schrillte durch die Luft, als ich mich im engen Gang des Erste-Klasse-Waggons zur Seite drehte, damit ich mich an anderen Passagieren vorbeizwängen konnte, die auf dem Weg zu anderen Bereichen des Zuges waren.

Der Gepäckträger verstaute meinen Koffer in der Ablage über meinem Sitz, lüftete seine Mütze, nachdem ich ihm ein Trinkgeld gegeben hatte, und rannte zur Tür. „Das hat ja gerade noch geklappt", sagte ich.

Nur ein weiterer von vier Sitzen um meinen herum

war besetzt. Ein Mann saß am Gang und las die Times. Er ließ das Papier langsam sinken und enthüllte nur seinen fast kahlen Kopf, seine hohe Stirn und ein Monokel an einer Goldkette. „Sieht ganz so aus." Irgendwie gelang es ihm, in diesen wenigen Worten Tadel auszudrücken. Er schüttelte die Zeitung, während er sie wieder hob, um sich wieder dahinter zu verstecken.

Es schien, als würde es auf dieser Reise kein Geplauder geben. Mein Platz war am Fenster, schräg gegenüber von ihm. Ich hatte es mir kaum bequem gemacht, als sich der Zug sanft in Bewegung setzte und langsam aus dem Bahnhof rollte. Ich klappte die Armlehne zwischen meinem Sitz und dem leeren neben mir herunter. Dann legte ich Minervas Skizzen auf die Armlehne und holte mein kleines Notizbuch aus meiner Handtasche, während der Zug den steilen Anstieg aus King's Cross heraus begann.

Wo Minerva Skizzen machte, um herauszulassen, was ihr durch den Kopf ging, schrieb ich Listen. Ich musste alle Details, die ich in den letzten zwei Tagen entdeckt hatte, zu Papier bringen. Während London hinter mir blieb, widmete ich mich dieser Aufgabe und notierte alles, was ich über die Bewohner der zweiten Etage der South Regent Mansions erfahren hatte. Das Licht flackerte, als wir in zwei Tunnel hinein- und aus ihnen herausfuhren, dann wurde das Gleis ebener und der Zug flog durch Bedfordshire, und das Ackerland zog vorbei. Der Tag war klar, und die Sonne hob die Furchen im Boden hervor, beleuchtete eine Seite und warf Schatten auf die andere.

Der Schaffner kam und machte zuerst bei mir Halt. Der Mann schräg gegenüber hatte die Zeitung gefaltet und ein Buch herausgeholt, war aber eingeschlafen, das Kinn auf der Brust. Sein Monokel baumelte an der Kette und schwankte mit der Bewegung des Zuges. Das Buch lag auf seinem Schoß, seine Hände locker an den Rändern des Buchdeckels.

Ich reichte dem Schaffner mein Ticket und drehte dann Minervas Zeichnungen so, dass sie ihm zugewandt waren. „Einen Moment bitte. Erinnern Sie sich zufällig, diesen Mann im Zug gesehen zu haben?" Ich zeigte auf Mr. Culpepper.

Sein Blick huschte über die Seite. „Nein, Miss." Er drehte sich um und berührte die Schulter des Mannes, um ihn zu wecken. Ich unterdrückte ein Seufzen und widmete mich wieder meinen Notizen. Ich überflog das, was ich bereits aufgeschrieben hatte, und kam zu dem Schluss, dass ich etwas Übersichtlicheres brauchte, eine Art Diagramm. Nein, eine Zeitschiene – die würde mir helfen, die Bewegungen aller auf den Punkt zu bringen. Ich blätterte in meinen Notizen hin und her und lehnte mich dann zurück, um die Ergebnisse zu studieren:

11:30 – Packer sind fertig
12:00 – Maler gehen zum Mittagessen
12:30 –Ich verlasse meine Wohnung und sehe den Teppich auf dem Weg zur Treppe.
12:35 – Der Aufzugsmechaniker ist fertig
12:44 – Minerva geht, nimmt den Aufzug und sieht den Teppich
12:48 (ungefähr) – Minerva fährt mit dem Aufzug zurück nach oben, und der Teppich ist weg

Als ich es mir so sorgfältig niedergeschrieben ansah, wurde mir klar, dass derjenige, der den Teppich entfernt hatte, nachdem Minerva ihn gesehen hatte, nicht weit gekommen sein konnte. Selbst wenn der Aufzug im ersten

Stock angehalten hatte, bevor er ins Foyer gekommen war, und zurück in den zweiten Stock gefahren war, hatte derjenige nicht länger als vier oder fünf Minuten Zeit gehabt. Jemand hatte diesen Teppich in eine der Wohnungen im zweiten Stock geschleppt. Da war ich mir sicher.

Leider war das meine einzige Schlussfolgerung. Jeder im zweiten Stock hätte die Wohnung verlassen und den Teppich in seine Wohnung schleppen können. Oder wenn jemand einen Zweitschlüssel für einen Nachbarn aufbewahrte, hätte derjenige vielleicht sogar eine andere Wohnung benutzen können, um den Teppich zu „lagern", bis er die Leiche wegbringen konnte. Die leere Wohnung der Kemps wäre ein perfekter Zwischenlagerort gewesen. Aber egal, wo derjenige die Leiche versteckt hatte, wie um alles in der Welt hatte der Mörder die Leiche aus den South Regent Mansions herausbekommen? Evans sagte, niemand habe am Montagnachmittag irgendwelche Haushaltsgegenstände herausgebracht, und der Teppich war auch nicht auf dem Dachboden oder im Keller gewesen.

Der Mann mir gegenüber begann zu schnarchen. Zuerst war der Lärm nur eine kleine Belästigung, doch als sein Schnarchen lauter wurde, gab ich schließlich auf und steckte mein Notizbuch weg. Ich konnte mich nicht konzentrieren. Ich holte einen Roman heraus, den ich mitgebracht hatte, einen Kriminalroman, den zweiten mit einem lustigen kleinen französischen Detektiv, Inspector Hanaud. Ich hatte mich gerade in meinem gepolsterten Sitz zurückgelehnt, als wir an einen Kanal kamen. Er durchschnitt das Ackerland diagonal. Die Bahn überquerte die weite Wasserfläche, auf der sich Lastkähne stauten. Als der Kanal hinter uns lag, schlug ich mein

Buch auf und vertiefte mich in das Rätsel von *Das Haus mit dem Pfeil*.

Ich war schon mehrere Kapitel weit in die Geschichte vorgedrungen, als das Schnarchen des schlafenden Mannes ein Crescendo erreichte. Er wachte erschrocken auf und spähte aus dem Fenster. „Meine Güte, wir sind fast in York."

Ich blickte von den Seiten meines Buches auf. „Wie bitte?" Ich war so in die Geschichte vertieft, dass ich eine Sekunde brauchte, um von der fiktiven Kulisse Frankreichs in die Realität des Waggons zurückzukehren.

Er deutete zum Fenster. „Da ist die Abteikirche. Sehen Sie die drei Türme? Wir werden bald in York sein. Bald wird der Speisewagen überrannt." Er steckte sein Buch in seine Tasche und ging.

Ich warf einen Blick auf die Uhr und stellte überrascht fest, dass wir schon fast die Hälfte des Weges hinter uns gebracht hatten. Ich beendete das Kapitel, das ich gerade las, und machte mich dann auf den Weg zum Speisewagen, als auf dem anderen Gleis ein weiterer Zug in Richtung London an uns vorbeiraste.

Unterwegs traf ich zwei Schaffner und fragte jeden, ob er die Skizze von Mr. Culpepper erkannte, doch keiner zeigte die geringste Spur von Wiedererkennen. Entgegen der Prophezeiung meines Reisebegleiters gab es im Speisewagen genügend freie Sitzplätze.

Ich hatte einen Tisch für mich allein und genoss eine ausgezeichnete Mahlzeit mit Potage Albion, Kabeljau in Petersiliensauce, Yorkschinken, Salat und Gemüse mit Sultaninenpudding, gefolgt von Käse und Keksen. Als ich meinen Kaffee ausgetrunken hatte, genoss ich die Aussicht. Dichte Wälder dominierten die Landschaft, zwischen den Bäumen glitzerten vereiste Flüsse. Der

Kellner, der grauhaarig und ein wenig wackelig auf den Beinen war, räumte meine leere Kaffeetasse ab. „Kann ich Ihnen noch etwas bringen, Miss?"

„Nur eine kurze Frage." Ich nahm Minervas Skizzen aus meiner Handtasche und zeigte auf Mr. Culpepper. „Erinnern Sie sich an diesen Mann? Ich glaube, er ist am Montag mit diesem Zug gefahren."

Der Blick des Kellners, als er von der Zeitung zu mir aufblickte, war mitleidig. „Nein, ich fürchte, das tue ich nicht." Er zögerte und sagte dann: „Es geht mich nichts an, Miss, aber manchmal wollen junge Männer nicht gefunden werden. Sie sind eine nette junge Lady. Ich bin mir sicher, dass er Ihre Mühe nicht wert ist."

„Oh, es ist nichts dergleichen. Ich helfe einer Freundin."

„Ah." Sein Tonfall verriet, dass er mir nicht glaubte. „Nun ja, ich fürchte jedenfalls, dass ich mich nicht an ihn erinnern kann. Aber diese Frau" – er tippte auf die Skizze von Lola – „sie war hier im Speisewagen." – die Falten auf seiner Stirn wurden tiefer – „am Montag? Ja, ich glaube, es war Montag. Eier, ungebutterter Toast und schwarzer Kaffee."

„Wirklich?", fragte ich.

„Oh ja, da bin ich mir sicher. Es ist der Hut, wissen Sie? Ihrer war grün, wie Crème de Menthe." Er zeigte auf die Skizze von Lola. „Es hat zum Mantel der Frau gepasst. Sie war bemerkenswert."

Minerva hatte die Skizzen nicht koloriert. Es waren lediglich Bleistiftzeichnungen, doch Minerva hatte Lola gezeichnet, die ihren mintgrünen Glockenhut mit der kleinen Feder trug. Wenn Lola den Hut mit ihrem farblich passenden Lieblingsmantel kombinierte, war sie unvergesslich.

„Danke. Sie haben mir sehr geholfen." Ich schob den Stuhl vom Tisch zurück. Ich machte ein paar Schritte und drehte mich dann um. „Hatte sie einen Begleiter? Vielleicht war es dieser Mann?" Ich zeigte auf Mr. Culpeppers Gesicht.

„Nein, sie hat allein gegessen."

KAPITEL ELF

*D*er Rest der Reise nach Edinburgh verlief
ereignislos. Als ich aus dem Speisewagen
zurückkam, benutzte mein Reisebegleiter seine
Aktentasche als provisorischen Schreibtisch. Er hatte
seinen Stapel Papiere darauf ausgebreitet und sein
Monokel zwischen Wangenknochen und Augenbraue
geklemmt. Als ich ankam, blickte er auf, nickte mir kurz
zur Begrüßung zu und widmete sich dann wieder seinen
Notizen.

Ich machte es mir auf meinem Platz bequem und nahm
mein Buch zur Hand, konnte mich aber nicht auf die
Geschichte konzentrieren. Ich legte es schließlich weg, als
wir uns Durham näherten, wo die Kathedrale und die
normannische Burg auf dem Hügel die Stadt überragten.
Ich genoss die Aussicht, wenn auch auf distanzierte Weise.
Meine Gedanken waren zu sehr damit beschäftigt,
mögliche Auswirkungen der Information durchzugehen,
dass Lola am Montag mit dem Flying Scotsman gereist
war.

Es bestand die geringe Möglichkeit, dass der Kellner sich

geirrt hatte, aber er hatte die Farbe von Lolas Hut und Mantel sehr genau beschrieben. Meiner Erfahrung nach waren Männer nicht besonders aufmerksam, wenn es um Mode ging – Jasper war die Ausnahme. Er war selbst eine Modepuppe, also achtete er immer auf die Kleidung anderer, doch die meisten Männer schienen wie mein Vater und mein Onkel zu sein, die einem fünf Minuten, nachdem sie mit einer Frau gesprochen hatten, nicht sagen konnten, ob ihr Kleid violett gewesen war oder rot. Aber Lolas mintgrüner Mantel und Hut waren auffällig, und der Kellner hatte gesagt, seine Frau hätte einen Hut in genau diesem Farbton.

Waren Lola und Mr. Culpepper zusammen nach Schottland gereist? Ich hatte noch nie eine Interaktion zwischen den beiden gesehen – nicht einmal während Minervas Dinnerparty, wo beide zu Gast waren. Gab es einen Grund, warum sie nicht am selben Tisch speisten, wenn sie zusammen gereist wären? Es sei denn, da war vielleicht etwas Schändliches im Gange?

Wir glitten über die Schienen, während der Zug auf unserem Weg nach Norden seine Wasservorräte aus den Trögen auffüllte. Als wir an weiteren Burgen vorbeikamen und die Grenze nach Schottland überquerten, richtete ich meine Gedanken auf Mr. Culpeppers Bruder, und ich überlegte mir, wie ich mich ihm nähern sollte. Mit etwas Glück würde ich ihn heute Abend zu Hause antreffen – und Mr. Culpepper wäre bei ihm. Welchen Grund könnte ich für meinen Besuch angeben? Es war eine ziemliche Reise von London nach Schottland, nur um mit jemandem zu sprechen.

Ich entschied mich für die Wahrheit, wenn auch für eine verkürzte Version davon. Ich arbeitete für einen Klienten, der wollte, dass ich jede Person ausfindig machte, die im zweiten Stock der South Regent Mansions wohnte. Wenn Fragen dieser einfachen Erklärung folgten, würde ich sagen, dass ich nicht mehr preisgeben dürfe, und ich würde andeuten, dass ich ebenfalls im Dunkeln tappe.

Der Rhythmus des Ratterns des Zuges änderte sich, als er die Steigung der bewaldeten Hügel hinauffuhr, die mit einer Schneeschicht bedeckt waren. Als wir uns Edinburgh näherten, sah ich den silbernen Blitz, den der Firth of Forth in die Landschaft zeichnete. Dann erreichten wir den Stadtrand, und Gebäude ragten in die Höhe und versperrten uns die Sicht, bis auf ein paar kurze Blicke auf Arthur's Seat, als der Zug langsamer wurde. Dann kamen wir durch einen kurzen Tunnel und fuhren in die Waverly Station ein.

Jasper wartete auf dem Bahnsteig auf mich, und ein kleiner Ausbruch von Freude stieg in meiner Brust auf, als ich sah, wie adrett, wenn auch eher gelangweilt er aussah, während er an der Kette seines Monokels herumspielte. Während Jaspers Augen schwach waren und er zum Lesen eine Brille brauchte, war das Monokel (und sein ebenholzfarbener Spazierstock) eher das Merkmal eines eleganten Gentlemans als eine Lesehilfe. Er besaß eine ganz gewöhnliche Brille in seiner Sehstärke, die er für Arbeiten, die genaueres Sehen erforderten, in der Tasche hatte. Ich winkte, und Jaspers gelangweiltes Aussehen verschwand, als sich ein Lächeln auf seinem Gesicht ausbreitete. Ich schob mich durch das Gedränge.

„Hallo, alte Bohne", sagte er. „Du bist es wirklich!"

„Natürlich bin ich es." Ich hob meine Wange, damit er mir einen Kuss geben konnte, und genoss die kurze Wärme seiner Lippen auf meiner Haut. „Warum siehst du so überrascht aus? Ich habe dir gesagt, dass ich heute ankomme."

„Nachdem ich mein Zugticket umgetauscht hatte, dachte ich plötzlich, jemand könnte mir einen Streich spielen."

„Du hast gedacht, ich hätte das Telegramm vielleicht als Scherz verschickt? Ich würde nie Witze darüber machen, quer durch England zu reisen." Das Telegramm, das ich ihm geschickt hatte, lautete: *Komme morgen in Edinburgh an – Stopp – wegen eines Falls – Stopp*

Ich hatte seine Antwort erhalten, bevor ich an diesem Morgen abgereist war. *Lasset die Spiele beginnen– Stopp – Dein Watson erwartet Dich – Stopp*

Jasper bückte sich nach meinem Koffer. „Aber einige meiner Freunde würden so etwas tun. Sie würden es für ungemein amüsant halten, wenn ich auf so etwas hereinfalle."

„Nun, es ist kein Jux. Ich arbeite."

„Das sehe ich. Wie war die Fahrt?"

„Ich habe etwas Unerwartetes entdeckt." Ich hakte mich bei ihm unter, als wir über den Bahnsteig gingen. Nach der abgestandenen Luft im Waggon fühlte sich die frische Luft wunderbar an.

„Natürlich hast du das. Das machst du immer. Ich bin bereit, alle Watson-Aufgaben zu übernehmen. Mein Kalender ist frei für dich."

Ich blieb stehen. „Jasper, ich habe nicht gemeint, dass du alles stehen und liegen lassen und auf mich warten musst. Ich bin durchaus in der Lage, alles zu erledigen, falls du nach London zurückmusst. Ich habe das Telegramm geschickt, weil ich dachte, du würdest wissen wollen, dass ich auf dem Weg nach Edinburgh bin."

„Absolut. Ich habe keine dringenden Verpflichtungen

in London – außer meinem Schneider. Und er ist gern bereit, den Termin zu verschieben." Jasper machte einen Schritt auf den Ausgang zu, aber ich rührte mich nicht.

„Bist du ... offiziell hier?"

„Du vergisst, *Darling*, dass ich nie *irgendwo* offiziell bin." Ich schmunzelte über seinen Witz. „Du bist also inoffiziell hier?"

„Nein. Ich habe zu meinem eigenen Vergnügen an der Buchauktion teilgenommen. Und jetzt bist du hier, was die Reise doppelt angenehm macht."

Ich spürte, wie meine Wangen unter seinem Blick heiß wurden, und ich war dankbar für den eisigen Windstoß, der über den Bahnsteig fegte. Mir war plötzlich am ganzen Körper zu warm. „Nun, vielleicht denkst du das nicht mehr, nachdem ich dich durch ganz Edinburgh geschleift habe. Ich habe vor, mich sofort an die Arbeit zu machen."

„Ich habe nicht weniger erwartet." Er streckte seinen Arm aus. „Allerdings tappe ich ein wenig im Dunkeln."

„Ich werde dir auf dem Weg zum Hotel alles erzählen. Ich habe ein Zimmer im Premier."

Jasper winkte ein Taxi herbei. „Großartig. Ich bin auch da."

Als wir meinen Koffer im Hotel deponiert hatten und uns in einem anderen Taxi auf den Weg zur Adresse von Mr. Culpeppers Bruder machten, hatte ich Jasper die Einzelheiten darüber erzählt, warum ich in Edinburgh war. Er war diskret, und ich wusste, dass er niemals jemandem sagen würde, was ich ihm erzählte. Die Gesellschaft mochte ihn für etwas seicht halten – ein Ruf, den er mit seinem Monokel und seinen drolligen Manieren absichtlich kultiviert hatte –, doch ich wusste, dass er mehr Tiefgang und Ernsthaftigkeit besaß, als viele ihm zutrauten.

Das Hotel lag an der Royal Mile mit Blick auf das Edinburgh Castle.

„Hast du die Burg jemals gesehen?", fragte Jasper, als das Taxi vom Hotel wegfuhr.

„Einmal. Als ich ein Kind war, hat mich mein Vater hierher mitgenommen. Ich erinnere mich nur daran, dass es extrem kalt war."

„Dann können wir sie vielleicht heute Abend besichtigen."

„Vielleicht." Ich war nicht als Tourist hier.

„Lass uns über die Arbeit sprechen", sagte Jasper und drehte sich um, um nach vorn aus dem Taxi zu blicken, das sich vom Stadtzentrum wegbewegte. „Und du glaubst, Minerva hat wirklich" – er blickte auf den Hinterkopf des Fahrers und senkte die Stimme – „einen Fuß gesehen?"

„Minerva ist einer der besonnensten Menschen, die ich kenne. Ich glaube nicht, dass sie eine – oh, ich weiß nicht – Halluzination oder etwas in der Art hatte."

„Nein, nicht Minerva. Aber das bedeutet, dass sie mit den – ähm – Behörden sprechen sollte."

„Sie kann nicht. Ihr Vorgesetzter bei der Zeitung würde sie entlassen, wenn es auch nur den Anschein von Ärger gäbe. Und sie ist sicher, dass die Behörden sie aufs Korn nehmen würden."

„Nun, wenn sie sich jetzt melden würde, würden sie es sicherlich tun. Für sie würde es suspekt aussehen."

„Ziemlich."

Mr. Culpeppers Bruder lebte in Colinton, einer hügeligen Gegend voller Bäume. Die Straßen waren von Steinmauern und hohen Hecken gesäumt. Ich konnte von den Häusern hinter ihren abschirmenden Gebüschen nicht wirklich viel erkennen.

Der Fahrer fuhr einen der Hügel hinauf und hielt dann

am Straßenrand. „Da wären wir." Er rollte neben einem winzigen schmucklosen Steinhaus mit Schieferdach und Sprossenfenstern auf beiden Seiten einer erbsengrünen Tür zum Stehen. Als der Taxifahrer losfuhr, blickten Jasper und ich die Straße hinauf und hinunter, die von weiteren kleinen Häusern gesäumt war, einige davon aus Stein, andere mit Harl verputzt. „Sieht aus wie eine Reihe von Puppenhäusern", sagte ich, als wir durch ein hüfthohes Törchen gingen und dann in drei Schritten den Vorgarten durchquerten.

„Was ist der Grund dafür, dass wir den ganzen Weg von London zurückgelegt haben, um vor der Haustür dieses Mannes zu stehen und Fragen über seinen Bruder zu stellen?"

Ich klopfte schnell an. „Ich arbeite an einem Fall. Ist das nicht Grund genug?" Wenige Augenblicke später öffnete ein Mann die Tür. Die Ähnlichkeit zwischen ihm und Mr. Culpepper war frappierend. Während Mr. Culpepper schlaksig und sehr schlank und dieser Mann kleiner und kräftiger war, hatten beide eine ähnliche Gesichtsstruktur mit einer fliehenden Stirn, die von geraden Augenbrauen zu einem Haaransatz anstieg, der sich an den Schläfen allmählich zurückzuziehen begann.

Auch seine Augen hatten den gleichen blassblauen Farbton wie die von Mr. Culpepper.

Wenn die Ähnlichkeiten ihrer Gesichter mich nicht davon überzeugt hatten, dass es sich um einen Verwandten von Mr. Culpepper handelte, dann die Tatsache, dass der Mann seine Brille mit dem Zeigefinger den Nasenrücken emporschob, während er die Tür öffnete. Es war Mr. Culpeppers Manierismus so ähnlich, dass ich ihn mit Mr. Culpepper hätte verwechseln können, wenn dieser Mann nicht kleiner und dicker gewesen wäre.

Er sah Jasper an, aber ich trat vor und sagte: „Guten Tag, ich bin Olive Belgrave und suche einen Mr. Culpepper, der normalerweise in London wohnt. Sein Büro hat mir gesagt, dass ich ihn hier finden kann."

„Tut mir leid, aber Sie sind etwas spät dran." Eine Spur eines schottischen Akzents lag in seinen Worten.

„Spät? Ist er nicht hier?"

„Nein, er war heute Morgen mit seiner Arbeit fertig und ist wieder nach London abgereist."

Ich seufzte. Er war heute in einem dieser Züge gewesen, die an mir vorbeigerauscht waren, und ich hatte es nicht gewusst.

„War es etwas Dringendes? Und warum suchen Sie nach meinem Bruder? Stimmt was nicht?"

„Nein, es ist alles in Ordnung." Ich verdrängte meine Frustration darüber, dass Mr. Culpepper nicht mehr hier war. „Ich führe eine private Ermittlung durch und muss ein paar Details klären." Ich holte mein Notizbuch und meinen Bleistift heraus. „Darf ich fragen, wann Ihr Bruder angekommen ist?"

„Private Ermittlung? Wer sind Sie?"

„Ich befürchte, dass die Informationen vertraulich sind."

Der Mann streckte die Hand aus, um die Tür zu schließen, doch Jasper beugte sich vor.

„Wir führen eine Umfrage für die *Society of Citizen Knowledge* durch. SOCK."

Der Mann hielt inne, und ich mischte mich ein und gab meinen ursprünglichen Angriffsplan auf, der nicht funktioniert hatte. „Über Reisestatistiken. Wir haben nur zwei oder drei Fragen, wenn wir noch einen Moment Ihrer Zeit in Anspruch nehmen dürfen. Wir müssen die Daten Ihres Bruders vervollständigen. Wir wissen, dass er am

Montagmorgen London verlassen hat und am Abend hier angekommen ist. Ist das korrekt?"

„Also … ja."

„Ausgezeichnet." Ich machte in meinem Notizbuch ein Häkchen. „Was waren seine Gedanken über die Reise von London hierher?", fragte ich mit gezücktem Bleistift.

„Sie war gut, denke ich. Er hat nicht viel dazu gesagt." Er trat zurück und schloss die Tür ein paar Zentimeter.

„Und seine Begleiterin?", sagte ich schnell. „Wie war ihre Meinung dazu?" Ich benutzte meinen sachlichsten Ton.

Das ließ ihn aufhorchen und hinderte ihn daran, die Tür zu schließen. „Er hatte keine Begleiterin. Er ist allein gereist."

„Sind Sie sicher? Ich habe einen Hinweis, dass er mit einer Frau namens – einen Moment – Lola gereist ist."

Er schüttelte den Kopf. „Nein, das ist nicht richtig. Überprüfen Sie Ihre Angaben am besten noch einmal. Er hat nie eine Lola erwähnt."

„Vielen Dank" – die Tür schloss sich, und das Schloss klickte – „für Ihre Zeit", sagte ich noch und wandte mich ab. „Na, das lief nicht ganz so, wie ich mir erhofft hatte."

„Insgesamt nicht schlecht." Jasper hielt das Törchen für mich auf. „Ich habe Hunger. Ich sehe einen Pub am Ende der Straße. Lust auf einen Shepherd's Pie?"

„Hört sich wunderbar an." Wir gingen die Straße hinunter in Richtung des kleinen Dorfes und hielten auf das im Wind schwingende Pub-Schild zu. Während unseres Essens sagte ich: „So viel zu meiner Idee, mit dem Begriff „Ermittler" um mich zu werfen und Antworten zu bekommen. Dein Plan hat viel besser funktioniert."

„Ich finde, dass das Akronym hilft. Die Leute überlegen, was SOCK tut, und es ist leichter, eine Frage einzuwerfen und eine Antwort zu bekommen, während sie in ihrem Kopf die Buchstaben des Akronyms den Worten zuordnen."

„Es hat jetzt auf jeden Fall funktioniert."

„Dann war es also Mr. Culpeppers Bruder?", fragte Jasper. „Und glaubst du, dass er die Wahrheit gesagt hat?"

„Ja, in beiden Punkten. Es besteht eindeutig eine Familienähnlichkeit. Und ich glaube, er hat die Wahrheit gesagt. Er schien sich keine Antworten auszudenken oder abzuschätzen, wie wir seine Antworten aufgenommen haben. Es war ihm völlig egal, ob wir ihm glauben oder nicht."

„Er hat so ausgesehen, als hätte er den Namen Lola noch nie gehört."

„Was meine Theorie, dass Lola und Mr. Culpepper zusammen gereist sind, ziemlich durcheinanderbringt. Aber sie ist hier in Edinburgh ... irgendwo. Ich werde Constance vom Hotel aus anrufen und fragen, ob sie Lolas Adresse zwischenzeitlich in Erfahrung gebracht hat."

Jasper stellte sein leeres Bier ab und blickte auf seine Armbanduhr. „Ich glaube, wir könnten einen kurzen Rundgang durch die Burg machen, bevor wir zum Hotel zurückgehen."

„Hört sich gut an."

Die Burg selbst war geschlossen, aber wir gingen den Hügel hinauf und sahen uns die dicken Steinmauern und das Fallgittertor an. Es war so kalt, wie ich es von meinem Kindheitsbesuch in Erinnerung hatte. Als wir den Hügel wieder hinuntergingen und die Royal Mile entlang zum Hotel schlenderten, war ich bis auf die Knochen durchgefroren. Jasper ging zur Bar, um uns einen Tisch am Kamin zu besorgen, während ich durch die Lobby zur Telefonzelle ging.

KAPITEL ZWÖLF

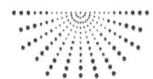

„Irgendwas Neues?", fragte Jasper, als ich mich in der Hotelbar zu ihm gesellte.

Funken sprühten aus den hohen orangefarbenen und roten Flammen des Feuers im Kamin. Mir wurde schon beim bloßen Anblick wärmer. Ich machte es mir im Clubsessel bequem und genoss die Hitze der Flammen, die mich einhüllte. „Keine Antwort. Constance scheint nicht zu Hause gewesen zu sein. Die Telefonistin hat es eine Ewigkeit klingeln lassen. Und ich hatte so gehofft, dass Constance herausgefunden hat, wo Lolas Familie lebt. Edinburgh ist zu groß, um alle im Verzeichnis aufgeführten Mallorys zu besuchen."

„Mallory?", fragte Jasper.

„Lolas vollständiger Name ist Delores Mallory."

„Ich verstehe."

Ein Kellner kam mit einem Tablett mit Getränken und Jasper sagte: „Ich habe Hot Toddies bestellt."

„Wunderbare Idee." Ich schlang meine Hände um die warme Tasse. „An der Rezeption gab es ein Verzeichnis, und ich habe nachgesehen, wie viele Mallorys hier in Edinburgh aufgeführt sind. Zwei ganze Seiten."

„Das ist ziemlich viel."

„Ja. Es erscheint mir sinnlos, jeden einzelnen zu kontaktieren. Ich weiß nicht einmal, ob Lola Verwandte mütterlicherseits oder väterlicherseits besucht. Wenn es sich um die Familie ihrer Mutter handelt, wird es ein ganz anderer Nachname sein." Nachdem ich im Flur mit Constance gesprochen hatte, war ich in meine Wohnung zurückgekehrt, um Lolas Bericht abzuholen, damit ich ihn in Edinburgh bei mir hatte, für den Fall, dass ich sie aufspüren konnte.

Ich nippte an meinem Hot Toddy und genoss das Gefühl, dass er mich von innen wärmte. „Es ist so schade, dass ich ihr meinen Bericht nicht geben kann, jetzt, wo ich in derselben Stadt bin wie sie. Ganz zu schweigen davon, dass ich gern mit ihr über die Reise mit dem Flying Scotsman am selben Tag wie Mr. Culpepper sprechen würde. Allerdings scheint es ein Zufall zu sein, dass beide im selben Zug waren."

Jasper strich seine Manschetten glatt. „Das ist möglich. Der Flying Scotsman ist der Zug, den man nehmen sollte, wenn man von London nach Edinburgh reist. Vielleicht saßen beide am selben Tag im selben Zug und haben es nicht einmal bemerkt."

Der Concierge näherte sich unserem Tisch. „Miss Belgrave, ein Telegramm für Sie."

Ein Anflug von Nervosität packte mich. Ich dankte ihm und nahm den Umschlag entgegen, während ich einen Blick mit Jasper austauschte. Vater und Sonia waren noch in Italien. Im letzten Brief, den ich von Sonia erhalten hatte, stand, dass sich Vaters Gesundheitszustand verbessert hatte und sein Husten so gut wie verschwunden war, aber man konnte ja nie wissen ...

Ich riss den Umschlag auf, und meine Sorge verschwand. „Es ist von Minerva. Sie sagt, Mr. Culpepper sei nach London zurückgekehrt, und sie hat mit ihm gesprochen." Seufzend steckte ich das Telegramm in die Tasche und nahm meinen Hot Toddy. „Wenn ich einfach noch einen Tag gewartet hätte, hätten Minerva und ich unsere Antwort bezüglich Mr. Culpepper gehabt." Ich sah Jasper über den Rand der Tasse hinweg an. „Aber es tut mir nicht leid, die Reise gemacht zu haben."

„Ich freue mich, dass du hergekommen bist." Fältchen tanzten um seine Augen, als er lächelte. „Selbst wenn es wegen eines Falls war. Dann hast du vor, morgen nach London zurückzukehren?"

„Sosehr ich es auch genieße, Zeit mit dir hier in Edinburgh zu verbringen, ja, ich sollte nach London zurück. Jetzt, wo wir wissen, dass es Mr. Culpepper gutgeht, bleibt nur noch Wohnung 228."

„Ah, die mysteriösen Darkwaiths."

„Ja, und ich habe keine Ahnung, wie ich irgendetwas über sie herausfinden soll."

„Wird immer im Plural von den Bewohnern dieser Wohnung gesprochen?"

Ich stellte meine Tasse langsam ab und überlegte. „Ich habe nie darüber nachgedacht, aber ja, so ist es."

„Interessant."

„Ich muss auf jeden Fall herausfinden, wie viele Leute tatsächlich in der Wohnung leben", sagte ich.

„Wenn es jemand weiß, dann der Portier oder die Dienstmädchen."

„Minerva hat schon mit dem Portier gesprochen. Wenn Evans irgendetwas weiß, verrät er es nicht. Obwohl

Minerva gesagt hat, er habe seltsam reagiert, als sie nach den Darkwaiths gefragt hat. Sie sagt, sein Gesicht sei völlig ausdruckslos geworden, was ihm gar nicht ähnlich sieht. Er ist nicht zurückhaltend. Und ich habe die Dienstmädchen schon einmal nach den Darkwaiths gefragt. Sie nehmen den Reinigungsservice des Gebäudes nicht in Anspruch. Sie haben selbst jemanden, der das macht."

„Ich bin mir sicher, dass uns was einfallen wird. Schließlich haben wir morgen acht Stunden im Zug Zeit, uns etwas zu überlegen. Und wenn uns dann immer noch nichts einfällt, kann ich die Theaterkarten abgeben, und wir bleiben dran."

„Oh, das stimmt! *The End of the Line!*" Jasper hatte Karten für das beliebteste Theaterstück in ganz London. Er hatte mich vor Wochen gefragt, ob ich ihn begleiten möchte. „Bei all dem, was in den South Regent Mansions vor sich ging, war es mir entfallen, aber es gibt keinen Grund, die Tickets wegzugeben. Schließlich kann ich nur begrenzte Maßnahmen ergreifen, was die Darkwaiths angeht. Wir sind so weit, dass Minerva möglicherweise die Polizei kontaktieren muss, wenn wir nicht herausfinden können, wer tatsächlich in Wohnung 228 wohnt."

„Du willst Longly kontaktieren?"

„Ja, ich denke, das wäre das Beste. Er wird die Stirn runzeln und sich aufregen, weil sie gewartet hat, aber er wird Minerva anhören. Er wird ihre Geschichte nicht abtun oder sie für verrückt halten. Die Schwierigkeit wird darin bestehen, Minerva davon zu überzeugen, mit ihm zu reden. Sie wird nur ungern zu ihm gehen, ohne genau zu wissen, wie die Situation in Wohnung 228 aussieht. Da muss ich mir noch was überlegen."

„Vielleicht musst du einbrechen, altes Mädchen."

„WILLKOMMEN ZU HAUSE, Miss Belgrave. Guten Abend, Mr. Rimington", sagte Evans, als Jasper und ich am nächsten Nachmittag die South Regent Mansions betraten.

„Danke, Evans", sagte ich. „Irgendwelche Nachrichten für mich?"

„Nein, Miss Belgrave."

„Wirklich? Gar nichts? Ich habe eine Nachricht von den Darkwaiths erwartet."

Ein Blitz von etwas – war es Belustigung? – huschte über Evans' Gesicht, doch es war verschwunden, bevor ich es identifizieren konnte. Er wandte sich ab, um die Fächer hinter seiner Theke noch einmal zu kontrollieren. „Nein, nichts." Sein Gesicht war so leer wie eine abgewischte Tafel. Evans nahm seinen Stift und beugte sich über sein Besucherbuch. „Ich hoffe, Sie haben einen angenehmen Abend, Miss Belgrave." Sein Ton war abweisend.

Jasper und ich tauschten Blicke aus. Im Zug hatten wir lange darüber gesprochen, wie wir Evans Informationen entlocken könnten. Jasper war dafür gewesen, Bargeld anzubieten, aber als ich ihm erzählt hatte, dass Minerva das bereits versucht hatte und abgewiesen worden war, überlegten wir uns andere Angriffspläne – meine kleine Bemerkung bezüglich der Nachricht war die erste Taktik. Ich hatte gehofft, Evans unvorbereitet zu erwischen, woraufhin er sich einen Ausrutscher erlauben und vielleicht einige Informationen preisgeben würde. Aber mir war klar, dass ich zu meinem letzten Angriffsplan übergehen musste – der Wahrheit.

Ich nahm Jasper meinen Koffer ab. „Ich komme in ein paar Stunden zurück, alte Bohne", sagte er. „Wollen wir nach dem Theater essen?"

Als ich mich vorbeugte, um seine Wange zu berühren, atmete ich seinen zitronigen Duft ein. „Ja. Dann haben wir mehr Zeit."

Er zog eine Augenbraue hoch, und ich spürte, wie mir das Blut in die Wangen schoss, als ich rot wurde. Dieser Mann und sein Aussehen! Mit einem Blick konnte er so viel sagen. Oder vielleicht war ich jetzt einfach besser darin, ihn zu lesen. Er murmelte so etwas wie *viel Glück* und schlenderte dann den purpurroten Läufer entlang, die Hände in den Hosentaschen. Der Türsteher öffnete ihm die Glastür.

Ich wandte mich wieder Evans zu, der immer noch etwas in das Besucherbuch schrieb. Ich richtete meine Worte an seinen Hut. „Ich gebe zu, dass die Bemerkung über die Nachricht der Darkwaiths ein kleiner Trick war. Mir ist klar, dass Sie das Geheimnis, das Sie bewahren sollen, ernst nehmen." Evans' Kopf schoss hoch, und ich beugte mich vor. In einem vertraulichen Tonfall sagte ich: „Obwohl wir alle neugierig auf die Darkwaiths sind, stecke ich meine Nase nicht aus reiner Neugier in diese Angelegenheit. Es ist etwas passiert, und es ist äußerst wichtig, dass ich Kontakt mit denjenigen aufnehme, die dort leben. Sie kennen doch die Bewohner, nicht wahr?"

Evans strich mit der Hand über die Seite seines Buchs, um das Papier zu glätten. „Das sind private Informationen."

Bevor er wieder den Blick senkte, sagte ich schnell: „Sie wissen, was ich beruflich mache, Evans."

„Schnüffeln, nicht wahr?"

Innerlich ärgerte ich mich, aber er sagte es nicht abfällig. Sein Gesicht war offen, und seine Augenbrauen waren leicht hochgezogen, als würde er darauf warten, dass ich seine Vermutung über meinen Beruf bestätige.

„Private Ermittlerin", korrigierte ich. „Ich untersuche etwas, das hier in den South Regent Mansions passiert ist." Plötzlich war das Buch vergessen. Ich hatte jetzt Evans' volle Aufmerksamkeit. „Wenn ich nicht herausfinden kann, wer in dieser Wohnung wohnt, und mit ihnen sprechen kann, muss ich mich leider an die Polizei wenden."

Er blinzelte. „Die Polizei?"

„Es ist eine sehr ernste Angelegenheit."

Evans starrte mich einen Moment lang an, dann bewegte sich ein Mundwinkel nach oben. „Ausgezeichneter Versuch, Miss Belgrave."

Er war amüsiert, wurde mir klar. Er lachte – über mich.

Er fügte hinzu: „Ich muss meine Meinung für mich behalten. Ich bin zur Verschwiegenheit verpflichtet." Sein Ton änderte sich von tadelnd zu väterlich. „Ich würde davon abraten, die Polizei zu kontaktieren. Es würde nur peinlich werden ... für Sie." Er nahm seinen Stift und beugte sich über sein Buch.

Besiegt wandte ich mich dem Aufzug zu und strich Evans im Geiste von meiner Liste. Der Aufzug erreichte den zweiten Stock, und ich zog die Tür zurück. Ich musste einen anderen Weg finden, herauszufinden, wer in Wohnung 228 wohnte.

„Olive!" Minerva eilte mir auf dem roten Läufer entgegen. „Ich bin so froh, dass du zurück bist."

„Was ist passiert? Du siehst aus, als wärst du mit Putzen beschäftigt." Ihr Rock war zerknittert, ihre Manschetten voller Staub, und ein schwarzer Schmutzfleck lief über ihre lange Nase und einen Wangenknochen.

„Was?"

Ich zeigte auf meine eigene Nase und Wange. „Du hast einen Fleck."

Sie rieb sich das Gesicht. „Oh das. Wahrscheinlich vom Dachboden. Ich habe das Gebäude stundenlang durchsucht und es endlich herausgefunden."

„Du hast was herausgefunden?"

„Wie sie die Leiche rausgebracht haben."

KAPITEL DREIZEHN

*E*in paar Augenblicke später, nachdem ich meinen Koffer in meiner Wohnung abgestellt hatte, folgte ich Minerva den Korridor entlang und beeilte mich, mit ihrem schnellen Tempo Schritt zu halten.

„Ich habe die Baupläne der South Regent Mansions noch einmal studiert", sagte sie über ihre Schulter. „Auf den meisten Etagen gibt es am Ende des Korridors einen Wandschrank."

„Ach so? Ist mir noch nie aufgefallen."

„Auf allen anderen Etagen ist der Raum auf den Bauplänen einfach ein Quadrat, das als Lager gekennzeichnet ist. Aber im Erdgeschoss, im ersten Stock und in dieser Etage haben die Baupläne ein X über demselben Bereich. Also habe ich mich umgesehen. Ab der dritten Etage ist es nur ein Abstellraum voller Putzutensilien und anderer Kleinigkeiten. Aber nicht hier."

Wir hatten die Wand am anderen Ende des Korridors erreicht. Wohnung 228, die Wohnung der Darkwaiths, lag auf der einen Seite, Miss Attenboroughs Wohnung, Nr.

229, auf der anderen Seite des Flurs. Neben ihrer Tür war der kurze Flur, der zur Hintertreppe führte.

Minerva wies mit der Hand auf die Wand vor uns. „Schau. Siehst du es?"

Zuerst verstand ich nicht, was sie meinte, aber dann entdeckte ich den kleinen weißen Griff über der Täfelung. Er war in der gleichen Farbe wie die Wände gestrichen und fiel kaum auf. Nachdem ich nun den Griff gesehen hatte, konnte ich die dünne Naht erkennen, die von der Fußleiste bis zu einem Punkt etwa einen halben Meter über unseren Köpfen verlief und dann parallel zur Decke weiterging, bis er auf eine weitere Naht traf, die wieder hinunter bis zur Fußleiste ging.

Ich fuhr mit dem Finger über eine der Nähte. „Es ist eine Geheimtür. Sie ist leicht zu übersehen."

„Richtig. Sie ist so gestaltet, dass sie nicht auffällt. Ich nehme an, die Architekten dachten, eine große, riesige Tür am Ende des Flurs würde die Linien unterbrechen, und bei diesem Gebäude geht es vor allem um schöne, fließende Linien."

„Da könntest du recht haben", sagte ich. „Ich habe nie darüber nachgedacht, aber du bist die Künstlerin hier, also ist es logisch, dass du solche Dinge bemerkst."

„Ich wünschte, es wäre mir schon vor heute aufgefallen, denn was sich hinter dieser Tür verbirgt, ist äußerst interessant." Sie drehte den Griff und zog die Tür auf, wodurch eine Backsteinmauer zum Vorschein kam.

„Eine Mauer?" Ich blickte von dort zu Minerva. „Das ist seltsam. Das ist nicht etwas, das man in einem neuen Gebäude erwarten würde." Wären die South Regent Mansions ein älteres, renoviertes Gebäude gewesen, wäre ein zugemauerter Bereich nicht so ungewöhnlich, aber es war neu.

„Richtig. Und im ersten Stock ist es dasselbe – noch eine Backsteinmauer. Während Evans mit einer Lieferung beschäftigt war, ist es mir gelungen, mich im Foyer umzusehen. Dort ist es genau das Gleiche – eine versteckte Tür mit einer Backsteinmauer dahinter."

„Warum sollte jemand einen Schrank zumauern? Das ergibt keinen Sinn."

„Oh, aber das tut es, wenn dieser Raum" – sie klopfte gegen die Ziegelwand – „etwas anderes ist als ein Schrank, wie zum Beispiel ein privater Aufzug." Minerva schloss die Tür. „Derselbe Bereich ist im Keller auf den Bauplänen ausgewiesen, doch da ist kein X, und er ist auch nicht als Lager gekennzeichnet."

„Das ist ein großer Sprung", sagte ich. „Es könnte ganz andere Gründe haben. Vielleicht hat es was mit den Sanitär- oder Heizungsanlagen zu tun."

„Es ist das Einzige, was an diesem Gebäude ungewöhnlich ist und" – Minervas Blick wanderte über meine Schulter. Sie senkte ihre Stimme und fügte hinzu: „Der zugemauerte Bereich teilt sich eine Wand mit Wohnung 228." Minerva hatte recht; die Nordwand des zugemauerten Bereichs würde der Südwand von Wohnung 228 entsprechen.

„Warst du im Keller?", fragte ich.

„Nein. Ich war gerade auf dem Weg dorthin, als du gekommen bist."

„Dann komme ich mit." Ich drehte mich um, um zum Aufzug zu gehen, aber Minerva packte meinen Arm.

Sie sagte: „Wir müssen die Treppe nehmen. Der Aufzug fährt nicht in den Keller."

„Oh, stimmt. Das hatte ich vergessen." Wir gingen den kurzen Flur hinunter zur Hintertreppe. Die Treppe war eher schlicht und steil. Keine weichen Teppiche oder

Wandtäfelung, nur blanke Holztreppenstufen und weiße Wände. Wir gingen an den Treppenabsätzen zum ersten Stock und dann zum Erdgeschoss vorbei, bis wir zu der Tür kamen, auf der der Buchstabe K aufgemalt war. Minerva öffnete sie, und wir traten in die Dunkelheit. „Hier muss es irgendwo Licht geben."

Als wir Anfang der Woche den Keller untersucht hatten, hatten wir Taschenlampen mitgebracht und uns nicht die Mühe gemacht, das Licht einzuschalten, aber diesmal hatte keiner von uns daran gedacht, sie mitzubringen. Ich klopfte an der Wand entlang. „Kein Schalter hier."

„Vielleicht ist es eine Kette." Minervas Stimme schwebte aus der Dunkelheit: „... ah, da ist sie."

Ich hörte ein metallisches Klirren, dann ging eine einzelne von der Decke hängende Glühbirne an und warf einen recht kleinen Kreis auf den Kellerboden. „Hier ist noch eine und dann noch eine." Minerva ging durch den engen Raum und stellte sich dann auf die Zehenspitzen, um eine weitere der baumelnden Ketten zu erreichen.

„Gut, dass du so groß bist", sagte ich. „Ohne Trittleiter würde ich die nie erreichen."

„Ich bin mir sicher, dass es hier eine gibt – nicht, dass wir sie finden würden", sagte Minerva, als sie zu mir zurückkam. Die Lichtkreise reichten nicht weit. Die Kellerwände lagen im Schatten. „Ich möchte nicht wirklich wissen, was hier unten in den dunklen Ecken ist. Wahrscheinlich die eine oder andere Ratte." Sie verzog das Gesicht. „Komm, lass uns das schnell machen."

„Ich will auch lieber nicht lange hier unten bleiben. Sollte auch nicht nötig sein. Der Grundriss des Kellers ist nicht so groß wie der Rest des Gebäudes." Als wir am Montag den Keller durchsucht hatten, war es uns um die

Suche nach einem aufgerollten Teppich gegangen. Den Rest des Raumes hatten wir nicht im Detail untersucht.

„Nein, das konnte ich auf den Bauplänen sehen", sagte Minerva. „Sie haben nicht die gesamte Grundfläche ausgegraben. Der Keller ist nur ein bisschen breiter als der Korridor, der sich über die Länge des Gebäudes erstreckt. Es gibt gerade genug Platz für die Mülllifte." Minerva winkte mit der Hand in Richtung der Stahltüren, die beide Seiten des Flurs säumten.

Sie waren etwa sechzig Zentimeter hoch und jede der Türen war mit einer Nummer beschriftet.

„Oh, ich verstehe, die Zahlen entsprechen den Wohnungsnummern oben." Ich stand neben einer Tür mit der Aufschrift 28. Die Metalltür gegenüber war mit der Nummer 29 versehen.

„Richtig", sagte Minerva, aber sie wirkte abgelenkt, als sie vor der Wand in der Nähe der Hintertreppe auf und ab ging, die anders als die übrigen freiliegenden Ziegelwände verputzt war. „Warum habe ich keine Taschenlampe mitgebracht? Das Licht dieser Glühbirnen ist viel zu schwach."

South Regent Mansions warb mit den modernsten Annehmlichkeiten – moderne Küchen, Reinigungsservice, eine hauseigene Küche und Müllaufzüge. Ich ging ein paar Schritte weiter in den Keller. „Ich habe nie darüber nachgedacht, wie der Müll entsorgt wird." Ungefähr auf halber Höhe des Weges führte eine Rampe zu einer Tür mit einem kleinen Fenster auf Augenhöhe. „Die führt in den Hinterhof?", fragte ich.

Minerva blickte über ihre Schulter. „Ja, so bringen sie jeden Tag den Müll raus."

Ein paar große Karren standen an der Wand. Ich stellte mir vor, dass die Mülltonnen aus den Wohnungen in die

Karren geleert wurden, die dann die Rampe hinaufge-schoben und draußen geleert wurden, wenn die Müllabfuhr kam.

Minerva fuhr mit ihrer Hand über den Putz. „Sie sollte irgendwo hier sein."

Ich kehrte an ihre Seite zurück. „Hier, lass mich helfen. Suchst du wieder eine versteckte Tür?"

„Ja, aber lass mich das machen. Ich bin schon staubig und du wirst dir dieses wunderschöne Reisekostüm schmutzig machen, wenn du nicht vorsichtig bist."

„Vielleicht kann ich dir mehr Licht besorgen." Ich zog eine Kiste aus dem Schatten und stellte sie unter die nächstgelegene Glühbirne. Ich kletterte darauf, ergriff das Kabel, das aus der Decke hing, und richtete die Glühbirne auf die Wand, an der Minerva langsam entlangging.

„Oh, danke. Das ist viel besser. Hier ist sie. Sie ist genau wie die Türen oben, mit einem kleinen Griff – nur dass darunter ein Schlüsselloch ist. Oh, ich hoffe, es ist nicht …" Sie drehte und zog, aber die Tür bewegte sich nicht. „Abgeschlossen. Wie frustrierend! Ich gehe nicht davon aus, dass zu deinen Talenten als diskrete Ermittlerin auch die Fähigkeit gehört, ein Schloss zu knacken?"

„Unglücklicherweise nicht."

„Schade, dass Jasper nicht hier ist", bemerkte Minerva. „Er ist ein einfallsreicher Kerl. Ich wette, er würde wissen, wie man das macht."

„Er weiß es auch nicht."

Eine von Minervas Augenbrauen hob sich um mehrere Zentimeter. „Wirklich? Sehr interessant, dass du das über ihn weißt. Erinnere mich daran, dich später zu fragen, wie du zu diesem Wissen gekommen bist."

Ich stieg von der Kiste. „Glaub mir, ich denke langsam,

dass es eine Fähigkeit ist, die sich zumindest einer von uns aneignen sollte."

Minerva und ich standen Seite an Seite und betrachteten die versteckte Tür. „Die muss irgendwo hinführen", sagte sie. „Warum sollte sie sonst abgeschlossen sein?"

„Es könnte ein weiterer Abstellraum sein."

„Mit einem glänzenden Schloss? Wo keiner der anderen Lagerschränke verschlossen war? Nein." Sie schüttelte den Kopf. „Ich bin sicher, dass es etwas mit der Wohnung der Darkwaiths zu tun hat. Es ist das Einzige, was einen Sinn ergibt. Alles andere haben wir berücksichtigt. Bei der Leiche muss es sich um jemanden aus Wohnung 228 gehandelt haben, und so" – Minerva schlug mit der Handfläche gegen die Tür – „hat der Mörder die Leiche rausgebracht."

„Wir müssen einfach einen anderen Weg finden, um herauszufinden, wer in Wohnung 228 wohnt."

„Wie? Evans weigert sich, uns etwas zu sagen, und niemand hat die Darkwaiths jemals gesehen. Ohne dieses Schloss zu knacken und zu sehen, was sich hinter dieser Tür verbirgt, wüsste ich nicht, wie wir es herausfinden können." Minervas Stimme war beim Sprechen immer lauter geworden. Sie seufzte. „Tut mir leid, Olive. Ich wollte dich nicht anschreien. Ich dachte, ich wäre kurz davor, herauszufinden, was passiert ist. Ich kann nicht schlafen, wenn ich an diesen schrecklichen, blassen Fuß denke, der aus dem Teppich ragt, und mich frage, wer da eingewickelt und weggekarrt wurde."

Jetzt zitterte ihre Stimme. Ich wusste, dass sie den Tränen nahe war, und das machte mir Sorgen. Minerva war ein Fels – standhaft und ausgeglichen. Die Tatsache, dass sie ihre Hand gegen die versteckte Tür geschlagen hatte und jetzt auf eine Art schluckte, wie man es tat, wenn man verzweifelt gegen seine Gefühle ankämpft – nun, sie war offensichtlich verstört.

„Ich weiß, was wir tun müssen. Jasper hat es vorhin gesagt. Wir müssen in die Wohnung der Darkwaiths einbrechen."

Wenn Jasper hier gewesen wäre, hätte er einen Witz über meine Bemerkung gemacht und wahrscheinlich etwas darüber gesagt, dass Bergsteigen im Zentrum von London verpönt sei, aber Minerva holte tief Luft. „Wie? Vom Dach runterklettern? Das wäre gefährlich. Es gibt nichts, woran man sich festhalten kann, keine kunstvollen Verzierungen oder aufwendigen Stuckleisten."

„Nein, nichts dergleichen. Aber wir können von hier aus reingehen." Ich zeigte auf den Mülllift mit der Aufschrift 28. „Die sind nicht verschlossen." Ich zog an der Stahltür. Sie glitt auf und gab den Blick auf eine Plattform frei, die einem Speiseaufzug ähnelte. Ein widerlicher Geruch von altem Fleisch und nassem Papier wehte heraus. Ich ignorierte ihn und wandte mich den beiden schweren Ketten zu, die an der Wand hinaufführten. Ich zog an einer. Eine Plattform, die mit der Nummer 1 beschriftet war, senkte sich und kam in Sicht. Ich ergriff die Kette wieder und zog daran, bis sich eine weitere Plattform senkte, diese mit der Aufschrift 2.

„Wie schlau", sagte ich. „Wenn die einzelnen Plattformen abgesenkt werden, stapeln sie sich. Der Mülleimer wird von jeder Plattform genommen und dann ..." Ich ergriff die andere Kette und zog daran. Die Plattform änderte ihre Richtung, bewegte sich hinauf und verschwand aus meinem Blickfeld. „Wenn man an dieser Kette zieht, kommen die Plattformen runter. Wenn du an der anderen ziehst, fahren sie wieder nach oben."

Ich wandte mich wieder der anderen Kette zu und

senkte die Plattformen ab, bis die mit einer 2 beschriftete erschien. Darauf stand ein runder Mülleimer. „Perfekt." Ich nahm ihn heraus. „Ich werde hier reinklettern. Du ziehst die Kette nach unten, wodurch die Plattform in den zweiten Stock gehoben wird. Ganz einfach."

Minerva betrachtete die Plattform. „Ich weiß nicht. Das ist furchtbar eng."

„Deswegen fahre ich nach oben. Du würdest da nie reinpassen. Ich werde lauschen, sobald du mich in den zweiten Stock gebracht hast. Wenn alles ruhig ist, gehe ich in die Wohnung und sehe mich um." Die Tür, die den Mülllift in meiner Wohnung verbarg, wurde mit einem magnetischen Riegel geschlossen. Es würde nicht schwer sein, aus dem Mülllift herauszukommen.

„Aber jemand könnte zu Hause sein", Minervas Ton war empört.

„Das glaube ich nicht. „Der Mülleimer stand noch auf der Plattform", betonte ich. „Lässt du deinen Mülleimer im Lift stehen?"

„Nein ...", sagte Minerva langsam. „Aber vielleicht haben sie ihn vergessen."

„Minerva, es ist schon spät. Wenn jemand in 228 zu Hause wäre, hätten sie inzwischen zu Abend gegessen. Sie hätten die Tür geöffnet und den Mülleimer herausgeholt, um die Reste wegzuwerfen." Die Mülleimer wurden jeden Morgen geleert und wieder zurückgebracht. Die Tatsache, dass der Behälter für Wohnung 228 so spät am Tag auf der Plattform stand, deutete darauf hin, dass die Wohnung leer war.

„Es sei denn, sie haben auswärts gegessen."

„Das ist auch möglich. Ich werde vorsichtig sein. Ich klopfe dreimal schnell auf die Plattform, wenn ich möchte, dass du mich runterlässt." Ich demonstrierte es, und ein blechernes Geräusch ertönte.

„In Ordnung, aber nur fünf Minuten, dann hole ich dich wieder runter. Das ist alles, was meine Nerven ertragen können."

„Also gut." Ich warf einen Blick auf meine Uhr. „Fünf Minuten, wenn ich im zweiten Stock angekommen bin." Ich holte tief Luft und kroch dann in die Öffnung.

KAPITEL VIERZEHN

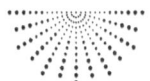

*I*ch faltete mich in den winzigen Raum des Mülllifts. Ich zog meine Beine an die Brust und wickelte meinen Rock darum. Mit angezogenem Kinn passte ich gerade so hinein.

Minerva zog an der Kette, und die Plattform hob sich ruckartig. Ein erstes Klappern von Metall kündigte meinen Aufstieg aus dem Keller an, doch nach diesem ersten Geräusch bewegte sich die Plattform schweigend. Innerhalb weniger Sekunden verblasste das schwache Licht der nackten Glühbirnen im Keller, und tintenschwarze Nacht umgab mich. Ich fuhr am Erdgeschoss vorbei, wo es keinen Zugang zum Mülllift gab.

Ich hatte nicht gedacht, dass ich Angst vor kleinen, abgeschlossenen Räumen hätte – als wir Kinder waren, hatte ich mit meinen Cousinen Sardinen gespielt –, aber es gab einen deutlichen Unterschied zwischen diesen Kinderspielen und dem Eingesperrtsein in einem winzigen Raum ohne Ausgang.

Ich fand es äußerst unangenehm. Die Enge schien die starken Gerüche verdorbener Lebensmittel zu verstärken.

Die holprige Bewegung verstärkte meine Abneigung gegen die Situation nur noch. Ich war mir plötzlich der Metallwände um mich herum bewusst, die gegen meinen Rücken und meine Schultern drückten. Ich hob meinen Kopf ein wenig, und er berührte sofort die Decke der Plattform. Ich duckte mich wie eine Schildkröte, die sich in ihren Panzer zurückzieht. Was, wenn die Kette riss oder wenn Minerva etwas zustieß? Wenn sie aufhören würde, die Plattform hochzuziehen, wäre ich in völliger Dunkelheit im Müllaufzug gefangen.

Ich verdrängte diese schrecklichen Gedanken und versuchte, meinen schneller werdenden Puls zu ignorieren. Ich wischte meine verschwitzten Hände an meinem Rock ab und zog ihn enger um meine Knöchel. Ich zwang mich, mir vorzustellen, wie die Plattform von den Umfassungswänden des Erdgeschosses nach oben kroch.

Die Plattform bewegte sich Zentimeter höher, und ein blassgelber Tropfen verwandelte sich in einen langen Lichtfaden, der durch die Naht um die Schranktür sickerte, die den Mülllift verschloss. Ich hatte den ersten Stock erreicht. Ein Gesprächsfetzen und ein paar Worte des Rundfunkprogramms drangen durch die Schranktür, und ich atmete leichter auf.

Minerva musste einen Rhythmus gefunden haben, denn ich stieg schneller auf. Die Schwärze löschte den Lichtstreifen aus, als ich daran vorbeifuhr, dann hörte die Plattform auf, sich zu bewegen. Ich war jetzt im zweiten Stock.

Ich strich mit den Fingern über die Wand, wo das Licht die Schranktür im Geschoss unter mir sichtbar gemacht hatte. Der Lack der Schranktüren fühlte sich glatt unter meinen Fingerspitzen an. Durch die Naht dieser

Schranktür drang kein Licht herein, was ein gutes Zeichen war.

Meine Finger berührten das kühle Metall des Magnetverschlusses. Ich drückte vorsichtig dagegen und hörte ein leises Klicken, als sich der Riegel löste. Ich öffnete die Tür nur einen Spaltbreit.

Kein Licht. Kein Ton. Ich wartete noch ein paar Sekunden, dann schob ich sie weit auf und faltete mich aus dem winzigen Raum heraus, wobei ich Luft einatmete, die nicht nach vergammeltem Gemüse roch. Ich rollte meine Schultern und schüttelte meine Arme aus, während ich auf mich wirken ließ, was ich in der Dunkelheit der Küche sehen konnte. Die Ablagen waren leer, und das ebenfalls leere Waschbecken leuchtete gespenstisch weiß in der Dunkelheit.

Ich ging auf Zehenspitzen über die Fliesen und spähte in den Flur. Die Wohnung hatte den gleichen Grundriss wie meine, die Küche neben dem Flur, der von der Eingangstür zum gegenüberliegenden Ende der Wohnung verlief, wo zwei Türen offenstanden, eine zum Wohnzimmer und die andere zum Schlafzimmer. Alles war dunkel.

Die Stille hatte eine Leere an sich, das Gefühl von Abwesenheit. Ich dachte, ich wäre allein, aber es schien klug, das zu überprüfen und mir sicher zu sein, bevor ich begann, nach Hinweisen darauf zu suchen, wer in 228 wohnte. Ich schob den Vorhang über dem Waschbecken zurück und ließ etwas vom Licht der Stadt herein. Es war keine neblige Nacht und der Mond schien hell.

Ich schlich den mit Teppich ausgelegten Flur entlang und blieb stehen, um das Wohnzimmer und das Schlafzimmer zu inspizieren. Beide waren leer. Anders als meine Wohnung, die weiß gestrichene Wände und

Deckenstuck hatte, war hier jedes Zimmer mit englischer Eiche getäfelt. Kein Wunder, dass Minerva nie etwas durch die Wände gehört hatte.

Die Vorhänge waren offen, und durch das große Fenster im Wohnzimmer fiel Mondlicht auf den dicken rubinroten und goldenen Orientteppich und die tiefen Ledersessel. Beistelltische aus Kirschholz reflektierten die Mondlichtstreifen, die auf ihre polierten Oberflächen fielen. In die Eichenpaneele waren Wandleuchter eingelassen, aber ich traute mich nicht, das Licht einzuschalten, da die Vorhänge offen waren. Ich musste mich mit dem Mondlicht begnügen.

Das Schlafzimmer war dunkler, weil das Fenster kleiner war, aber ich konnte ein Himmelbett mit Vorhang und einer königsblauen Bettdecke sehen, um das ich herumging, um einen Blick ins Badezimmer werfen zu können. Eine moderne Badewanne mit einem Vorhang an einer kreisförmigen Stange darüber füllte den größten Teil des Raumes aus. Auf einem Glasregal über dem Waschbecken standen ein Rasiermesser, ein Rasierbecher, ein Rasierpinsel und ein Zahnputzbecher. Ich warf einen Blick auf die Leuchtzeiger meiner Armbanduhr. Noch drei Minuten.

Da ich jetzt sicher war, dass niemand zu Hause war, ging ich wieder in den Flur. Selbst in der Dunkelheit konnte man leicht erkennen, dass es neben der Küchentür eine weitere Tür gab. Ein Besucher der Wohnung würde wahrscheinlich annehmen, dass es sich um eine Abstellkammer handelte, doch als ich den Knauf drehte, schwang die Tür lautlos auf und führte zu einem Treppenhaus mit Backsteinwänden und einer einfachen Holztreppe, die zu einem Treppenabsatz hinabführte, von dem aus sie sich in einen schwarzen Schlund hinunter wand. Ich flüsterte: „Großes Lob an dich, Minerva. Du hattest recht."

Die Treppe führte nicht weiter nach oben. Sie endete an der Tür, die ich offenhielt. Sie war der perfekte Weg, eine Leiche aus den South Regent Mansions herauszuschaffen, ohne sich Sorgen um den Aufzug, die Maler, die auf der Hintertreppe arbeiteten, oder um Evans machen zu müssen. Man konnte einfach die private Treppe hinunter und durch die Tür zum Innenhof hinausgehen.

So grässlich dieser Gedanke auch war, ich verspürte eine gewisse Erleichterung. Der Leichnam war nicht auf magische Weise verschwunden.

Minerva war nicht verrückt oder bildete sich etwas ein. Meine Stimmung wurde bei dem Gedanken, dass ich vielleicht die Treppe hinunter in den Keller nehmen könnte, auch ein bisschen besser. Ich würde auf jeden Fall nachsehen, ob sich die Tür unten an der Treppe von dieser Seite aus öffnen ließ, bevor ich wieder in den Mülllift kroch. Aber ich hatte noch ein paar Minuten Zeit, die Wohnung zu erkunden.

Ich ging noch einmal langsamer durch die Räume und fand sie verwirrend. Es gab kaum etwas Persönliches in den Zimmern. Keine Einladungen oder silbergerahmten Fotos auf dem Kaminsims. Keine Bücher oder Zeitungen, die auf den Tischen verstreut oder auf dem Nachttisch im Schlafzimmer lagen. Kein Bademantel an der Rückseite der Badezimmertür. Keine Parfumflaschen auf der Kommode.

Im großen Kleiderschrank hing Herrenbekleidung, darunter ein dreiteiliger Wollanzug und ein seidener Morgenmantel. In den Schubladen einer Kommode lagen Herrenhemden, Socken, Kragen und Taschentücher, die mit den Initialen SWU bestickt waren. In einer flachen

Schublade unten im Kleiderschrank fand ich ein pfirsich-farbenes Negligé und ein paar Haarnadeln. Ich schloss die Schublade und richtete mich wieder auf. Wer lebte hier? Abgesehen von der Kleidung wirkte die Wohnung wie ein Gästezimmer – ein opulentes und teuer eingerichtetes Gästezimmer, aber dennoch ein Gästezimmer.

Ich kehrte in die Küche zurück und durchsuchte die Schränke in der Hoffnung, dass auf der Essenslieferung, die ich gesehen hatte, ein Name oder eine andere Information angebracht war. Aber alles, was ich fand, waren Kaffee, Tee und verschiedene Lebensmitteldosen.

Ich ging zurück ins Wohnzimmer und stand da, die Hände in die Hüften gestemmt. Es gab keinen Schreibtisch, auf dem ich nach Briefen oder Papieren hätte suchen können, doch ich bemerkte ein Bücherregal. Ich zog ein paar Bücher heraus, schlug sie auf und klappte sie wieder zu. Auf dem Vorsatzblatt war kein Name vermerkt.

Meine Zeit war abgelaufen, und ich hatte absolut nichts gefunden – nun ja, außer dass hier ein Mann mit den Initialen SWU lebte … gelegentlich, so schien es. Das Negligé deutete auf eine Frau hin, also vielleicht wirklich ein Paar? Doch wenn dem so wäre, müsste es mehr Damenbekleidung oder Düfte, Kosmetika und Schmuck geben. Vielleicht war die Frau eine seltene Besucherin.

Hatte hier eine unbekannte Frau gelebt, war getötet, in einen Teppich gewickelt und die Treppe in den Keller hinuntergetragen worden? Dann waren alle Spuren von ihr entfernt worden, bis auf das Negligé in der untersten Schublade, das vergessen worden war, als ihre Habseligkeiten weggeschafft wurden? Mir wurde übel bei dem Gedanken.

Aber dieser Gedankengang ergab keinen Sinn. Wie könnte jemand das Negligé übersehen? Wenn jemand

Kleidung aus der Wohnung entfernt hätte, wäre die unterste Schublade eines Kleiderschranks nicht übersehen worden. Und wenn ein Mörder eine private Treppe hatte, die bequem in den Keller führte, warum sollte er – oder sie – dann die Leiche nehmen, sie in einen Teppich rollen und den Teppich im Flur des zweiten Stocks lassen, wo jemand, der den Aufzug nahm, sie sehen konnte? Nein, das ergab überhaupt keinen Sinn. Und warum überhaupt die ganze Geheimhaltung rund um Wohnung 228? Warum hatte noch nie jemand die Darkwaiths gesehen?

Frustriert blickte ich auf die Uhr.

Die Zeit war abgelaufen. Ich ging zur Tür, die in den Keller führte.

Ich öffnete sie, und Licht fiel in den Flur. Mein Herz raste und begann dann so schnell zu schlagen, dass mir für einen Moment schwindelig wurde. Jeder Ziegelstein war im strahlenden Schein einer Reihe eingeschalteter Deckenlampen zu erkennen.

Ich schlug die Tür zu und hielt sie in letzter Sekunde fest, um sie lautlos zu schließen. Als ich die Tür sanft in Richtung Türrahmen schob, hörte ich eine Männerstimme mit dem Akzent der Oberklasse sagen: „Danke, Evans. Ich rufe an, wenn wir den Wagen brauchen." Dann hörte ich dumpfe Schritte die Treppen hinaufkommen.

Evans' vertraute Stimme antwortete: „Sehr wohl. Ich bin die ganze Nacht im Dienst und –"

Ich konnte den Mann, der mit Evans sprach, nicht sehen. Die Kurve der Treppe und der Treppenabsatz versperrten mir die Sicht, doch ich wollte ihm auch nicht direkt gegenüberstehen, wenn er sich am Treppenabsatz umdrehte.

Ich schloss die Tür, rannte in die Küche und öffnete die Schranktür, ohne mir Sorgen darüber zu machen, dass ich mich in den Mülllift quetschen musste. Minerva würde mich herunterlassen und – Minerva! Ich erstarrte mit einem Fuß auf der Metallplattform. Minerva war im Keller gewesen, wo Evans und der unbekannte Mann gerade gewesen waren. Wenn ich in den Mülllift kroch, würde sie dann da sein, um ihn herunterzulassen? Ich konnte mich nicht darauf verlassen. Ich hatte nicht vor, in dieser kleinen Metallkiste herumzusitzen und darauf zu warten, von dem Mann entdeckt zu werden, der die Treppe hinaufkam.

Ich stieß die Schranktür zu, rannte durch den Flur zur Wohnungstür, schob die Riegel zurück und trat hinaus in den hellen Flur des zweiten Stocks.

KAPITEL FÜNFZEHN

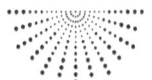

*I*ch stand eine Sekunde lang auf dem purpurroten Läufer im Flur und zitterte wie Ace, wenn er vor Aufregung bebte, während er darauf wartete, dass die Aufzugtür zurückgezogen wurde. Mein Instinkt war, zu meiner Wohnung zu gehen und mich dort wie ein Fuchs zu verstecken, der sich auf einer Jagd vor den Hunden verkriecht, aber ich musste nach Minerva sehen. Ich eilte durch den kleinen Flur zur Hintertreppe. Ich war etwa auf halber Höhe der ersten Treppe, als ich hörte, wie jemand unter mir heraufkam, aber es war nicht das typische Klopfen von Schuhen auf den Holzstufen. Das Geräusch war leiser und gedämpfter.

Minerva bog am Treppenabsatz um die Ecke. Sie blickte auf und entdeckte mich. „Oh, Gott sei Dank! Ich wusste nicht, wie du aus der Wohnung herauskommen würdest." Sie hielt ihre Schuhe in einer Hand. Schmutzflecken verunzierten ihre Strümpfe und den Saum ihres Rocks. Sie kam bis auf ein paar Schritte an mich heran und streckte dabei ihre Schuhe vor sich aus, als wollte sie nicht, dass sie sie berührten.

„Mir geht's gut", sagte ich, doch meine Stimme klang atemlos. Ich holte tief Luft. „Ich war in der Wohnung und habe einen Mann die Treppe raufkommen gehört – du hattest übrigens recht, was die Baupläne angeht. Es ist eine Treppe, kein Aufzug, aber es ist definitiv ein privater Eingang zur Wohnung 228. Die Treppe endet dort. Sie führt nur vom Keller bis in den zweiten Stock. Als ich bemerkt habe, dass jemand aus dem Keller heraufkommt, bin ich durch die Wohnungstür rausgegangen. Oder besser gesagt: gerannt. Was ist mit dir passiert?" Ich ging eine Stufe hinunter, und Minerva hob eine Hand.

„Komm nicht näher. Ich bin mir sicher, dass ich fürchterlich stinke. Im Keller war plötzlich so viel los wie am Bahnhof Waterloo, also habe ich mich in einem der Müllkarren versteckt."

„Igitt! Wie unangenehm. Ich hätte nie gedacht, dass jemand anderes in den Keller kommen würde, während wir dort sind."

„Ich auch nicht. Ich hab' dagestanden, mich an der Kette festgehalten und die Sekunden auf meiner Uhr heruntergezählt, als ich Schritte auf der Treppe gehört habe. Da habe ich mich von den Müllaufzügen in den dunkleren Bereich vom Licht weg zurückgezogen. Es war Evans."

„Ich dachte, er bleibt während seiner Schicht unten an seinem Tisch."

„Nicht heute Abend."

„Aber er hat dich nicht gesehen?"

„Nein. Er hatte einen Schlüsselbund in der Hand und konzentrierte sich darauf, ihn entlang des Rings zu bewegen – um einen bestimmten Schlüssel zu finden, nehme ich an. Ich war mir nicht sicher, wohin er wollte oder was er im Keller machen würde, aber ich konnte nicht an ihm vorbei, also bin ich in einen der Karren geklettert." Sie schauderte. „Es war ziemlich ekelhaft." Sie hob ihre Schuhe und deutete auf ihren Rock. „Und schmutzig."

„Lass uns dich zurück in deine Wohnung bringen, damit du dich umziehen kannst."

„Gute Idee, aber ich rate dir, Abstand zu halten", sagte Minerva, als wir die Treppe hinaufstiegen. „Der Gestank ist schlimm."

„Also nehme ich an, dass Evans dich nicht gesehen hat?"

„Nein. Er hat nicht in meine Richtung geschaut. Er ist die Rampe hinaufgegangen und hat die Tür zum Hof aufgeschlossen. Ich habe mich unter den Rand des Karrens geduckt, aber ich konnte das Motorengeräusch eines Automobils hören, als es im Hof angehalten hat. Dann hörte ich Stimmen, die eines Mannes – nicht Evans, weil sein Akzent vornehmer war – und die einer Frau. Der Mann hat Evans begrüßt, als wäre es völlig normal, dass Evans die Kellertür aufschloss und ihn an den Müllkarren vorbei begleitete. Sie gingen zur Tür, die noch verschlossen war. Evans schloss sie auf, der Mann und die Frau gingen hindurch, und Evans schloss sie wieder ab. Dann ist er wieder zurückgegangen und hat die Tür zum Hof abgeschlossen."

Wir erreichten den hell erleuchteten Flur im zweiten Stock, der glücklicherweise leer war. Wir eilten den roten Läufer entlang zu Minervas Tür. Als wir in ihrer Wohnung waren, sagte ich: „Schade, dass du nicht gesehen hast, wen Evans in das Gebäude gelassen hat."

„Oh, das habe ich. Ich habe gewartet, bis ich gehört habe, dass sie an mir vorbei waren, dann habe ich über den Rand des Karrens gespäht. Sie waren alle von mir abgewandt, aber das Licht war hell genug, um das Profil des Mannes zu erkennen. Es war Stanley Winton Underhill." Sie gab jedem Wort des Namens des Mannes den gleichen Nachdruck und wartete auf meine Reaktion.

„Der Name kommt mir bekannt vor, aber ich kann ihn nicht ganz einordnen …"

„Er ist im Parlament. Er war letzte Woche in der Zeitung. Ich glaube, ich habe die Ausgabe noch." Sie fand sie in einem Stapel Zeitungen auf der Arbeitsplatte in der Küche und reichte sie mir. „Fünf oder sechs Seiten weiter, glaube ich. Hier, gib mir die Titelseite für meine Schuhe." Sie breitete das Zeitungspapier auf dem Boden aus und stellte ihre schmutzigen Schuhe darauf. „Ich ziehe mich schnell um, dann erzähle ich dir von der Frau, die bei ihm war."

Ich setzte mich auf das Sofa im Wohnzimmer und fand den Artikel, der eine Rede beschrieb, die Underhill vor seinen Wählern gehalten hatte. Er hatte erklärt, dass er, obwohl er einen Sitz im Parlament innehatte, „nicht anders sei als ein Bergmann, ein Verkäufer oder ein Fahrer". Auf dem daneben abgedruckten Foto war zu sehen, wie Underhill einer Reihe von Leuten die Hand schüttelte. Eine Frau mit einem breiten Lächeln und krausen dunklen Haaren stand neben ihm. Ihr Körperbau war statuesk, und ihr Federhut winkte über dem Kopf ihres Mannes in die Luft.

Als ich den Artikel fertig gelesen hatte, reichte mir Minerva, gehüllt in einen Brokat-Morgenmantel, ein Glas. „Ein G & T. Ich dachte, du hättest vielleicht gern einen. Ich brauche auf jeden Fall einen." Sie setzte sich an das mir gegenüberliegende Ende des Sofas. „Ich fürchte, der Rock wird nicht zu retten sein. Die Flecken sind zu widerlich, aber vielleicht kann ich die Schuhe retten."

Ich gab ihr die Zeitung. „Ein echter Mann des Volkes, dieser Underhill. Er unterscheidet sich nicht vom gemeinen Arbeiter."

„Das behauptet er."

„Du hast gesagt, du hast die Frau gesehen, die heute Abend bei Underhill war. War es ..." Ich nickte in Richtung der Zeitung.

Minerva warf einen Blick auf das Foto. „Seine Frau? Definitiv nicht. Ich habe die Frau nur von hinten gesehen, aber die Frau, die heute Abend bei ihm war, war kleiner als er, hatte weißlich-blondes Haar und sah eher ... nun ja – um ganz ehrlich zu sein – billig aus." Sie warf mir einen Blick zu, der zu sagen schien: Sie gehört zu *dieser* Sorte.

„Ich verstehe."

Minerva warf die Zeitung auf den Sofatisch. „Hast du in der Wohnung etwas über ihn herausgefunden?"

„So gut wie nichts."

„Wie kann das sein?"

„Weil da praktisch überhaupt nichts Persönliches war." Ich fasste zusammen, wie die Räume ausgesehen hatten und dass ich Taschentücher mit Monogrammen gefunden hatte.

„Nun, Underhills Ankunft und die Art und Weise, wie Evans ihn durch den Keller begleitet hat, schien für beide sicherlich eine vertraute Routine zu sein. Ich denke, wir können davon ausgehen, dass es regelmäßig passiert."

„Das heißt, es ist eine vernünftige Annahme, dass Underhill entweder Eigentümer der Wohnung ist oder sie mietet", sagte ich. „Ich nehme an, dass der Name Darkwaith als Bewohnername aufgeführt ist, um zu verhindern, dass irgendjemand die Wohnung mit Underhill in Verbindung bringt. In dem Artikel wurde erwähnt, dass Underhills Wohnsitz in Mayfair ist, was mehrere Fragen aufwirft."

Minerva legte ihre Füße auf das Kissen und trank einen Schluck. „Ja, insbesondere, was Mrs. Underhill betrifft."

Wir nippten schweigend an unseren Getränken, bis Minerva fragte: „Glaubst du, dass die Leiche, die ich in diesen Teppich eingewickelt gesehen habe, Mrs. Underhill oder eine andere Frau war, die Underhill in die Wohnung gebracht hatte?"

„Das habe ich mich auch gefragt." Meine Gedanken wanderten zurück zu der Treppe, die in den Keller führte. „Obwohl es keinen Sinn ergibt, dass er eine Leiche in einen Teppich rollt und sie dann im Flur deponiert."

„Ja, das wäre absurd, wenn er sein eigenes privates Treppenhaus hat", gab Minerva zu.

„Und bringt Underhill verschiedene Frauen mit in die Wohnung", fuhr ich fort, während mir Fragen durch den Kopf gingen, „oder ist es immer dieselbe Frau?"

Minerva stellte ihr Glas ab und beugte sich vor, um ihre Schläfen zu massieren. „Diese Situation wird immer komplizierter. Sollte sie nicht einfacher werden?"

„Mach dir keine Sorgen. Es fühlt sich vielleicht nicht so an, als würden wir Fortschritte machen, aber wir tun es tatsächlich. Wir sind kurz davor, herauszufinden, was passiert ist."

„Aber wie sollen wir herausfinden, wer in der Wohnung war?"

„Ganz einfach. Evans wird es wissen."

„Aber er redet nicht."

„Da wir nun wissen, wer Wohnung 228 nutzt, bin ich zuversichtlich, dass ich ihm die Informationen entlocken kann."

DER AUFZUG kroch aus dem zweiten Stock nach unten und blieb dann mit einem Hüpfer im Erdgeschoss stehen. Ich hatte Minerva überredet, oben zu bleiben. Je weniger Evans über die Natur meiner Ermittlungen wusste und für wen ich arbeitete, desto besser. Ich schob die Tür zurück und ging bewusst langsam, damit Mrs. Attenborough ihre Unterhaltung mit Evans beenden konnte. Wir begrüßten uns, als sie auf dem Weg zum Lift an mir vorbeikam.

Evans war über sein Besucherbuch gebeugt. Er blickte auf und konzentrierte sich dann wieder auf seine Notizen. „Guten Abend, Miss Belgrave." Ein Anflug von Verzweiflung schwang in seinem höflichen Ton mit.

„Hallo nochmal. Ich muss mit Ihnen über Stanley Winton Underhill und Wohnung 228 sprechen."

Evans richtete sich auf. Aufgrund seiner erschrockenen Bewegung hätte man meinen können, jemand hätte einen Knallbonbon an seinem Ohr losgelassen. Sein Blick huschte durch die Lobby.

Ich trat näher. „Niemand ist in Hörweite. Alles, was ich möchte, ist die Wahrheit über Mr. Underhill."

„Ich weiß nicht, wovon Sie sprechen." Seine Antwort kam ganz automatisch, doch die Art und Weise, wie sein Blick weiter durch das Foyer wanderte, verriet seine Nervosität.

„Ich weiß, dass Mr. Underhill heute Abend hierhergekommen ist. Sie haben ihn in das Gebäude gelassen, dann hat er die private Treppe vom Keller hinauf zur Wohnung 228 genommen."

Er nahm seinen Stift. „Ich weiß nicht, wovon Sie reden."

Ich ignorierte seine abweisende Antwort. „Sie wurden

beobachtet." Nicht von mir, aber das musste er nicht wissen. Manchmal sind die Dinge, die man nicht sagte, die Wichtigsten. „Der Keller hat ziemlich viele dunkle Ecken, nicht wahr? Man könnte dort warten und ruhig im Dunkeln zusehen. Die Leute, die kommen und gehen, würden es nie bemerken."

Evans ließ den Stift fallen und rieb sich mit der Hand über seinen Walross-Schnurrbart, während er ein Seufzen unterdrückte. „In Ordnung, Miss Belgrave. Sie haben es herausgefunden. Herzlichen Glückwunsch. Was wollen Sie von mir? Ich habe nicht viel Geld."

„Sehen Sie mich nicht so elend an. Ich werde es nicht von den Dächern schreien – und ich habe genauso wenig vor, Sie zu erpressen. Mein Interesse daran ist keine vulgäre Neugier. Ich habe es Ihnen gesagt. Ich arbeite an einem Fall."

Seine buschigen Augenbrauen senkten sich. „Das tun Sie? Ich dachte, es wäre eine Lüge, die Sie sich ausgedacht haben."

„Es ist die Wahrheit. Ich kann Ihnen nicht viel über meinen Fall sagen, aber ich habe kein Interesse daran, die Aktivitäten von Mr. Underhill aufzudecken, es sei denn, es ist absolut notwendig. Und ich werde den anderen Bewohnern den wahren Bewohner der Wohnung 228 nicht verraten, obwohl ihre Neugier genauso groß ist wie meine."

„Ich weiß. Deshalb besteht Mr. Underhill auf vollkommene Diskretion. Ich habe ihm gesagt, dass das keine gute Idee sei. Wenn man versucht, etwas geheim zu halten, wird es viel interessanter. Ich habe es immer wieder gesehen. Es liegt in der Natur der Menschen."

Ich stimmte zu, wollte aber nicht von meinem Ziel abgelenkt werden, etwas über Mr. Underhill herauszufinden, also fragte ich: „Seit wann hat Mr. Underhill die Wohnung?"

Evans sah sich noch einmal kurz um, dann beugte er sich vor. „Er ist der Eigentümer des Gebäudes."

Ich spürte, wie sich meine Augen weiteten. „Wirklich? Das wusste ich nicht."

„Niemand weiß das. Alle Unterlagen besagen, dass die Wohnung Winton Darkwaith gehört. Mr. Underhill hat sich große Mühe gegeben, sicherzustellen, dass es sehr schwierig ist, ihn auf irgendeine Weise mit dem Gebäude in Verbindung zu bringen." Evans seufzte. „Es fühlt sich unglaublich gut an, es jemandem zu erzählen. Es ist schwer, etwas vor allen geheim zu halten. Nicht einmal meine Frau weiß davon."

„Ich kann mir vorstellen, dass das schwierig war." Evans wirkte jetzt, da er sein Geheimnis gelüftet hatte, tatsächlich weniger angespannt.

„Aber von mir haben Sie das nicht", warnte er. „Sie haben es selbst herausgefunden. Daran kann ich nichts ändern."

„Nein, natürlich nicht", sagte ich, aber ich dachte immer noch über Evans' Bemerkung nach, dass Underhill nicht mit den South Regent Mansions in Verbindung gebracht werden wollte. „Was ist mit den Kaufunterlagen und Genehmigungen für die South Regent Mansions? Wäre da nicht Underhills Name drauf?"

Evans zuckte mit den Schultern. „Ich weiß nichts darüber. Wenn jemand genug Geld hat, kann er leicht alles verstecken."

„In der Tat. Vielleicht hat er einen Firmennamen oder etwas in der Art verwendet." Ich war mit dieser Art der Verschleierung nicht vertraut, aber Evans hatte recht. Wenn jemand wie Underhill inkognito bleiben wollte, verfügte er sicherlich über die Mittel, um seinen Namen aus den offiziellen Aufzeichnungen verschwinden zu lassen.

„Wahrscheinlich gibt es eine Art Schutzwall zwischen den South Regent Mansions und seinem richtigen Namen", sagte Evans. „Das wäre meine Vermutung, so wie ich ihn kenne."

„Es würde nicht ganz seinem Image als Mann des Volkes entsprechen, wenn bekannt würde, dass ihm dieses Anwesen gehört, von seinem Wohnsitz in Mayfair ganz zu schweigen."

„Zu richtig."

„Also kommt er nur gelegentlich mit bestimmten ... Begleiterinnen hierher?"

Evans nickte. „Montags und freitags, das sind die Tage, an denen ich ihn erwarte."

„Bringt er jemals seine Frau mit?"

„Nein, nie."

„Sehen Sie ihn immer, wenn er ankommt?"

„Oh ja. Er hatte nie –"

Evans richtete sich auf und wünschte Diana Finch-Ellis, die mit flatterndem Seidenrock durch die Lobby wehte, einen guten Abend. Sie neigte den Kopf und blickte unter dem tiefen Rand ihres schicken Glockenhuts hervor, als sie uns begrüßte, aber sie hielt nicht an, um zu reden. Ein Träger folgte ihr mit einem Gepäckwagen, der mit einem riesigen Schrankkoffer, drei Hutschachteln und einem weiteren Koffer beladen war. Nachdem sie die Tür am Aufzug geschlossen hatten, fuhr Evans fort: „Mr. Underhill hatte nie einen Schlüssel. Das ist eines der Dinge, auf die er von Anfang an bestanden hat. Es ist eine Paranoia, ja. Er hat Angst, dass, wenn er den Wohnungsschlüssel bei sich trägt und ihm etwas zustößt – wenn er verletzt wird oder erkrankt –, jemand den Schlüssel finden und von seiner Verbindung zu den South Regent Mansions erfahren könnte."

„Er hat keinen Schlüssel für das Gebäude oder seine eigene Wohnung? Das finde ich schwer zu glauben."

Evans sagte: „So ist es mit ihm. Er ruft immer zuerst an, um mir Bescheid zu geben, wann er ankommt. Ich lasse ihn durch den Keller herein und schließe die Tür zum privaten Treppenhaus auf. Wenn er bereit ist zu gehen, verlässt er den Keller auf demselben Weg. Ich schließe ab, sobald er weg ist."

„So wissen Sie immer, wann er kommt und geht. Aber was passiert, wenn Sie nicht im Dienst sind?"

„Mr. Underhill lässt mich wissen, wann er die Wohnung nutzen möchte, und ich sorge dafür, dass ich zu diesen Zeiten Dienst habe. Er hat großes Interesse daran, gewisse Dinge – wie hat er es genannt? Oh ja, *getrennt* zu halten. Das war es. Er hat mir einmal gesagt, dass es am sichersten sei, keine belastenden Beweise über die Wohnung bei sich zu haben."

„Das waren die Worte, die er benutzt hat? *Belastende Beweise?*"

Evans senkte den Blick und sagte in vertraulichem Ton: „Seine Frau ist ein bisschen kriegerisch veranlagt, wie ich gehört habe. In dieser Familie hat sie scheinbar den Schlüssel zur Kasse in der Hand."

„Ich verstehe. Nun, nach dem, was Sie mir erzählt haben, können Sie die einzige Frage klären, die mir noch bleibt, und dann lasse ich Sie in Ruhe. Hat Mr. Underhill oder eine seiner ... besonderen Freundinnen am Montag Wohnung 228 besucht?" Ich wusste, dass an diesem Tag jemand in der Wohnung gewesen war, weil das der Tag war, an dem ich gesehen hatte, dass die Essenslieferung hineingebracht worden war.

Evans nickte. „Mr. Underhill hat an diesem Morgen angerufen und gesagt, eine seiner – ähm – Freundinnen würde gegen drei eintreffen."

Ich zeigte auf das Besucherbuch. „Haben Sie aufge-schrieben, wer es war?"

Evans sah aus, als hätte ich vorgeschlagen, den Namen auf eine Reklametafel zu schreiben und sie im Foyer aufzustellen. „Nichts Schriftliches. Das ist Mr. Underhills Regel."

„Natürlich."

„Aber ich erinnere mich, dass es Montag war, als sie gekommen ist. Drei ist ein bisschen früh für ihn. Deshalb sticht es heraus."

„Wie sah sie aus?"

„Sie haben sie heute Abend gesehen. Klein und blond." Es war also nicht Mrs. Underhill gewesen.

Evans sagte: „Mr. Underhill ist an diesem Abend gegen sieben eingetroffen. Sie sind beide am frühen Dienstagmorgen gegangen."

„Sind Sie sicher, dass sowohl Mr. Underhill als auch die Frau gegangen sind? Sie haben beide gesehen?"

Er runzelte die Stirn, als hätte ich eine Fangfrage gestellt. „Auf dem Weg nach draußen habe ich mit Mr. Underhill gesprochen und der Frau selbst die Tür des Wagens aufgehalten."

„Und niemand sonst hat am Montag Wohnung 228 besucht?"

„Nein. Überhaupt niemand."

KAPITEL SECHZEHN

*A*ls ich Evans seinem Buch überließ, brodelte Frustration in meinem Magen. Eine Lady zeigt keine übermäßig emotionalen Reaktionen – zumindest nicht in der Öffentlichkeit. Das einzige äußere Zeichen meiner inneren Unruhe, das ich mir erlaubte, war ein heftiger Druck auf den Rufknopf des Aufzugs. Ich schloss die Tür mit einem Klirren, und als der Aufzug hinauffuhr, umgab mich Sorge, so dick wie die Londoner Nebelsuppe.

Ich war mir so sicher gewesen, dass wir mit der privaten Treppe auf der richtigen Spur waren. Aber wenn das, was Evans mir über Underhills Kommen und Gehen erzählt hatte, wahr war – und Evans große Erleichterung darüber, sein Geheimnis preisgeben zu können, bestätigte, dass er ehrlich gewesen war –, dann hatten Minerva und ich den Aufenthaltsort aller Bewohner des zweiten Stocks geklärt. Niemand wurde vermisst.

Ein Samen des Zweifels keimte in meinem Kopf auf. Was, wenn Minerva sich wirklich geirrt hatte, in dem, was sie gesehen hatte? Sie war besonnen und vernünftig.

Darum hatte ich ihr voll und ganz geglaubt, aber jetzt ... vielleicht *hatte* sie sich geirrt?

Ich schob gedankenverloren langsam die Tür auf, während ich all meine Interaktionen mit Minerva noch einmal durchging, dann schüttelte ich den Kopf. Das war Minerva – die logische und sachliche Minerva. Sie war nicht verrückt. Sie hatte sich mir anvertraut, und ich hatte versprochen, ihr zu helfen. Ich musste einfach alles noch einmal durchgehen – jedes noch so kleine Detail – und herausfinden, was wir übersehen hatten. Wir mussten etwas übersehen haben.

Trotz meines Entschlusses, die Ermittlungen fortzusetzen, ging ich langsam über den purpurroten Läufer zu Minervas Tür. Ich fürchtete mich davor, ihr zu berichten, was Evans gesagt hatte. Es war ein Rückschlag, und er würde sie hart treffen. Sehnsüchtig blickte ich auf die Tür zu meiner Wohnung. Ich würde mir lieber eine starke Tasse Tee kochen und das Gespräch ein wenig aufschieben, aber ich straffte meine Schultern. Ich musste es hinter mich bringen. Ich musste ihr berichten, was ich erfahren hatte.

Als ich an ihre Tür klopfte, riss sie sie auf, wirbelte dann herum und eilte von mir weg. Sie hatte einen Tweedanzug angezogen und hielt einen Stapel gefalteter Kleidung in einem Arm. Sie rief über ihre Schulter: „Ich lasse dich die Tür schließen! Ich muss weiter packen, wenn ich um halb drei den Zug erwischen will."

„Zug? Wohin willst du?"

„Ich habe gerade einen Anruf von einer Freundin meiner Mutter aus dem Dorf erhalten. Mama ist heute auf dem Rückweg vom Gemüseladen über eine Baumwurzel gestolpert. Sie hat sich den Arm gebrochen und eine schreckliche Platzwunde am Kopf. Zwölf Stiche. Ist das zu fassen? Sie ist desorientiert und fragt nach mir. Ich muss zu ihr."

„Natürlich." Ich folgte Minerva ins Schlafzimmer, wo sie die gefalteten Kleidungsstücke in die Ecke des Koffers legte, der offen auf ihrem Bett lag.

„Ich würde mir keine Sorgen machen, außer dass sie bei meinen letzten Besuchen ein bisschen vergesslich gewirkt hat."

„Das wusste ich nicht. Tut mir leid, das zu hören."

Minerva konzentrierte sich darauf, ein Paar feste Wanderschuhe im Koffer unterzubringen. „Ja, na ja. Das ist doch nichts, was man anderen auf die Nase bindet, oder?"

Minerva verschwand im Badezimmer, und ihre Stimme hallte von den Fliesen wider. „Ich werde es mit dem Dorfarzt besprechen, während ich dort bin." Der Spiegelschrank klickte, als sie ihn öffnete und schloss. „Vielleicht muss ich sie mit nach London nehmen und zu einem Spezialisten bringen."

Minerva eilte zurück ins Schlafzimmer, ihr Morgenmantel bauschte sich um sie herum, als sie an mir vorbei rauschte. „Deshalb ist es so wichtig, den alten Harrison zumindest zufrieden, wenn nicht sogar glücklich zu machen – auch wenn das unmöglich sein könnte. Ich glaube nicht, dass ich den Mann jemals lächeln gesehen habe. Harley-Street-Spezialisten sind alles andere als günstig. Und das bedeutet, dass ich Harrisons langweilige Party zum 50. Geburtstag verpassen werde, was die Situation nicht gerade besser machen wird."

„Er veranstaltet eine Geburtstagsparty?" Nach allem, was ich über ihren Boss gehört hatte, schien er nicht der Typ zu sein, der Geburtstage feierte.

Sie packte ihren Kulturbeutel in eine Lücke im Koffer,

breitete dann ihren Morgenmantel auf dem Bett aus, strich ihn glatt, faltete ihn und legte ihn oben auf den restlichen Inhalt ihres Koffers. Sie steckte ihn an den Rändern fest, um den Inhalt an Ort und Stelle zu halten. „Seine Frau veranstaltet die Party für ihn im Rules. Anwesenheitspflicht für alle Angestellten."

„Schick."

„Ja. Es ist schon schade, das Essen zu verpassen."

Als sie den Koffer zuklappte und die Schnallen schloss, verschwanden alle Zweifel an ihrer geistigen Leistungsfähigkeit. Ganz gleich, wie nervös sie war, ihr gesunder Menschenverstand und ihr methodisches Wesen zeigten sich sogar beim Packen. „Ich habe keine Ahnung, wann ich zurückkomme. Hoffentlich schon morgen oder so." Sie wandte sich dem Spiegel über ihrem Frisiertisch zu, steckte eine Nadel in ihren Hut und blickte dann auf die Uhr. „Ich schaffe den Zug", sagte sie erleichtert. „Oh!" Sie wirbelte herum. „Der Anruf wegen Mama hat mich ganz von Evans abgelenkt. Was hast du herausgefunden?"

Einen Moment lang überlegte ich, meine Neuigkeiten für mich zu behalten. Sie hatte schon eine ziemlich schwere Sorgenlast zu tragen, aber ich hätte auch nicht gewollt, dass mir jemand diese Information vorenthielt. Da ich mir bewusst war, dass die Sekunden verstrichen, ließ ich den Teil darüber aus, dass Mr. Underhill Eigentümer des Gebäudes war, und erzählte ihr nur die wichtigsten Neuigkeiten und beschrieb die Vereinbarung, die er mit Evans getroffen hatte, ihn nach Bedarf in das Gebäude und wieder hinauszulassen.

Minerva nahm ihren Koffer in eine Hand und ihre Handtasche in die andere. „Wie bizarr."

„Das finde ich auch."

Sie schaltete mit dem Ellbogen das Licht im

Schlafzimmer aus und ging dann den Flur entlang zur Tür ihrer Wohnung, während ich ihr folgte. „Glaubst du Evans?"

„Ja, das tue ich."

Sie blieb stehen und drehte sich um. „Aber das heißt dann … dass niemand mehr übrig ist." Der Ausdruck, der sich über ihr Gesicht legte, war gespenstisch. „Am Boden zerstört" war das, was mir in den Sinn kam und meine Überzeugung, dass sie die Realität fest im Griff hatte, nur bestätigte. Sie glaubte wirklich, dass sie jemanden gesehen hatte, der in den Teppich eingewickelt gewesen war.

„Nein, ich denke, das bedeutet, dass wir etwas übersehen haben." Ich bedeutete ihr, weiterzugehen. „Ich muss einfach noch einmal alles durchgehen, was wir entdeckt haben. Irgendwo muss uns ein Fehler unterlaufen sein – wir haben etwas übersehen." Ich ging um sie herum und öffnete ihr die Tür. „Allein die Tatsache, dass du an dir selbst zweifelst, ist Zeichen genug dafür, dass du nicht verrückt bist. Überlass das alles mir. Ich werde dich über alles informieren, was ich herausfinde."

Minerva war von dem Moment an, als ich ihre Wohnung betreten hatte, fast ununterbrochen in Bewegung gewesen, doch jetzt blieb sie völlig still und atmete tief aus, wobei sich ihre Schultern beim Ausatmen senkten. „Danke, Olive."

„Schon gut. Jetzt geht's los", sagte ich, als wir in den Flur hinaustraten.

Minerva schloss ihre Wohnung ab und rannte zum Aufzug, dann drehte sie sich wieder zu mir um. „Olive, warte! Eine Sache noch."

Ich zog meinen Schlüssel aus dem Schloss meiner Tür, als sie wieder zu mir zurücklief. Sie nahm ihre Handtasche in die gleiche Hand wie ihren Koffer, damit sie hineingreifen konnte. Sie holte ein gefaltetes Blatt Papier heraus. „Hier werde ich sein."

Der Aufzug kam auf unserem Stockwerk an, das Glockenspiel ertönte, und Minerva wirbelte herum und rief über ihre Schulter: „Du kannst ein Telegramm schicken oder Mutters Nachbarin anrufen."

Ich klopfte mit dem Zettel gegen meine Handfläche, und mein Blick wanderte zu Lolas und Constance' Wohnung. Ich hatte von Constance immer noch nichts darüber gehört, wie ich Lola erreichen könnte. Als der Aufzug nach unten fuhr, ging ich zu Wohnung 225 und klopfte. Nach einer Minute klopfte ich erneut, diesmal lauter.

Mrs. Attenboroughs Tür öffnete sich, und sie schob ihren gut frisierten Kopf heraus. „Bitte hören Sie auf, Miss Belgrave. Dies ist keine Herberge. Wenn Sie mit den jungen Damen sprechen möchten, die in dieser Wohnung wohnen, hinterlassen Sie eine Nachricht für sie bei Evans oder nutzen Sie das Telefon. Alle Wohnungen sind mit Telefonen ausgestattet, das sollten Sie wissen."

Sie schloss die Tür, bevor ich antworten konnte. Ich marschierte zurück zu meiner Wohnung. Vielleicht machte ich beim Aufschließen etwas mehr Lärm, als unbedingt nötig war, dann rief ich in der Wohnung nebenan an, doch niemand antwortete. Ich nahm mir vor, bei Evans nachzufragen, ob Constance nicht da war oder ob sie mir aus dem Weg ging.

Die Reiseuhr auf meinem Kamin klingelte und erinnerte mich an meine Pläne mit Jasper für den Abend. „Das Theater!", quietschte ich und rannte in mein Schlafzimmer, um mich umzuziehen.

KAPITEL SIEBZEHN

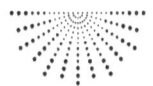

„Beeil dich, Jasper", sagte ich, während wir uns durch die Menschenmenge schoben, die das Theater verließ.

„Ich bin mir sicher, dass das Constance war." Jaspers große Gestalt schlug eine Schneise durch die Menge, und ich folgte ihm, bis wir in die nach Regen riechende Nachtluft hinaustraten. Es war ein bisschen wärmer geworden, und die Sturmwolken, die über London hingen, hatten nur Regen gebracht, keinen Schnee oder Graupel.

Die glänzenden Pflastersteine reflektierten die Scheinwerfer der vorbeiströmenden Automobile. Wir blieben an einer Engstelle unmittelbar vor den Theatertüren stehen. Menschen schwärmten um uns herum wie ein schnell fließender Fluss, der über Felsen rauschte, die aus dem Flussbett ragten. Ich stellte mich auf die Zehenspitzen und beobachtete die Leute, die aus dem Theater strömten. „Sie trug ein kastanienbraunes Kleid und einen dunklen Mantel. Ihr Begleiter hatte dunkles Haar, in der Mitte gescheitelt und nach hinten gekämmt."

Jaspers Blick wanderte über die Straße. „Leider trifft das auf mindestens ein Drittel der Männer hier zu, und es sieht so aus, als ob fast alle Frauen dunkle Mäntel tragen."

„Ich weiß, dass es nicht viel hilft. Der Mann hatte etwas Vertrautes. Im Moment kann ich nicht sagen, wo ich ihn gesehen habe, aber ich komme schon noch drauf." Die Menge bewegte sich, und ich erhaschte einen weiteren Blick auf Constance. Sie und ihr Begleiter bewegten sich von uns weg. „Ich sehe sie." Ich winkte und rief: „Constance!"

Jemand stieß gegen meine Schulter und brachte mich aus dem Gleichgewicht. Jasper packte meinen anderen Ellbogen, als eine Frau sagte: „Tut mir schrecklich leid – oh! Olive, nicht wahr?" Diana stand in ihrem dunklen langen Nerzmantel neben mir.

„Ja, richtig. Ich bin Olive Belgrave. Freut mich, Sie hier zu sehen."

„Dachte ich mir doch, dass Sie es sind, Olive. Tut mir leid, dass ich Sie angerempelt habe. Ich habe kurz den Halt verloren. Dieses Kopfsteinpflaster ist so rutschig."

„Schon gut. Ist ja nichts passiert. Entschuldigen Sie mich für einen Moment. Ich habe gerade jemanden gesehen ..." Ich suchte den äußeren Rand der sich zerstreuenden Menge der Theaterbesucher ab und versuchte, Constance wiederzufinden. Ich entdeckte sie, als Diana sagte: „Und Jasper! Schön, dich zu sehen, Darling."

„Immer eine Freude", sagte Jasper.

Constance und ihr Begleiter waren etwas weiter die Straße hinuntergegangen. Sie blickte über ihre Schulter. Ich stellte mich wieder auf die Zehenspitzen und winkte, aber Constance wandte sich ab. Sie zog am Arm ihres Begleiters, und er winkte ein vorbeifahrendes Taxi heran, in das sie einstiegen und davonfuhren.

Constance ging mir definitiv aus dem Weg. Ich hätte irritiert geschnaubt, wollte jedoch nicht, dass Diana dachte, es sei gegen sie gerichtet. Ich unterdrückte meinen Ärger und wandte mich wieder der Gruppe um Jasper zu, als ich ein bekanntes Gesicht an Dianas Seite entdeckte – Monty Park.

„Hallo, Jasper, alter Mann", sagte er, als sie einander die Hände schüttelten. Jasper sagte: „Hab' dich eine Weile nicht gesehen, Monty."

„Mutter hat mich ins Hinterland geschickt, um über die Feiertage meine Familie zu besuchen. Bin dort aufgehalten worden und habe es gerade erst zurück in die Stadt geschafft."

Diana legte ihre Hand in Montys Ellbogenbeuge. „Und das ist sein erster Ausflug seit seiner Rückkehr in die Stadt. Ich freue mich sehr, dass er mich eingeladen hat, mit ihm ins Theater zu gehen."

„Du bist immer eine kurzweilige Begleiterin, Diana." Montys Worte waren ein gängiges Kompliment, aber sein warmer Ton und der Blick, mit dem er sie ansah, ließen mich zwischen den beiden hin und her blicken.

Diana drückte seinen Arm. „Genau wie du." Ihre Blicke trafen sich für einen Moment, und während sie ineinander vertieft waren, fing Jasper meinen Blick auf und nickte dann die Straße hinauf, wo ich Constance gesehen hatte.

Ich schüttelte den Kopf und formte lautlos, das Wort *weg*.

Diana wandte ihren Blick von Monty ab und sagte zu uns: „Ihr müsst mit uns in die Wohnung zurückkommen. Es ist eine Schande, dass wir nie Zeit hatten, uns richtig zu unterhalten, Olive. Sagen Sie, dass Sie kommen werden."

Monty fügte hinzu: „Ja, bitte. Ich möchte mehr über

deine neuesten Detektiv-Heldentaten erfahren. Ich habe das Gefühl, dass die Zeitungen – so sensationsgierig sie auch sind – einige Details ausgelassen haben, die meiner Meinung nach ziemlich pikant sein dürften."

„Wir gehen alle", fügte Diana hinzu. „Monty und ich und" – sie deutete auf ein Paar, das etwas abseits unserer Gruppe stand – „Becks und Ronny auch." Die Frau hatte pechschwarzes Haar und eine Stupsnase. Sie kicherte, und ihr Kopf war zu einem dürren jungen Mann mit widerspenstigem rostrotem Haarschopf und sommersprossigem Teint zugeneigt.

Becks blickte bei ihrem Namen auf. „Was?"

„Du kommst mit in meine Wohnung, nicht wahr? Und Ronny auch?"

„Natürlich. Du hast versprochen, Omeletts zu machen. Die lasse ich mir auf keinen Fall entgehen. Viel besser als in einen Club zu gehen. Ich finde Clubs langweilig. Sie sind alle gleich – stickig und heiß und immer wieder dieselben Tänze. Ich hätte viel lieber ein Omelette. Ich bin am Verhungern."

Der junge Mann neben ihr sagte: „Und der Alkohol bei ihr ist erstklassig. Und die Preise sind besser."

Diana lachte über seinen Scherz und sagte dann zu uns: „Ihr kennt Becks und Ronny, nicht wahr? Olive, das sind Lady Rebecca Norton und Ronny Hildebrand."

Das Paar nickte, als Diana sich wieder Monty zuwandte. „Lass uns gehen, bevor es wieder anfängt zu regnen."

Ich sah Jasper mit hochgezogenen Augenbrauen an. Er nickte, als wollte er sagen: *Was immer du möchtest.*

„Klingt wunderbar. Wir treffen uns dort?"

„Großartig." Diana stieg in das Taxi, das Monty gerufen hatte. Becks und Ronny schlossen sich ihnen an.

Während das Taxi durch die Pfützen davonfuhr, traten Jasper und ich einen Schritt zurück, damit unsere Schuhe nicht nass wurden.

Jasper hob seinen Arm, um das nächste Taxi zu rufen, und ich sagte: „Die Gelegenheit war zu gut, um sie mir entgehen zu lassen. Ich war noch nie in ihrer Wohnung. Wer weiß, was wir dort herausfinden könnten?"

„Ja, wo es eine private Treppe gibt, könnte es noch eine zweite geben." Auf dem Weg zum Theater hatte ich Jasper über alles informiert, was in den South Regent Mansions passiert war, seit er gegangen war.

Ich versetzte ihm spielerisch einen Klaps auf den Arm. „Es gibt sonst keine privaten Treppen mehr. Minerva hat die Baupläne studiert und jeden Winkel und jede Ritze überprüft. Der einzige rätselhafte Raum war der, den wir heute enträtselt haben." Jasper öffnete die Tür des Taxis. Ich stieg ein und sagte: „Und da sind auch noch die Omeletts."

Er nannte dem Fahrer die Adresse und schloss die Tür. „Ja, es kommt nicht jeden Tag vor, dass eine reiche Erbin anbietet, einem ein Omelett zu machen. Ich hoffe, dass sie essbar sind."

Monty wischte sich die Mundwinkel ab. „Du machst ein wirklich ausgezeichnetes Omelett, Di."

Monty hatte recht. Ich hatte nicht gedacht, dass Diana sich als gute Köchin erweisen würde, doch sie hatte eine Schürze über ihr goldenes Abendkleid, das mit Saatperlen bestickt war, gebunden und bewegte sich mühelos in der Küche. Die Omeletts waren hell und golden, mit fein gehackten Tomaten und Zwiebeln und am Rand tropfte Käse heraus.

„Du musst nicht so überrascht klingen. Es ist praktisch die einfachste Mahlzeit, die man zubereiten kann."

Monty hob seine Gabel. „Ich bin anderer Ansicht. Das sind Bohnen auf Toast. Jetzt gibt es einen kulinarischen Leckerbissen, den jeder zubereiten kann – sogar ich. Du wirst überrascht sein, wie schwierig das Kochen für manche ist – für meinen Butler. Kann nicht einmal ein Ei kochen. Ich musste einen Koch einstellen."

Wir saßen um Dianas Esstisch aus Palisanderholz. Es war mir gelungen, das Gespräch von mir und meiner Detektivarbeit abzulenken. Das Letzte, was ich wollte, war, Diana zu erschrecken. Monty war schlau genug, zu bemerken, dass ich zögerte, über meine früheren Fälle zu sprechen, und hatte das Thema nicht mehr angesprochen, nachdem ich seiner ersten Frage ausgewichen war.

Ich war noch nie in Dianas Wohnung gewesen. Als wir ankamen und von den goldgerahmten Spiegeln im Flur in ein geräumiges, in Pfirsich- und Cremetönen eingerichtetes Wohnzimmer gegangen waren, war mir aufgefallen, wie wenig ich über die Bewohner der South Regent Mansions wusste. Jede Wohnung war so anders. Miss Bobbins hatte sich mit ihren bequemen Sesseln und Pflanzen und Ace, der an mir hochgesprungen war, um mich zu begrüßen, heimelig und bewohnt angefühlt. Minervas Wohnung wirkte mit ihrer einfacheren Einrichtung und ihrem schrägen Zeichentisch eher zweckmäßig. Dianas Wohnung war elegant. Der hohe Flor der Teppiche, die vergoldeten Akzente und das teure Dekor aus Porzellan und Kristall zeugten von Luxus.

Diana stand auf und begann, die Teller einzusammeln.

„Lass mich helfen." Ich stellte Jaspers Teller auf meinen. „Das ist nicht nötig, Olive."

„Ich bestehe darauf. Ich bin ziemlich geschickt mit dem Abwasch."

Ronny und Becks reichten mir ihre Teller, während Monty und Jasper ihre Stühle zurückschoben, um aufzustehen.

Diana winkte ab. „Ich lasse mir von Olive helfen, aber der Rest von euch bleibt hier. In der Küche ist nur Platz für zwei. Becks, warum legst du nicht was auf das Grammophon? Aber nicht zu laut."

KAPITEL ACHTZEHN

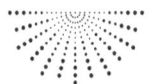

*A*ls ich Diana in die Küche folgte, sagte sie über ihre Schulter zu Becks: „Sonst wird Miss Bobbin wieder wütend auf mich sein, und ich habe es gerade erst wieder geschafft, gut bei ihr angesehen zu sein."

Ich nahm den Tellerstapel und öffnete die Schranktür, hinter der sich der Mülleimer verbarg, der in allen Wohnungen an der gleichen Stelle stand. „Was hast du gemacht, um Miss Bobbin zu verärgern?"

„Die Frage sollte besser sein: Was habe ich nicht getan? Ich bin nicht ruhig genug für sie."

Ich leerte den ersten Teller über dem Mülleimer aus und hielt das Messer bereit, um ihn von Toastkrümeln und Käsestücken zu befreien, hielt aber inne. Diana, die mit dem Rücken zu mir stand, drehte den Wasserhahn auf und sagte über das Rauschen des Wassers: „Miss Bobbin mag Musik überhaupt nicht. Vor allem nicht moderne Musik ..."

Am Boden des Mülleimers lag ein Foto eines Mannes, halb versteckt unter einem Stück Zeitungspapier. Es war der Mann, den ich mit Constance im Theater gesehen hatte. Ich fischte es mit dem Messer heraus. Das Foto war in zwei Hälften zerrissen, ein gezackter Riss, der mitten durch das Gesicht des Mannes verlief. Auch wenn die andere Hälfte des Fotos fehlte, genügte ein Blick auf die fleischigen Lippen und das zurückgekämmte dunkle Haar des Mannes, um ihn zu erkennen. Er war der Mann, den ich mit Diana in der Marktgemeinde in Surrey gesehen hatte – und ich war mir sicher, dass derselbe Mann heute Abend mit Constance zusammen gewesen war.

Ich blickte auf. Diana nahm gerade ein Diamantarmband ab, während das Wasser das Spülbecken füllte. Mit der Messerklinge schnippte ich über das Foto. Auf der Rückseite stand „Alec W". Ich schob das Foto zurück, sodass es nach oben zeigte, um es noch einmal betrachten zu können.

Sie legte das Armband auf die Fensterbank und band wieder ihre Schürze um.

Ich strich mit dem Messer über den Teller. Eireste spritzten auf das Gesicht des Mannes, als ich merkte, dass Dianas Stimme am Ende des letzten Satzes lauter geworden war.

„Entschuldigung, was war das? Über dem Wasser konnte ich dich nicht hören."

Sie drehte den Wasserhahn zu. „Kennst du Monty gut?"

„Na ja, recht gut. Allerdings ist er kein besonders enger Freund." Wie lässt sich die Beziehung beschreiben, die sich nach einem Mord bei einem Besuch in einem Landhaus entwickelt? Sicherlich mehr als nur Bekannte, aber ich hatte seit den Ereignissen auf Archly Manor nicht viel von Monty gehört. Ich spürte, dass hinter der Frage mehr steckte als nur eine beiläufige Nachfrage oder der Versuch, ein Gespräch anzufangen. „Für mich ist er ein Juwel."

Diana nickte. „Das dachte ich auch. Und er hat den Lola-Test bestanden."

„Den Lola-Test? Was ist das?"

Diana nahm ein Bündel Gabeln und fing an, sie zu schrubben. „Etwas, das Lola mir erzählt hat. Seit sie es erwähnt hat, nenne ich es den Lola-Test. Sie hat mir auch gesagt, dass Alec kein guter Mann ist."

Die Veränderung in ihrer Stimme verriet, dass er jemand war, der ihre Gunst verloren hatte. „Alec ...?", fragte ich.

„Alec Woodwiss." Wasser spritzte aus dem Waschbecken auf die Arbeitsplatte, als Diana einen Teller in die Seifenlauge tauchte. „Ein Halunke. Ein richtiger Schuft."

„Wirklich? Ich kenne ihn nicht."

„Halte dich von ihm fern, wenn er auf dich zukommt, das ist mein Rat. Er ist ein Goldgräber."

„Da muss ich mir also keine Sorgen machen." Diana errötete. „Oh – das habe ich nicht –"

„Schon gut. Ich arbeite. Niemand wird wegen meines Geldes hinter mir her sein. Ich habe genug, um komfortabel leben zu können – sehr komfortabel –, aber nichts, was diese Art von Mann anzieht." Vor ein paar Monaten wäre meine finanzielle Lage noch ein wunder Punkt gewesen. Ich hatte einmal eine ziemlich schöne Erbschaft gehabt, die mich erwartete, doch gewisse Investment-Spielereien hatten dieses Sicherheitsnetz aus meinem Leben entfernt. Ich war ziemlich wütend darüber gewesen, aber ich habe mich damit abgefunden, wie mir jetzt klar wurde. Der übliche Ball kalter Wut, der mir immer in der Brust drückte, wenn ich daran dachte, war nicht mehr da. Tatsächlich war er nicht mehr da, seit ich herausgefunden hatte, wer dafür verantwortlich gewesen war, und dafür gesorgt hatte, dass sie niemanden mehr betrogen.

Ich nahm ein Geschirrtuch, während Jazzklänge aus dem Wohnzimmer erklangen. „Also hat Lola dir etwas über Alec erzählt?"

Diana reichte mir einen sauberen, tropfenden Teller. „Damals habe ich ihr nicht geglaubt. Unsere Diskussion wurde ziemlich hitzig. Wir haben tatsächlich im Flur geschrien. Das ist ein *weiterer* Grund, warum Miss Bobbin verärgert mit mir war." Diana schrubbte heftig über ein klebriges Stückchen auf einem der Teller. „Lola hatte vollkommen recht mit Alec."

„Und sie hatte irgendeinen Test?"

„Ja. Ich habe ihr nicht geglaubt. Sie hat gesagt, Alec habe sich monatelang in ihrer Nähe herumgetrieben – das waren ihre genauen Worte. Als sie ihm sagte, dass sie keine Kontrolle über ihr Geld habe, dass es an einen Treuhandfonds gebunden sei und dass die Treuhänder strikt seien und keine leichtfertigen Ausgaben genehmigen würden, ist er verschwunden. Das mit den Treuhändern stimmte nicht. Sie hat es nur gesagt, um ihn zu testen."

Ich nahm Diana den nächsten Teller ab. „Ich wusste nicht, dass Lola so wohlhabend ist."

Mit gesenktem Kopf blickte sie aus dem Augenwinkel zu mir auf. „Ihr Großvater war Clark Montbank. Sie ist seine einzige Erbin."

„Oh. Oh du meine Güte."

Diana schmunzelte. „Sie lebt nicht so, als wäre sie eine Erbin, oder? Sie gibt das Geld nicht so aus wie ich." Sie warf einen Blick auf das Diamantarmband auf der Fensterbank. „Sie ist viel ruhiger, aber sie ist sehr gut versorgt. Ihre Eltern sind innerhalb eines Monats nacheinander gestorben. Spanische Grippe."

„Oh, wie schrecklich. Sie hat erwähnt, dass ihre Mutter verstorben ist, aber ich wusste nicht, dass ihr Vater auch tot ist", sagte ich und dachte an einen Tag, an dem ich ihr geholfen hatte, ihre verstreuten Habseligkeiten einzusammeln.

Lola hatte gerade ein Paket balanciert, als sie den Aufzug betrat. Sie war gegen das Metallgitter gestoßen und hatte den Riegel ihrer Handtasche getroffen, die aufsprang, sodass Kosmetika und Münzen auf den Marmorboden des Aufzugs geregnet waren. Ich hatte mich gebückt, um ihr beim Aufsammeln der verstreuten Gegenstände zu helfen, und ein gefaltetes Stück Papier aus der Ecke gezogen, wo es auf dem Carrara-Marmor kaum sichtbar gewesen war.

Nachdem sie mir das Papier aus der Hand gerissen hatte, hatte sie sich sofort entschuldigt. „Tut mir leid. Das war ziemlich unhöflich. Aber es ist der letzte Brief, den ich von meiner Mutter habe. Ich war im Internat, als sie ..." Sie verstummte und räusperte sich. „Nun, sie ist jetzt nicht mehr da." Sie hatte alles wieder in die Handtasche gesteckt und sie zugeklappt. „Ich habe ihn immer bei mir."

„Das kann ich verstehen", hatte ich gesagt und an die Perlen meiner Mutter gedacht. Wenn ich einen Brief meiner Mutter hätte, der in den letzten Tagen ihres Lebens geschrieben worden wäre, würde ich ihn auch immer bei mir tragen.

Ich wischte den Teller ein letztes Mal ab und stapelte ihn auf die anderen. Die Nachforschungen über Wohltätigkeitsorganisationen ergaben jetzt einen Sinn, genauso wie Lolas Bemerkungen über lästige Fragen und Belästigungen. Wenn eine Wohltätigkeitsorganisation wüsste, dass die Erbin von Clark Montbank Nachforschungen über sie anstellte, sich aber entschied, dass sie nicht spenden möchte ... nun, das könnte ziemlich unangenehm sein. Ich musste Lola meinen Bericht vorlegen, unabhängig davon, ob Constance' Verhalten mich irritierte oder nicht. Ich würde diese Aufgabe gleich morgens in Angriff nehmen.

Diana schwenkte die Seifenlauge herum und fischte einen Spatel heraus. „Sie dachte, Alec wäre nur wegen meines Geldes an mir interessiert. Lola hat mich herausgefordert, ihm zu sagen, dass ich keinen Zugang dazu habe, dass meine Familie in finanziellen Schwierigkeiten sei oder dass ich enterbt würde, wenn ich ihn weiterhin sehen würde. Sie sagte, es sei egal, welche Lüge ich erzähle. Sobald er wüsste, dass kein Geld zu haben war, würde er innerhalb weniger Tage aus meinem Leben verschwinden."

„Und du hast es versucht?"

„Zuerst nicht. Ich war so wütend auf sie. Ein Mädchen denkt gern, dass ein Mann sie um seiner selbst willen mag, weißt du? Nicht wegen ihres Bankguthabens." Diana reichte mir den sauberen Spatel. „Jetzt ist mir klar, dass sie nur versucht hat, mir zu helfen. Sie hatte Alec mit mir im Foyer gesehen und mich warnen wollen. Ich muss mich bei ihr entschuldigen, wenn sie aus Schottland zurückkommt. Ich hasse es, zu Kreuze kriechen zu müssen." Sie rümpfte die Nase. „So unangenehm! Aber sie hatte recht. Alec und ich haben diese Woche Freunde in Surrey besucht. Dort habe ich angedeutet, dass es meiner Familie nicht gut ging, dass wir finanziell kaum über die Runden kommen, und Alecs Verhalten hat sich sofort abgekühlt. Ich habe es ihm am Dienstag gesagt. Da hat er eine plötzliche Nachricht bekommen und musste am Mittwochmorgen nach London zurück. Das war das

Letzte, was ich von ihm gehört habe. Er hat sich seitdem nicht mehr gemeldet."

„Das tut mir leid."

„Nein. Es ist besser, es zu wissen." Sie wischte das Spülbecken und die Theke mit dem Spültuch ab und hängte es dann über den Wasserhahn. Sie trocknete ihre Hände an einem Handtuch. „Ich habe beschlossen, dass alle Männer den Lola-Test bestehen müssen. Ich habe es heute Abend bei Monty versucht, und weißt du, was er gesagt hat?"

„Nein, was?" Ich hatte keine Ahnung, ob Monty richtig reagiert hatte oder nicht. Es war oft schwer zu sagen. Man konnte bis zu einem gewissen Punkt eine gute Fassade aufbauen. Ich hatte es selbst getan, als sich meine Erbschaft in Wohlgefallen aufgelöst hatte.

Diana nahm die Schürze ab. „Es hat ihn nicht gestört. Er sagte: „Nicht schlimm, altes Mädchen. Ich habe die Karten für heute Abend schon gekauft. Ich wollte nicht, dass du sie bezahlst.'"

Wir lachten und kehrten dann ins Wohnzimmer zurück. Der pfirsich-, cremefarbene und hellblaue Teppich war aufgerollt. Becks und Ronny tanzten, während Jasper und Monty sich am Fenster unterhielten und den Rauch ihrer Zigaretten durch den offenen Fensterflügel bliesen. Jasper löschte seine und kam zu mir herüber. „Möchtest du tanzen?"

„Hört sich gut an."

KAPITEL NEUNZEHN

*J*ch trat in Jaspers Arme, und wir begannen einen lebhaften Quickstep. Als das Lied zu Ende war, spielte Monty einen Walzer, und Jasper und ich machten in langsamerem Tempo schwungvolle Runden durch das Wohnzimmer. Er neigte seinen Kopf zu meinem Ohr und sprach, seine Stimme übertönte kaum die Musik. „Es scheint, als hättest du ein ziemliches Gespräch mit Diana in der Küche gehabt."

„Sie hat mir von einem Streit erzählt, den sie und Lola hatten. Miss Bobbin hat ihre lauten Stimmen gehört, wusste aber nicht, worüber sie sich gestritten haben. Jetzt kenne ich die Geschichte. Lola hat Diana vor einem Schurken gewarnt."

„Aber doch bestimmt nicht Monty? Er ist ein guter Mann." Jasper blickte durch den Raum dorthin, wo Monty und Diana tanzten, ihre Aufmerksamkeit ganz aufeinander konzentriert.

„Nein, jemand anderes. Alec Woodwiss. Aber das scheint zum jetzigen Zeitpunkt kaum noch eine Rolle zu spielen. Sie und Monty verstehen sich ausgezeichnet. Leider konnte ich sie nicht nach irgendwelchen seltsamen Vorkommnissen hier in den Mansions fragen."

„Aber du hast deinem Wissensschatz ein weiteres Detail hinzugefügt."

Ich lächelte. „Das gefällt mir, Wissensschatz – obwohl ich nur Dianas Seite der Geschichte kenne. Es kam mir jedoch so vor, als wäre sie ehrlich. Ihre Geschichte über ihren Streit mit Lola hat sie in keinem schmeichelhaften Licht dargestellt."

„Sieht so aus, als wäre sie über den Schurken weg." Sagte Jasper und beobachtete Diana und Monty. Sie waren in ein Gespräch vertieft, während sie im Wohnzimmer herumwirbelten.

„Was Diana mir erzählt hat, könnte hilfreich sein. Oder nicht. Wenn man sich mitten in einem Fall befindet, ist es so schwer zu sagen, welche der kleinen Details die entscheidenden sind. Schließlich hat sich herausgestellt, dass das, was ich für unglaublich wichtig gehalten habe, die Identität des Bewohners von Wohnung 228, eine Sackgasse war."

„Ja, aber du hast ihn als Beteiligten ausgeschlossen."

„Das nehme ich an."

„Warum hört sich das so zerknirscht an? Du bist zu streng zu dir selbst. Du machst Fortschritte."

„So gute Fortschritte, dass ich alle im zweiten Stock als Opfer ausgeschlossen habe", sagte ich und erlaubte mir ein kleines Lächeln. „Ich habe vor, den Fall morgen noch einmal durchzugehen. Ich werde mir jedes Detail ansehen. Hoffentlich finde ich etwas, das ich übersehen oder vernachlässigt habe."

Wir verstummten, und Jasper zog mich näher an sich

heran, während wir uns drehten. Ich wandte meine Gedanken von Minerva und dem aufgerollten Teppich ab. Jasper war so gut gewesen, mich zu einem Theaterstück einzuladen, das in London ein Publikumsmagnet war. Ich wollte nicht, dass er dachte, es hätte mir keinen Spaß gemacht. Ich entspannte mich beim Tanzen und dachte nur daran, wie angenehm sich Jaspers Hand auf meinem Rücken anfühlte und wie wunderbar es war, ihm so nahe zu sein und zu spüren, wie sich die Muskeln seines Arms unter dem Stoff seines Fracks bewegten. Ich lehnte mich etwas zurück und sagte: *„The End of the Line* war ziemlich unterhaltsam." Ich kann verstehen, warum es so beliebt ist. Die Hauptdarstellerin hat ihre Sache wirklich gut gemacht, aber ich kann mir vorstellen, wie sehr Miss Ravenna die Rolle genossen hätte."

„Derselbe Gedanke kam mir auch", sagte Jasper.

„Irgendeine Nachricht von ihr?" Ich hatte die berühmte Schauspielerin kennengelernt, als ich über Weihnachten in einem Landhaus übernachtet hatte. „Ich habe einen Zeitungsartikel gesehen, in dem stand, dass sie in einem deutschen Heilbad einen Zwischenstopp einlegt."

„Die Zeitungen liegen wie immer ein bisschen daneben. Ich habe vor ein paar Tagen eine Nachricht von ihr erhalten. Aus München. Sie amüsiert sich prächtig. Nichts als die üblichen Höflichkeiten."

Becks und Ronny machten die tiefen Schritte eines Tangos, obwohl es sich bei der Musik um einen Walzer handelte. Sie durchquerten den Raum diagonal, und wir mussten ihnen aus dem Weg tanzen. Sie erreichten die andere Seite des Raumes und lösten sich voneinander. Becks lehnte sich kichernd an die Wand, richtete sich dann auf und holte zittrig Luft. „Nochmal!", rief sie, und schon gingen sie los, wieder schräg durch den Raum, die Arme ausgestreckt, die Wangen aneinandergepresst.

Jasper drehte uns aus dem Weg in eine andere Ecke des Raumes. „Zurück zu deinem Abenteuer in der Darkwaith-Wohnung", sagte er. „Ich bin ziemlich betroffen, dass du ohne mich dort eingebrochen bist. Es war schließlich meine Idee."

„Ich hätte dich gerne einbezogen – obwohl ich weiß, dass dir der Keller nicht gefallen hätte. Es war ziemlich schmutzig. Die arme Minerva hat das Schlimmste durchgemacht, sie musste sich in den Müllkarren verstecken."

„Ja, du hast mir Grigsbys Zorn erspart. Dafür bin ich dir ausgesprochen dankbar."

„Gern geschehen. Minerva und ich haben den Moment genutzt. Außerdem war der Mülllift eng. Ich war die Einzige, die hineingepasst hat."

„Du wärst überrascht, was für ein Schlangenmensch ich sein kann." Die Haut um seine Augen legte sich in Falten, als er grinste, doch dann verschwand das Lachen aus seinem Gesicht. „Was du getan hast, war ziemlich riskant. Diese Sache mit Underhill …" Jasper brach ab, doch ich merkte, dass er noch mehr zu sagen hatte.

„Kennst du ihn?"

„Nicht besonders gut. Ich war auf Mrs. Underhills Dinnerpartys als Füller da. Im Club habe ich gelegentlich mit Underhill gesprochen, aber man hört Dinge. Er ist skrupellos. Du willst ihn dir nicht zum Feind machen."

„In dieser Hinsicht besteht kein Grund zur Sorge. Evans schwört, dass sowohl Underhill als auch die Frau bei ihm am Leben sind."

„Und Mrs. Underhill?"

Ich bewegte mich langsamer. „Das ist etwas, woran ich noch gar nicht gedacht habe. Es ist weder mir noch

Minerva in den Sinn gekommen, dass Mrs. Underhill das Opfer sein könnte. Natürlich kann ich mir nach dem, was Evans mir erzählt hat, nicht vorstellen, wie das sein könnte."

Jasper passte das Tempo seiner Schritte an meines an. „Du darfst die Möglichkeit nicht außer Acht lassen."

„Ja, ich sollte Evans Wort nicht einfach vertrauen."

„Mrs. Underhill engagiert sich für alle Arten von Wohltätigkeitsorganisationen", sagte Jasper. „Sie verbringt die meiste Zeit in Ausschusssitzungen. Ich kann das für dich überprüfen."

„Das würdest du tun?"

„Ja, natürlich. Meine Watson-Aufgaben waren in letzter Zeit nicht sehr umfangreich, daher ist das überhaupt kein Problem."

„Danke, das wäre wunderbar."

„Ich werde es gleich morgen in Angriff nehmen."

„Exzellent. Während du das tust, werde ich alle Fakten, die Minerva und ich über die Bewohner der South Regent Mansions gesammelt haben, noch einmal durchgehen." Als das geklärt war, legte ich meinen Kopf an seine Schulter. Für den Rest des Abends tanzten wir, ohne weiter über den Fall zu reden.

Trotz der Tatsache, dass ich sehr spät schlafen gegangen war, wachte ich vor Sonnenaufgang auf und machte mich sofort an die Arbeit. Es war ein weiterer düsterer Tag mit tief hängenden dunklen Wolken. Ich kochte eine Tasse Kaffee und notierte, was Diana mir über Alec und Lola erzählt hatte. Dann verbrachte ich den Morgen damit, meine Notizen noch einmal durchzusehen und sie abzutippen. Ich hatte gehofft, dass der Formatwechsel von Handschrift zu getipptem Text etwas Neues hervorheben würde, ein kleines Detail, das ich übersehen hatte. Und ich hatte auch gedacht, dass mein Verstand vielleicht beim Tippen an dem Problem arbeiten würde. Vielleicht könnte eine indirekte Herangehensweise an die Situation – seitwärts anstatt geradeaus – zu einem neuen Ergebnis führen. Aber als ich nach ein paar Stunden meine Notizen durchging, fiel mir nur auf, dass ich noch lange nicht gut im Tippen war.

Ich hörte das leise Geräusch einer sich schließenden Tür, und war mir sicher, dass es aus der Wohnung nebenan kam. Ich sprang auf. „Oh, Mist!" Nachdem ich gestern Abend mit Diana gesprochen hatte, war ich fest entschlossen gewesen, eine Adresse aus Constance herauszuholen, damit ich meinen Bericht über die Wohltätigkeitsorganisationen an Lola weiterleiten konnte. Als ich heute Morgen mit der Arbeit begonnen hatte, war es zu früh gewesen, um an Constance' Tür zu klopfen, also hatte ich vorgehabt, etwa eine Stunde zu arbeiten, dann eine Pause zu machen und zu ihrer Wohnung zu gehen. Aber ich war so sehr mit meinen Notizen beschäftigt gewesen, dass ich das Zeitgefühl völlig verloren hatte.

Ich eilte aus der Wohnung und erhaschte einen Blick auf Constance von der Hüfte aufwärts, als der Aufzug hinunterfuhr. Ich eilte zurück und ging zur Treppe. Als ich im Foyer ankam und durch die regennassen Glastüren blickte, ließ sich Constance gerade in einem Taxi nieder. Als ich die Lobby durchquerte, hatte sich das Taxi schon halb in den Verkehr eingeordnet.

Frustriert entschied ich, dass eine Pause angebracht war. Ich kehrte in meine Wohnung zurück, um Mantel, Mütze, Handschuhe, Handtasche und Regenschirm zu holen. Dann machte ich mich auf den Weg zum Teeladen ein paar Blocks entfernt. Die Chelsea-Brötchen waren frisch aus dem Ofen, und ich kaufte eines zusammen mit einer starken Tasse Tee. Dann ging ich mit großen Schritten zurück zu den South Regent Mansions während der Regen auf meinen Regenschirm prasselte, als plötzlich jemand meinen Namen rief.

Miss Bobbin kam in einem dicken Pelzmantel, der ihre schlanke Gestalt verschlang, auf mich zu, in der einen Hand einen Regenschirm und in der anderen Ace' Leine. Der Terrier zerrte am Ende der Leine und freute sich über die Begegnung mit einer Freundin.

„Miss Belgrave, haben Sie einen Moment Zeit?"

„Hallo, Ace." Ich streichelte den feuchten Rücken des Terriers und kraulte seine Ohren. Er blieb für einen Moment stehen, schloss die Augen, hob den Kopf und lehnte sich in meine Hand. „Ja, natürlich."

Sie jonglierte mühelos mit Regenschirm und Hundeleine, öffnete ihre Handtasche und holte einen Umschlag heraus. „Ich veranstalte am Sonntagabend eine kleine Bridge-Party. Ich hoffe, dass Sie dabei sein werden. Ich lade alle im zweiten Stock und einige meiner Bridge-Schüler ein."

„Klingt entzückend. Danke für die Einladung."

Als sie die Hand ausstreckte, um ihre Handtasche zu schließen, sagte sie mehr zu sich selbst als zu mir: „Oh, nein."

„Stimmt was nicht?", fragte ich.

„Nichts Wichtiges. Ich wollte Mr. Culpeppers Einladung auf dem Weg nach draußen bei ihm abgeben, aber ich habe es ganz vergessen."

„Ich bin auf dem Weg zurück in meine Wohnung. Das erledige ich gerne für Sie."

„Das würden Sie tun?"

„Ja, überhaupt kein Problem." Es machte mir nichts aus, die kleine Erledigung für Miss Bobbin zu machen, und so konnte ich gleichzeitig nach Mr. Culpepper sehen. Es war nicht so, dass ich Minerva nicht vertraute, doch ich wollte ihn selbst sehen. Die Übergabe der Einladung war die perfekte Gelegenheit dazu.

Ein paar Minuten später klopfte ich energisch an Mr. Culpeppers Tür und hoffte, ihn zu erwischen, bevor er in sein Büro ging.

Die Tür schwang auf, und ich vergaß die Worte, die ich über die Einladung von Miss Bobbin sagen wollte. Es sah so aus, als hätte Mr. Culpepper drei Hände, aber dann wurde mir klar, dass er eine Prothese hielt.

„Meine Güte!" Die Worte kamen heraus, bevor ich sie aufhalten konnte.

„Ich habe Sie erschreckt. Tut mir leid, Miss Belgrave." Mit dem Zeigefinger schob er seine Brille den Nasenrücken empor.

„Kein Problem. Alles ist gut, das war nur ein wenig unerwartet." Ich hielt ihm den Umschlag entgegen. „Ich habe Miss Bobbin gerade auf dem Weg aus dem Gebäude getroffen. Sie hat vergessen, Ihnen das zu geben. Ich habe angeboten, es für sie zu überbringen, da ich auf dem Weg nach Hause war. Es ist eine Einladung zu einer Bridge-Party."

„Oh." Während ich sprach, hatte er nach dem Umschlag genommen – mit seiner eigenen Hand, nicht mit der Prothese –, aber als ich das Wort „Bridge" sagte, zögerte er. „Es ist Jahre her, seit ich gespielt habe."

„Ich denke, Sie werden es ziemlich unterhaltsam finden. Miss Bobbin lädt alle im zweiten Stock ein."

Mr. Culpeppers Blick schoss hinter mich. „Alle?"

Starrte er auf Minervas Tür? Das war interessant. „Das hat Miss Bobbin zumindest gesagt."

Er nahm den Umschlag und klopfte damit gegen die Prothese. „Vielleicht komme ich vorbei."

„Ich bin sicher, dass Miss Bobbin sich freuen wird, Sie dort zu sehen." Ich deutete auf die Hand. „Ist das eine Ihrer Erfindungen?"

„Ich würde es kaum als Erfindung bezeichnen. Eher eine Modifikation eines bestehenden Geräts. Ein Freund von mir wurde im Krieg verwundet. Ich versuche, ihm zu helfen."

„Sie sieht sehr lebensecht aus."

„Das ist die Idee. Er hat eine Prothese mit diversen Aufsätzen, die er für verschiedene Zwecke bei seiner Arbeit austauschen kann – er ist Automobilmechaniker –, aber die Holzhand, die er für soziale Situationen verwendet, ist etwas, nun ja … hölzern, und sieht nicht wie eine echte Hand aus. Ich experimentiere mit verschiedenen Materialien, um herauszufinden, welches am realistischsten aussieht. Diese hier ist aus Bakelit. Sie ist schwerer, als mir lieb ist, aber vielleicht kann ich das Gewicht in der nächsten Version reduzieren."

Ein großer Teil des glatten, blassbeigefarbenen Kunststoffs hatte die Form einer Hand. Die Finger und der Daumen bestanden aus kleineren Gelenkstücken, die sich beugten und bewegten, als er das Stück hin und her drehte, sodass ich es von allen Seiten sehen konnte.

„Das ist großartig. Sie haben die Prothese selbst angefertigt?"

„Nein. Ich kenne jemanden, der in einer Fabrik in den USA arbeitet. Ich skizziere ein Diagramm, und er stellt die Teile her. Ich arbeite auch an den inneren Gelenken."

Er zog an einem Riemen, der an seiner Hand befestigt

war, und die Finger schlossen sich in einer Greifbewegung um die Handfläche.

„Wie unglaublich clever."

„Vielen Dank, aber die Nachbildung von Bewegungen in der Prothetik ist nichts Neues. Seit Kriegsende wurden große Fortschritte gemacht. Ich bin mir sicher, dass es in Zukunft noch weit mehr Innovationen geben wird. Irgendwann werden wir mehr oder weniger Ersatzteile haben, nicht nur für Gliedmaßen, sondern auch für andere Dinge, sogar Organe."

„Wirklich? Das klingt ziemlich unmöglich."

„Oh, nein, überhaupt nicht. In Deutschland und Amerika werden derzeit einige interessante Experimente um Herz, Lungen und Nieren durchgeführt." Er brach ab, und sein Gesicht nahm einen rötlichen Ton an. Er war begeistert von den wissenschaftlichen Fortschritten und hatte gerade bemerkt, dass er ein heikles Thema angesprochen hatte. Über Körperfunktionen sprach man nicht.

Um ihn vor der Peinlichkeit zu bewahren, konzentrierte ich mich auf die Hand. „Nun, Sie haben hier hervorragende Arbeit geleistet. Tatsächlich hätte ich es vielleicht mit einer echten Hand verwechselt, wenn ich nur einen kurzen Blick darauf geworfen hätte. Arbeiten Sie auch an anderen Prothesen ... vielleicht Fußprothesen?"

„Oh nein. Nur diese hier. Hier gibt es noch reichlich Raum für Verbesserungen." Während er sprach, bewegte er den Daumen hin und her. „Sehen Sie, wie eingeschränkt die Bewegung des Daumens ist? Ich hätte dort gerne mehr Bewegungsradius, und alles muss sich reibungsloser bewegen."

Seine Brille war ihm an der Nase heruntergerutscht, doch er schob sie nicht wieder hoch. Ich erkannte den abwesenden Ausdruck auf seinem Gesicht, als er sich auf die Prothese konzentrierte. Es war ein Ausdruck, den ich ziemlich oft auf dem Gesicht meines Vaters gesehen hatte, wenn ihm eine Idee kam und er in sein Arbeitszimmer geeilt war. Ich wusste, dass unser Gespräch zu Ende war, aber ich dachte mir, ich könnte trotzdem versuchen, ein paar weitere Informationen aus ihm herauszubekommen. „Soweit ich weiß, sind Sie gerade aus Edinburgh zurückgekommen?"

Er blickte auf und schien überrascht, mich noch vor sich zu sehen. „Edinburgh?", wiederholte ich. „Sie sind gerade zurückgekommen?"

„Edinburgh, ja. Das ist richtig. Kurze Reise."

„Sie haben den Flying Scotsman genommen?" Er nickte. „Haben Sie auf der Reise zufällig jemanden gesehen, den Sie kannten?"

„Nein. Ich habe die ganze Zeit damit verbracht, mich auf ein Treffen mit einem Kunden der Kanzlei vorzubereiten."

„Ich verstehe." Sein Blick war offen, und er schien überhaupt nicht besorgt oder neugierig darüber zu sein, warum ich fragte. Entweder war er ein geschickter Lügner, oder er sagte die Wahrheit. Er starrte wieder auf die Prothese und zog am Daumen. Die Idee, die er gerade hatte, um das Design zu verbessern, hatte Vorrang vor jeder Zugfahrt oder einem Treffen mit jemandem in diesem Zug.

„Vergessen Sie die Einladung nicht." Ich deutete auf den Umschlag, den er in seine Jackentasche gesteckt hatte.

„Richtig. Ja." Er durchsuchte alle seine Taschen, fand den Umschlag und holte ihn heraus. Er winkte mir mit dem Umschlag und sagte: „Guten Tag noch, Miss Belgrave." Als er die Tür schloss, war sein Kopf bereits wieder über die Prothese geneigt.

Als ich in meine Wohnung zurückkehrte, klingelte das Telefon. Ich eilte durch das Wohnzimmer und nahm den Hörer, ohne mir die Mühe zu machen, um meinen Schreibtisch herumzugehen.

„Hallo, alte Bohne", sagte Jasper. „Ich hoffe, es ist nicht zu früh für dich?"

„Überhaupt nicht. Ich bin schon seit Stunden wach."

„Ich leider auch, und ich habe Neuigkeiten für dich. Mrs. Underhill leitet gerade eine Sitzung des Ausschusses zur Untersuchung von Hellseherei, des Unsichtbaren und anderer Phänomene."

„Mist", murmelte ich und verspürte sofort einen Anflug von Scham. „Das war ziemlich hässlich von mir. Ich bin froh, dass die Frau am Leben ist, aber ich weiß wirklich nicht, was ich noch untersuchen soll." Ich ging zur rechten Seite meines Schreibtischs. Ich nahm meinen Bleistift und strich ihren Namen durch, während ich mich auf meinen Stuhl fallen ließ. „Nun, zumindest ist das geklärt."

Ich drehte mich in meinem Schreibtischstuhl von meinem mit Papier beladenen Schreibtisch weg, um aus dem Fenster zu blicken. Der graue Tag passte zu meiner Stimmung. Der Regen prasselte immer noch sanft und gleichmäßig gegen das Glas.

„Ja, Mrs. Underhill ist voller Leben und Elan. Es fiel mir schwer, ihren Komitee-Klauen zu entkommen."

„Komitee-Klauen?" Ich spürte, wie sich ein Lächeln bildete. Ich konnte mich immer auf Jasper verlassen, einer Geschichte eine unterhaltsame Wendung zu geben.

„Sie war fest davon überzeugt, dass ich mit ihr an der Ausschusssitzung teilnehmen sollte, aber ich konnte mich mit dem Versprechen einer Spende herausreden."

„An das Hellseherei-Komitee?"

„Nein, an eines ihrer andren Anliegen, die Gesellschaft zur Hilfe blinder und verstümmelter Soldaten."

„Das hast du gut gemacht."

„Danke. Allerdings war Grigsby mit dem Zustand meiner Hose ziemlich unglücklich, als ich nach Hause kam. Die Aufschläge waren durchnässt. Ich musste heute Morgen eine halbe Stunde durch Mayfair spazieren, damit ich sie beim Verlassen ihres Hauses abfangen konnte. Überraschend viele Pfützen für eine so exklusive Adresse. Man könnte meinen, die Gehwege hätten weniger Schlaglöcher."

„Es tut mir leid, dass Grigsby unglücklich mit dir ist." Jaspers Butler war nicht begeistert von meiner Freundschaft mit Jasper. Ich hoffte, dass Jasper nicht erwähnt hatte, dass ich der Grund für seine feuchte Hose war. „Ich weiß deine kleidungstechnische Opferbereitschaft zu schätzen."

„Alles für die Ausübung meiner Pflichten. Sonst nichts Neues?"

„Nein." Ich drehte mich wieder zum Schreibtisch um und legte meine Notizen auf einen Stapel. Der Umschlag mit meinem Bericht für Lola lag immer noch auf der Ecke meines Schreibtisches. „Ich hatte nicht das Glück, mein Ziel zu treffen. Ich habe es um ein paar Sekunden verpasst, heute Morgen mit Constance zu sprechen. Möglicherweise muss ich zu Montford's gehen – Constance arbeitet dort –, um sie zu erwischen und noch einmal nach Lolas Adresse in Edinburgh zu fragen. Es wird langsam absurd. Es kommt mir vor, als würde Constance ein Katz-und-Maus-Spiel mit mir spielen."

„Es ist ziemlich ungewöhnlich, dass sie dich ständig vertröstet. Vielleicht ist Lola nicht nach Edinburgh gefahren. Was, wenn sie woanders hingefahren ist?"

„Wenn ja, warum sollte Constance es mir dann nicht sagen? Es besteht kaum Geheimhaltungsbedarf. Lola kann reisen, wohin sie will. Und sie ist auf jeden Fall nach Edinburgh gereist. Der Kellner im Zug hat sich an sie erinnert."

„Welche Mahlzeit war es?"

Ich ließ das Gespräch in Gedanken noch einmal Revue passieren. „Frühstück. Er sagte, sie hätte Eier, Toast und Kaffee gehabt."

„Das bedeutet nicht, dass sie bis nach Edinburgh im Zug geblieben ist."

Ich hatte mich im Stuhl zurückgelehnt und den Stuhl mit einer Zehe von einer Seite zur anderen gedreht. Bei seinen Worten setzte ich mich auf, meine Füße berührten den Boden. „Jasper, was für ein interessanter Gedanke! Der Kellner hatte nicht gesagt, dass sie zum Mittagessen noch einmal in den Speisewagen gekommen sei. Wenn sie nur gefrühstückt hat, ist sie vielleicht in York ausgestiegen." Eine Welle der Aufregung brandete in mir auf.

„Und woanders hingefahren als nach Edinburgh."

„Das würde bedeuten, dass Constance für sie lügt." Ich blätterte in meinen Notizen, bis ich zu der Seite mit den Details zu Wohnung 225 kam, und überflog die getippten Zeilen aus einer neuen Perspektive, doch es fiel mir nichts Neues auf. Ich ließ die Seite zurück auf den Schreibtisch fallen. „Aber wenn das der Fall ist, warum dann diese Täuschung?"

„Keine Ahnung. Du hast gesagt, Lola hätte ein Problem mit einem Goldgräber gehabt – wie hieß er nochmal?"

„Alec." Ich nahm einen Bleistift und unterstrich seinen Namen in meinen Notizen auf der Seite mit Informationen über Lola. „Alec Woodwiss."

„Der Name sagt mir nichts."

„Ich kenne ihn auch nicht." Ich rückte meinen Stuhl näher an den Schreibtisch heran. „Constance scheint entschlossen zu sein, mir aus dem Weg zu gehen, und ich bin mir ziemlich sicher, dass der Mann, mit dem ich sie gestern Abend im Theater gesehen habe, Alec Woodwiss war." Während meine Gedanken kreisten, zog ich Linien über die getippte Seite, die die Namen Alec, Lola und Constance verband. Die Linien bildeten ein Dreieck, und das störte mich.

„Olive, bist du noch da?"

„Entschuldigung, ja. Ich war nur gerade in Gedanken."

„Über Alec?"

„Ja, aber auch über Lola und Constance. Ich habe nur Constance' Aussage, dass Lola nach Edinburgh gefahren ist. Sie sagte, Lola habe ein Telegramm erhalten und sei gefahren. Aus der Beschreibung des Kellners weiß ich, dass Lola im Zug war, aber wenn Lola in York ausgestiegen ist, könnte ihr Ziel ein anderes sein."

„Pech, dass du auf diese Constance angewiesen bist, um herauszufinden, wohin Lola gefahren ist."

„Ja, und ich habe langsam den Verdacht, dass Constance mir gegenüber nicht ganz ehrlich ist." Ich tippte mit der Bleistiftspitze auf die Seite und hielt dann inne. „Das Telegramm", murmelte ich.

„Was war das?"

„Das Telegramm", wiederholte ich. „Vielleicht gibt es eine Möglichkeit herauszufinden, ob Constance die Wahrheit über Lolas Reise nach Edinburgh sagt." Ich legte den Bleistift auf den Tisch. „Ich brauche deine Hilfe. Kannst du so schnell wie möglich in die Mansions kommen?"

„Immer zu deinen Diensten, altes Mädchen."

„Du bist ein Schatz, Jasper. Ich hoffe jedoch, dass du

davor nicht zurückschrecken wirst. Ich habe eine Idee. Um diese Vermutung zu bestätigen oder zu widerlegen, muss ich in die Wohnung 225 vordringen, und dafür gibt es nur einen Weg."

„Warum habe ich das Gefühl, dass ein weiterer Einbruch auf mich zukommt?"

KAPITEL ZWANZIG

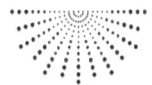

*I*m Keller der South Regent Mansions stieß ich die Metalltür auf und zeigte Jasper die Plattform des Mülllifts.

Jasper runzelte die Stirn, als er den winzigen Raum untersuchte. „Du hast recht. Da würde ich nicht reinpassen."

„Deshalb bin ich diejenige, die nach oben geht, und du bleibst hier und ziehst an der Kette." Ich zeigte ihm, wie die Kette die Plattform bewegte. Der Mülleimer aus dem ersten Stock kam in Sicht, und Jasper nahm ihn heraus. Als ich an der Kette zog, tauchte der nächste Mülleimer auf, als die Plattform aus dem zweiten Stock auf der aus dem ersten Stock zum Liegen kam.

Jasper nahm auch diesen Mülleimer heraus, der eine leere Champagnerflasche und weggeworfene Kartons aus der Harrods Food Hall enthielt. „Da hat wohl jemand eine Party gefeiert." Er stellte sie beiseite und tauschte dann den Platz mit mir.

Ich hielt inne und bereitete mich darauf vor, in den Aufzug zu kriechen. „Bereit?" Ich wollte nicht mehr Zeit als unbedingt nötig in der winzigen Metallkammer verbringen.

„Überhaupt nicht." Jasper wickelte die Kette um seinen Unterarm und ergriff die Metallglieder. Ich hasste den Gedanken daran, was Grigsby später über die Ärmel seines Jacketts sagen würde. „Es ist schrecklich viel Arbeit, um nach einem Telegramm zu suchen, das wahrscheinlich schon lange weggeworfen wurde."

„Ich weiß, aber ich muss mir die Mühe machen. Das ist das Letzte, was mir einfällt, um Minerva zu helfen. Alle anderen im zweiten Stock haben wir abgehakt. Ich habe sie selbst gesehen – außer Underhill, doch sowohl Minerva als auch Evans haben ihn gesehen. Mit Constance stimmt was nicht. In ihrer Notiz hat sie geschrieben, Lola habe ein Telegramm erhalten, das sie dazu veranlasst hat, London zu verlassen. Wenn ich das Telegramm finde, weiß ich, dass Constance mir die Wahrheit gesagt hat. Wenn nicht, dann hat Constance vielleicht gelogen. Dann muss Minerva entweder zur Polizei gehen und darauf vertrauen, dass sie ihr glaubt, oder sie wird schweigen und sich für den Rest ihres Lebens fragen, ob sie ganz richtig im Kopf ist."

„Nicht etwas, womit man sich auseinandersetzen möchte", sagte Jasper resigniert. „Bist du sicher, dass Constance nicht zu Hause ist?"

„Ja. Ich habe sie heute Morgen gehen sehen und mir von Evans bestätigen lassen, dass sie noch nicht zurück ist."

Jasper testete die Kette, und die Plattform bewegte sich langsam nach oben. Er bewegte sie zurück an den tiefsten Punkt. „Hat dieser arme Mann nie einen Tag frei?"

„Normalerweise wäre er heute nicht da, aber Burns ist krank."

„Ich verstehe. Nun, Constance könnte einkaufen gegangen sein und jeden Moment zurückkommen."

„Nein, sie wollte nicht einkaufen gehen. Bevor sie im Aufzug aus meinem Blickfeld verschwunden ist, ist sie gerade in ihren Mantel geschlüpft. Sie trug ihre Arbeitskleidung – eine weiße Bluse und einen dunklen Rock. Ich würde sagen, wir haben sicher noch mehrere Stunden, bis sie zurückkommt."

„Ich weiß nicht, wie es dir geht, aber ich würde lieber nicht eine Stunde hier unten warten, und ich möchte dich nicht so lange in dieser Wohnung haben."

„Keine Sorge, ich werde mich beeilen. Als ich in seiner Wohnung war und Underhill die Treppe hochkommen gehört habe, habe ich schon mehrere Jahre meines Lebens verloren. Ich will nicht noch so einen Schrecken. Ich werde so schnell wie möglich wieder da sein. Und die Müllabfuhr kommt jeden Tag vor elf Uhr, also müssen wir hier raus sein, bevor die Arbeiter kommen, um die Mülleimer zu leeren. Sollen wir sagen, dass du mich in einer Viertelstunde wieder runterlassen wirst?"

„Wie wäre es mit zehn Minuten?", konterte Jasper.

Jasper war normalerweise recht entspannt, aber ich merkte, dass an seinem Zeitrahmen nicht zu rütteln wäre. Er half mir, in die Wohnung zu kommen, also beschloss ich, nicht zu streiten. „In Ordnung."

Er schob seine makellos weiße Manschette zurück, um auf die Uhr zu blicken, und hinterließ einen schwarzen Fleck darauf. Wir verglichen unsere Uhren, deren Zeiger im Dunkeln leuchteten.

„Es ist jetzt fünf nach." Ich atmete tief die etwas reinere Luft des Kellers ein, bevor ich in die unangenehme Enge des Mülllifts stieg. „Ich bin pünktlich um Viertel nach wieder drinnen."

„Mir gefällt es immer noch nicht und mir wäre lieber, wenn ich das machen könnte, aber wie ich sehe, bist du entschlossen, das zu tun. Ich weiß, wenn ich dir jetzt nicht helfe, wirst du jemanden finden. Du würdest wahrscheinlich Gwen anrufen und sie heute Nachmittag vom Land hierherkommen lassen, damit sie dir hilft."

„Ich bin auch nicht gerade begeistert von der Idee, aber wenn ich das hinter mir habe, habe ich absolut alles getan, um Minerva zu helfen." Ich senkte den Kopf, damit er nicht gegen die Decke des Mülllifts drückte. Auf diese Weise fühlte es sich etwas weniger klaustrophobisch an. „Alles bereit."

„Ich gebe zu Protokoll, dass ich immer noch ziemlich große Bedenken habe, aber los geht's." Jasper nickte und zog an der Kette. Die letzten Worte, die ich hörte, bevor es stockfinster wurde, waren: „Beeil dich."

KAPITEL EINUNDZWANZIG

*D*ie Plattform machte einen kleinen Ruck, hing einen Moment lang in der Luft und schoss dann nach oben. Während Jasper an der Kette zog, hatte ich kaum Zeit, beunruhigt zu sein, während ich durch den Abschnitt pechschwarzer Dunkelheit sauste, der darauf hinwies, dass ich am Foyer im Erdgeschoss vorbeikam. Ein dünner Lichtstrahl, der auf die Wohnung im ersten Stock hindeutete, huschte vorbei, dann hielt der Aufzug mit einem sanften Ruck im zweiten Stock an. Ich wartete ein paar Sekunden, das Ohr an der Schranktür, doch aus Wohnung 225 kam kein Laut. Ich drückte gegen die Tür. Der Magnetverschluss löste sich mit einem leisen Klicken. Das Geräusch schien durch die Wohnung zu hallen. Ich schob die Schranktür einen Zentimeter auf.

Stapel schmutzigen Geschirrs ragten in sehr schiefen Türmen aus der Spüle. Ein Spüllappen lag zusammengeknüllt am Boden. Ich schob die Tür ganz auf und faltete mich heraus, dann blieb ich stehen und lauschte. Das leise Klopfen des Heizkörpers drang durch die Stille. Ein kurzer Blick bestätigte, dass Constance nicht sehr häuslich war, was meine Stimmung verbesserte. Vielleicht hatte sie das Telegramm nicht weggeworfen. Jetzt, wo ich stand, konnte ich sehen, dass Teller mit verkrusteten Essensresten auf der Arbeitsplatte verstreut standen und leuchtend gelbe Tröpfchen Eigelb auf dem Herd getrocknet waren.

Ich ging auf Zehenspitzen aus der Küche und warf einen Blick in das Wohnzimmer, die beiden Schlafzimmer und das Bad. Alle waren leer. Ein Knoten der Anspannung in meiner Brust löste sich, doch ich bewegte mich immer noch so leise wie möglich.

Ich ging zurück ins Wohnzimmer, um mich umzusehen. Ich hatte auf einen Schreibtisch gehofft – am besten mit dem Telegramm auf der Schreibunterlage –, aber so viel Glück hatte ich nicht. Es gab nicht nur kein Telegramm, es gab nicht einmal einen Schreibtisch im Zimmer.

Vor dem Kamin stand auf einem rostroten Teppich mit schwarzem Muster ein schweres Sofa mit tiefrotbraunem Bezug und ein Ledersessel. Am gegenüberliegenden Ende des Wohnzimmers stand ein kleiner runder Tisch mit einem Arrangement verwelkter Blumen. Die einzigen anderen Einrichtungsgegenstände im Raum waren ein Radioschrank und ein Grammophon. Abgesehen von ein paar Schallplatten neben dem Grammophon und ein paar Krümeln auf dem Tisch gab es im Wohnzimmer nichts Ungewöhnliches, nicht einmal Einladungen auf dem Kaminsims.

Das nächstgelegene Schlafzimmer war im gleichen praktischen, schnörkellosen Stil eingerichtet wie das Wohnzimmer. Es war auf der Vorderseite der Wohnung und bot einen wunderschönen Blick auf den Park. In der Mitte des Zimmers stand ein Bett mit einer weißen Decke. Das Kopfteil war aus Kirschholz, mit dreieckigen Einlagen aus hellerem Holz in einem geometrischen Muster. An einer Seite des Betts stand ein Schminktisch, ebenfalls aus Kirschholz mit demselben Intarsienmuster. Vor dem Spiegel stand eine Reihe Parfum- und Kosmetikflaschen. Auf der anderen Seite des Betts stand ein kleiner Sekretär, dessen schnörkellose Klappe sich als Schreibfläche ausklappen ließ. Anders als das lackierte Kopfteil und der Schminktisch war die Oberfläche des Schreibtisches stumpfer und abgenutzt. Auf der schmalen Fläche stand ein silbergerahmtes Foto. Ich erkannte eine jüngere Lola, die lächelnd zwischen einem Mann und einer Frau stand, von denen ich annahm, dass es ihre Eltern waren, und bestätigte, dass ich in Lolas Zimmer war.

Das Innere des Schreibtisches war genauso aufgeräumt wie das Zimmer. Briefe waren in Kästchen gestapelt. Ich fächerte sie auf. Alle waren an Dolores Mallory gerichtet. Keiner von ihnen stammte aus Schottland. In den restlichen Fächern fand ich Briefmarken, leere Karten und Umschläge.

Ich ging den Flur entlang zu Constance' Zimmer. Es war genauso unordentlich wie in der Küche. Das Bett war ungemacht, die Bettwäsche und die Decke lagen in einem wirren Haufen. Ich erkannte die schlichte langärmlige weiße Bluse und den zerknitterten dunklen Rock, die über einen Ohrensessel in der Ecke geworfen lagen. Es war die Arbeitskleidung aller Verkäuferinnen im Montford's Department Store. Constance hatte wahrscheinlich mehrere Versionen davon, dass sie immer sauber und frisch waren.

Die Schranktür stand offen und gab den Blick frei auf einen Stoffhaufen auf den Schuhen, der scheinbar achtlos hineingeworfen worden war. Ein paar Kleider hingen unordentlich auf den Bügeln und schleiften entweder am

Boden oder türmten sich auf dem Bügel. Es gab keinen Schreibtisch, und der kleine Tisch neben dem Bett hatte keine Schubladen und darauf standen nur eine Lampe, ein Wecker und eine Karaffe mit etwa einem halben Zoll Wasser. Der Schminktisch war jedoch voll mit einem Durcheinander aus Pinseln, Parfumflaschen, Kosmetikartikeln und mehreren Briefen, die gegen den Spiegel gelehnt waren. Ich warf einen Blick auf meine Uhr. Noch fünf Minuten.

Ich ging hinüber und stieg über einen Bademantel, der vom Fußende des Betts gerutscht war. Ich blätterte die Briefe durch, die noch in ihren Umschlägen steckten, und wirbelte eine Wolke Gesichtspuder auf. Alle waren an Constance adressiert, und es war kein Telegramm dazwischen versteckt. In den beiden Schubladen des Schminktisches waren weitere Kosmetikartikel.

Ich trat zurück und betrachtete den Raum noch einmal, während meine Frustration wuchs. Hatte ich mich vergeblich noch einmal in den Mülllift gequetscht? Ich drehte mich um, um zu gehen, doch dann erregte etwas Mintgrünes neben dem Schrank meine Aufmerksamkeit. Die leuchtende Farbe war ein starker Kontrast zu den Fransen eines schwarzen Schals, der zu Boden gefallen war und sie teilweise verdeckte. Ich runzelte die Stirn. Es war dieselbe Farbe wie Lolas Mantel.

Ich stieg vorsichtig über herumliegende Kleidungsstücke, ging dann in die Hocke und schlug die Fransen zurück. Ich starrte einen langen Moment auf die markanten weißen Federn, die sich um die Krempe des mintgrünen Huts schlangen, und mein Herz flatterte plötzlich. Ich blickte auf und ließ meinen Blick über die Kleidungsstücke auf den Kleiderbügeln schweifen, dann streckte ich die Hand aus und zog diejenigen beiseite, die mir am nächsten waren. Am anderen Ende der Stange schwang der passende hellgrüne Mantel sanft hin und her. Mir wurde kalt.

„Das ist so falsch", flüsterte ich, als ich mich aufrichtete. Ich brachte den schaukelnden Kleiderbügel zur Ruhe, während mein Verstand raste, das, was ich wusste, neu kalibrierte und diese Fakten von einem Paradigma in ein anderes übertrug. Ich hatte gedacht, Lola wäre mit dem Zug nach Edinburgh gefahren. Der Kellner im Flying Scotsman hatte bestätigt, dass eine Frau in einem Mantel und Hut in auffälligem Mintgrün im Zug gegessen hatte, doch Lolas Mantel hing in Constance' Schrank. Könnte Constance auch einen mintgrünen Mantel haben? Doch ich hatte sie nie in etwas anderem als dunklen Farben gesehen.

Ich suchte nach dem Etikett des Mantels. „Jeanne Lanvin, Paris Unis France", las ich ehrfürchtig. Ich strich über die Schultern des Mantels, damit er gleichmäßig auf dem Kleiderbügel hing, und glättete das Revers. Die exquisite Handwerkskunst zeigte sich in den dezenten Stickereien an Manschetten und Kragen genauso wie im Schnitt des Mantels selbst mit seinem ausgestellten Saum. Meine Angst wuchs. Constance konnte sich mit ihrem Gehalt als Verkäuferin so etwas nicht leisten. Und es passte nicht zu Constance' anderen Kleidungsstücken.

Ihre Garderobe bestand aus dunklen, gedämpften Farben wie Schwarz, Braun und Rotbraun. Der grüne Mantel schien im Vergleich zu den Stücken, die an der Stange hingen und am Boden herumlagen, zu leuchten. War Lola aus Edinburgh zurückgekehrt und hatte Constance den Mantel geliehen? Es schien unwahrscheinlich. Lolas Zimmer wirkte verlassen, als hätte es seit ein paar Tagen niemand mehr benutzt. Und es war Tage her, seit ich zwei Frauenstimmen nebenan gehört hatte, die manchmal durch die Wand von dieser Wohnung in meine drangen. Ein anderes Szenario schwirrte mir durch den Kopf – eine viel weniger erfreuliche Erklärung.

Ich ordnete die Kleiderbügel wieder so an, wie ich sie vorgefunden hatte, stellte die Tür wieder genau in den Winkel, und verließ das Zimmer mit einer an Übelkeit grenzenden Abscheu, bevor ich in Lolas Schlafzimmer zurückkehrte. Ich ging zum Schrank und sah mir ihre Kleider an. An der Stange hing kein mintgrüner Mantel, und in keiner der Hutschachteln war ein Glockenhut in dieser Farbe.

Ich wollte aus der Wohnung raus, doch ich zwang mich, langsam und gründlich vorzugehen. Wenn ich recht hatte ... nun, das war wahrscheinlich meine einzige Gelegenheit, meinen Verdacht zu bestätigen. Ich ging zu Lolas Sekretär. In einer kleinen flachen Schublade fand ich ein in Leder gebundenes Adressbuch, auf dessen Vorderseite Lolas Initialen in Gold geprägt waren.

Eine Uhr in der Wohnung schlug die Viertelstunde. Ich erschrak und ließ das Adressbuch auf den Schreibtisch fallen. Ich holte zitternd Luft. Ich hatte die Zeit vergessen. Ein kurzer Blick auf meine Uhr sagte mir, dass die Uhr in der Wohnung im Vergleich zu meiner Uhr zwei Minuten vorging. Ich blätterte schnell durch das Adressbuch, überflog die Einträge und zwang mich, langsam genug zu machen, um jeden einzelnen zu studieren. Keine der aufgeführten Adressen war in Schottland und erst recht keine in Edinburgh.

Ich legte das Adressbuch zurück, klappte den Sekretär zu und hielt einen Moment inne, um das lächelnde Mädchen im silbernen Rahmen zu betrachten. Mir wurde schwer ums Herz. „Oh, Lola, was ist mit dir passiert?"

KAPITEL ZWEIUNDZWANZIG

*A*ls ich mich umdrehte, um das Schlafzimmer zu verlassen, wollte ich durch die Wohnung rennen, weil ich wusste, dass mir die Zeit ausging, aber der Anblick einer Handtasche aus Alligatorleder, die an der Rückseite von Lolas Tür hing, ließ mich innehalten.

Ich starrte sie einen Moment lang an, und das flaue Gefühl in der Magengrube machte einem Gefühl von Seekrankheit Platz. Die kleine Tasche mit Messingbeschlägen baumelte am Türknauf. Jedes Mal, wenn ich Lola gesehen hatte, hatte sie den schmalen Riemen der Handtasche um ihr Handgelenk gelegt. Im Bewusstsein, dass mir die Zeit davonlief, zwang ich meine Füße, sich zu bewegen.

Ich nahm sie vom Knauf; das geschmeidige Leder war weich unter meinen Fingern. Ich drehte den glänzenden Messingverschluss. Die Innenseite war mit champagnerfarbener Seide gefüttert. Ich drehte sie hin und her, um einen Blick auf die wenigen Gegenstände in der Tasche zu werfen: einen Lippenstift, eine Puderquaste, ein paar Münzen und einen Schlüssel. In der einzigen Innentasche steckte ein Stück cremefarbenes Papier. Ich zog es so weit heraus, dass ich sehen konnte, dass es ein Brief war. Mir wurde am ganzen Körper kalt, doch ich wusste, dass ich ihn öffnen musste.

Ich zog die Falten vorsichtig auseinander. Das Papier war abgegriffen und weich und die geschwungene Handschrift verblasst. Die Anrede lautete: *Meine liebste Delores.* Ich drehte die Seite um. Die letzten Worte waren: *Alles Liebe, Mummy.* Die Haare in meinem Nacken richteten sich auf, als ich geradestand. Es musste der Brief sein, den Lola mir aus der Hand gerissen hatte, als ich ihr geholfen hatte, den Inhalt ihrer Tasche vom Boden des Aufzugs aufzuheben. Meine Finger zitterten so sehr, dass ich zwei Versuche brauchte, um das Papier wieder zu falten und zurück in die Tasche zu stecken. Ich hängte die Handtasche über die Türklinke und rannte durch die Wohnung. Ich wollte keinen Moment länger bleiben. Hier war etwas Schreckliches passiert.

Ich sprintete durch die Wohnung und kletterte zurück in den Mülllift. Er zitterte unter meinem Gewicht, und ich hatte kaum die Schranktür geschlossen, als sich die Plattform zu senken begann. Ich fuhr genauso schnell hinunter, wie ich hinaufgefahren war, und nur Augenblicke später kletterte ich im Keller aus dem Aufzug.

Jasper beugte sich mir entgegen, um mir herauszuhelfen, und ich ergriff seine beiden Arme oberhalb der Ellbogen, um mich zu halten, ohne mich um Schmierfett oder Schmutz von der Kette zu kümmern, die möglicherweise an seinen Ärmeln waren. Er warf einen Blick auf mein Gesicht und sagte: „Du siehst geschockt aus."

„Du hattest recht. Lola ist nicht nach Edinburgh gefahren."

JASPER REICHTE mir eine Tasse Tee. „Trink das."

„Danke, aber ich glaube, ich brauche was Stärkeres."
„Alles zu seiner Zeit. Erst Tee."

„Ich denke, du hast recht. Es ist besser, einen klaren Kopf zu behalten."

Wir waren in meiner Wohnung, und Jasper hatte mein Auf- und Abgehen im Wohnzimmer unterbrochen, um mir die Tasse und die Untertasse zu reichen. Er hatte in der Küche herumgewerkelt, aber ich hatte es kaum bemerkt, als ich mit aufgewühlten Gedanken vor dem großen Fenster auf und ab gegangen war.

Ich hob die Teetasse an meinen Mund und senkte sie dann wieder. „Ich verstehe einfach nicht, wie das, was ich herausgefunden habe, irgendetwas anderes als das absolut Schlimmste für Lola bedeuten kann." Als mir klar wurde, dass der Brief in der Handtasche von Lolas Mutter stammte, hatten sich alle meine Zweifel, ob Lola woandershin als nach Edinburgh gegangen war oder nicht, wie Dampf aus einem Kochtopf aufgelöst. Ich war mir jetzt sicher.

Jasper richtete seinen Blick auf die Tasse. „Erst Tee."

„Du hörst dich an wie meine alte Schulleiterin", sagte ich, trank aber gehorsam einen Schluck. Jasper nickte und kehrte in die Küche zurück.

„Es ist mir egal, ob ich wie dein Kindermädchen klinge." Seine Stimme hallte durch den Flur. „Du musst das trinken. Es wird gegen den Schock helfen."

Die Flüssigkeit war heiß und brannte auf meiner Zunge, aber sie war süß. Sie wärmte mich bis ins Innerste, und ich spürte, wie ein Teil der Kälte verschwand, als ich noch einen langsameren Schluck trank.

Jasper kam aus der Küche zurück und trug ein Tablett mit der Teekanne und einer weiteren Tasse. Er stellte das Tablett ab, goss sich eine Tasse ein und ließ sich auf einem der Sessel neben dem Sofa nieder.

Als ich die Tasse erneut an meine Lippen hob, sagte ich: „Danke, Jasper. Ich schätze es sehr, dass du dich um mich kümmerst."

„Keine Ursache, altes Ding. Tatsächlich würde mir diese häusliche Szene durchaus gefallen – wenn da nicht die Möglichkeit wäre, dass nebenan etwas passiert ist, das sich ziemlich schrecklich anhört."

„Nicht wahr?"

„Nachdem du jetzt Tee getrunken hast, erzähl mir alles über die Kleidung und die Handtasche. Mir sind die Einzelheiten noch nicht klar."

„Das überrascht mich nicht. Ich glaube, was ich auf dem Weg aus dem Keller gefaselt habe, war ein bisschen unverständlich."

„Ich habe das Wesentliche verstanden. Du glaubst, dass die Anwesenheit des grünen Mantels und des Hutes zusammen mit der Handtasche auf einen Mord hindeuten."

„Ich kann mir nicht vorstellen, was es sonst bedeuten könnte." Ich stellte die Tasse wieder auf die Untertasse, und mein Magen zog sich zusammen. „Ich fürchte, es war Lola, die in den Teppich gewickelt war."

„Das ist eine ziemliche Vermutung."

Ich ging zum Fenster. Der Regen hatte nachgelassen, und jetzt waren vereinzelte Wolken am Himmel zu sehen, deren Schatten die Fassaden der Gebäude auf der anderen Straßenseite tupften und graue Flecken auf die kahlen Bäume im Park warfen. Kleine Gestalten eilten auf den Bürgersteigen hin und her, und Automobile fuhren die

Straße entlang, während die Sonne auf den Windschutzscheiben glitzerte. Meine Welt hatte sich in einem verrückten Winkel geneigt. Es war erschütternd, hinauszublicken und eine so normale Szene zu sehen.

„Es ist das Einzige, was Sinn ergibt. Warum sollten ihr geradezu obszön teurer Mantel und Hut zusammen mit ihrer Lieblingshandtasche in der Wohnung nebenan sein, wenn sie angeblich in Edinburgh ist?"

„Vielleicht hat Constance der Mantel und der Hut so gut gefallen, dass sie sich dieselben gekauft hat?"

„Nicht von ihrem Gehalt. Sie ist keine Erbin wie Lola. Constance arbeitet in einem Warenhaus. Alle anderen Kleidungsstücke in ihrem Kleiderschrank sind schlicht und zweckmäßig. Da gibt es überhaupt nichts Extravagantes."

„Dann ist Lola vielleicht zurückgekommen und hat sie Constance geliehen."

„Das ist möglich, aber Lolas Zimmer hat sich angefühlt, als wäre seit Tagen niemand darin gewesen. Und noch einmal: warum diese Ausflüchte? Warum geht sie mir aus dem Weg? Es ist nicht so, dass ich ein aufdringlicher Verkäufer oder ein hartnäckiger Verehrer bin. Ich versuche, einen Auftrag abzuschließen, den Lola mir anvertraut hat. Warum sollte sie sich von mir fernhalten?"

Ich schüttelte den Kopf, als ich meine Teetasse und Untertasse auf die Fensterbank stellte. „Ich weiß, dass es auch andere Möglichkeiten gibt – jemand könnte den Mantel und den Hut für Constance gekauft haben, oder sie könnte sie sich von Lola geliehen haben. Aber keine dieser Erklärungen hält stand, wenn man miteinbezieht, dass sich Lolas Handtasche immer noch in der Wohnung befindet und dass darin ein Brief ist, den sie, wie sie mir gesagt hat, immer bei sich trägt, weil er ihr so wichtig ist."

Ich starrte aus dem Fenster, nahm aber die geschäftige Szene unten nicht wahr. Ich dachte an die stille Wohnung nebenan und daran, wie sich mir die Nackenhaare aufgestellt hatten, als ich den Brief geöffnet und die Worte „*Alles Liebe, Mummy*" gesehen hatte. „Es kann nur eines bedeuten."

Ich ließ mich auf das Sofa fallen, stützte meine Ellbogen auf die Knie und meine Stirn in die Handflächen.

„Lola hat sich vielleicht eine neue Handtasche gekauft", sagte Jasper mit sanfter Stimme. „Vielleicht wollte sie den Brief in die neue Tasche stecken, hat es aber vergessen."

„Und ihren Hausschlüssel hat sie auch nicht mitgenommen?" Ich sah ihn unter meiner Hand hervor an, mein Kopf war immer noch nach vorn gebeugt. „Und sag nicht, dass sie zwei Schlüssel hat. Denn wir kommen in der Kette der Möglichkeiten immer weiter nach unten."

Jasper stellte seine Tasse und Untertasse auf das Teetablett. Er beugte sich vor und stützte die Ellbogen auf die Knie, seine Haltung spiegelte meine wider. „Also gut, sagen wir mal, es war Lola, die in den Teppich eingewickelt war. Du denkst, es war Constance, die –"

„Lola ermordet hat. Ja." Ich richtete mich auf, als ich seinen akademischen Ton hörte. „Du bist ein ganz famoser Kerl, Jasper."

Er hob eine Augenbraue angesichts der plötzlichen Wendung im Gespräch. „Ich verstehe nicht ganz."

„Du machst das nicht nur, um mich bei Laune zu halten. Du denkst ernsthaft über meinen Standpunkt nach."

„Natürlich denke ich ernsthaft über deinen Standpunkt nach. Guter Gott, Frau. Du bist klug. Das warst du schon immer. Ich habe gerade nur des Teufels Advokat gespielt. Man muss seine Theorien testen, verstehst du?"

Ich konnte nicht anders, als ihn anzulächeln, während er mich angrinste. „Und deshalb bist du ein famoser Kerl", sagte ich.

„Ausgezeichnet. Ich bin froh, ein ,famoser Kerl' zu sein, auch wenn ich deiner Meinung nach einen noch höheren Status anstrebe. Also, wo waren wir?"

Das kurze Gefühl der Leichtigkeit, das meine Stimmung gehoben hatte, als Jasper und ich hin und her geschwatzt hatten, verschwand, und ich wurde ernst. „Constance." Ich seufzte. „Ich glaube, Constance hat Lola getötet. Sie haben sich eine Wohnung geteilt. Wenn Lola vermisst wird und ermordet wurde, dann ist Constance die logische Verdächtige. Aus irgendeinem Grund muss Constance Lolas Leiche in den Teppich gerollt und in den Flur gebracht haben."

„Um auf meine Rolle als des Teufels Advokat zurück-zukommen", sagte Jasper, „warum sollte Constance das tun? Die Leiche in einen Teppich rollen und den Teppich dann in den Flur bringen, meine ich. Lassen wir vorerst die ganze Frage beiseite, warum Constance überhaupt auf Mord zurückgegriffen hat."

Meine Schultern sackten nach vorn. „Ich habe keine Ahnung."

„Ich schon."

„Wirklich? Raus damit!"

„Die South Regent Mansions bieten einen täglichen Reinigungsservice an, nicht wahr?"

„Ja, es ist eines der Verkaufsargumente – eine Wohnung mit Service wie in einem Hotel." Ich spürte, wie sich meine Augen weiteten, als mir die Bedeutung klar wurde. „Oh, ich verstehe. Natürlich. Das Dienstmädchen kommt mittags."

Jasper nickte. „Richtig. Wenn deine Vermutungen bezüglich Constance richtig sind, würde sie dem Dienstmädchen nicht sagen wollen, dass es an diesem Tag die Wohnung nicht putzen soll. Es ist viel besser, das Dienstmädchen seine Arbeit machen zu lassen. Falls später irgendwelche Fragen auftauchen, könnte das Dienstmädchen angeben, sie in der Wohnung geputzt und keine Leiche gesehen zu haben."

Ich richtete mich auf, während mein Verstand auf Hochtouren arbeitete. „Also hat Constance die Leiche in den Teppich eingerollt, sie in den Flur geschleppt und sie gegen den Türrahmen der Wohnung der Kemps gelehnt. Jeder, der den Teppich gesehen hat, hätte angenommen, er gehöre zu dem Hausrat, der an diesem Tag transportiert wurde."

„Glaubst du, Constance hat die Kraft dazu?", fragte Jasper. „Es ist ziemlich schwer, einen Leichnam zu bewegen. Und bevor du fragst, ja, ich spreche aus Erfahrung – der Erfahrung, betrunkene Begleiter nach einer Party oder einer langen Nacht im Club nach Hause zu bringen. Es ist schwer genug, derartig beeinträchtigte Leute nach Hause zu schaffen, wenn sie kaum bei Bewusstsein sind."

„Constance ist eine robuste junge Frau. Ich kann mir durchaus vorstellen, dass sie einen Teppich aus ihrer Wohnung schleppen könnte. Und niemand würde dem Beachtung schenken. Man würde einen Blick auf den Teppich werfen und weitergehen, genau wie ich. Nur jemand, der mit dem Aufzug herunterfährt, könnte einen blauen Fuß sehen, wenn er sich genau auf Augenhöhe mit der Unterseite des Teppichs befindet."

„Wie viel Zeit verbringt das Dienstmädchen in jeder Wohnung?", fragte Jasper.

„Normalerweise eine Viertelstunde. Das Dienstmädchen kommt um Viertel nach zwölf hierher und geht um halb eins."

„Ein relativ kleines Zeitfenster."

„Ja, aber ich weiß, dass das Dienstmädchen am Montag um halb zwölf hier fertig war, weil ich ihr nach draußen gefolgt bin. Sie ist nach nebenan in die Wohnung von Constance und Lola gegangen. Ich habe sie reingehen sehen. Als ich gegangen bin, habe ich bemerkt, dass der Teppich am Türrahmen der Kemps lehnte. Minerva ist erst um 12:44 Uhr gegangen, und als sie ins Foyer gefahren und zurückgekommen ist, war es schon nach Viertel vor eins. Das Dienstmädchen musste schon in die nächste Wohnung gegangen sein. Es würde nur ein paar Sekunden gedauert haben, bis Constance den Teppich zurück in ihre Wohnung geschleppt und die Tür geschlossen hatte, sodass der Teppich verschwunden war, als Minerva mit dem Aufzug zurückgekommen ist. Das erscheint mir absolut sinnvoll. Du bist selbst ziemlich schlau", sagte ich zu Jasper.

Er neigte den Kopf. „Danke. Ich freue mich, dir helfen zu können." Er nahm die Teekanne vom Tablett. „Noch eine Tasse?" Ich schüttelte den Kopf, als er sagte: „Einen Kritikpunkt habe ich allerdings. Wie ich sehe, bin ich wieder der Vertreter der dunklen Seite. Dass sie den Teppich wegen des Dienstmädchens aus der Wohnung geschafft hat, war deine Idee, vergiss das nicht."

„Damit hat das nichts zu tun. Es ist was ganz anderes." Jasper goss Tee in seine Tasse und ließ einen Würfel Zucker hineinfallen. „Hast du nicht gesagt, dass du Lola am Montagabend vor deinem Essen mit Minerva gesehen hast?"

Ich schloss kurz meine Augen. „Wenn ich jetzt darüber nachdenke, regt es mich furchtbar auf, zu erkennen, dass ich mich so leicht habe hereinlegen lassen. Ich *dachte*, ich hätte Lola gesehen, aber es war Constance."

Jasper hörte auf, seinen Tee zu rühren. „Constance? Bist du dir sicher?"

„So sicher ich nur sein kann. Von dem Moment an, als ich den Brief von Lolas Mutter in der Handtasche gesehen habe, bin ich im Kopf alles durchgegangen, was passiert ist. Jetzt sehe ich, dass ich Annahmen getroffen habe. Meine Wahrnehmung dessen, was ich zu sehen geglaubt habe und was wirklich da war, sind zwei verschiedene Dinge. Ich habe mich geirrt – so unglaublich geirrt."

„Inwiefern?"

„Ich dachte, ich hätte Lola gesehen, aber in Wirklichkeit war es eine Frau, die ihren mintgrünen Mantel und Hut getragen hat. Ich nahm an, dass es Lola war, aber ich habe ihr Gesicht nie richtig gesehen. Es war dunkel, und es hat geregnet, und der Regenschirm, den Evans über sie gehalten hat, hat mir die Sicht versperrt."

„Aber es hätte Lola sein können."

„Nein. Wenn ich jetzt darüber nachdenke, erinnere ich mich an den Gang der Frau. Sie ist mit schweren Schritten durch die Pfützen gestapft. Lola hat sich nicht so bewegt. Sie war – nun ja, grazier mit ihren Schritten – nur so kann ich es beschreiben."

Jasper sah zweifelnd aus, also fuhr ich fort. „Wer neben jemandem wohnt, verbindet bestimmte Geräusche mit bestimmten Nachbarn. Miss Bobbin assoziiere ich immer mit einem hohen Jaulen wegen Ace. Mr. Popinjay wird immer mit dem leisen Tippeln der Katzenpfoten in

Verbindung gebracht werden – meist gefolgt von Jaulen und Zischen, weil Miss Bobbins Hund seine Katze so oft im Flur auf und ab jagt. Mrs. Attenborough wirkt so würdevoll, als würde sie vor Gericht sprechen. Und ich habe immer gehört, wie sich Lola und Constance nebenan bewegt haben. Lola hatte einen leichten Schritt, wie eine Tänzerin. Constance' Schritt ist schwerfälliger. Eigentlich wie Stapfen. Und die Frau, die an diesem Tag zum Taxi gegangen ist, ist gestapft." Mein Innerstes drehte sich bei dem Gedanken, dass Lola schon tot gewesen war, als ich unten im Nieselregen mit Constance gesprochen habe. „Constance hat sehr darauf geachtet, sich nicht umzudrehen und mich sie sehen zu lassen. Der Glockenhut hat ihr Gesicht versteckt, und dass die Feder in ihr Gesicht hing, hat auch geholfen, aber sie hat sich nie ganz zu mir umgedreht, als ich mit ihr gesprochen habe."

Jasper stand auf und nahm meine Untertasse und meine Teetasse vom Fensterbrett. „Du brauchst mehr Tee."

„Das glaube ich auch."

Als die dampfende Flüssigkeit in meine Tasse floss, sagte Jasper: „Glaubst du also, dass Constance an diesem Abend Lolas auffälligen Mantel, ihren Hut und ihre Handtasche getragen hat?"

„Ja. Ich glaube, sie ist so hinausgegangen, damit Evans sie sieht. Jeder andere Bewohner, der den Mantel und den Hut bemerkt hätte, wäre ein Bonus gewesen." Ich nahm die Tasse, die Jasper mir reichte, und verzog das Gesicht. „Wie ich. Constance hat auch Mantel und Hut getragen, als sie den Flying Scotsman genommen hat."

„Dadurch konnte sie behaupten, dass Lola die Stadt verlassen hat."

„Ja. Ich frage mich, ob meine Bitte, Lola zu treffen, der Grund für die Reise nach Schottland war."

Jasper kehrte an seinen Platz zurück. „Das bezweifle ich. Wenn deine Theorie richtig ist, klingt das nach einem komplizierten Plan. Nichts, was aus einer Laune heraus geschieht, was meine nächste Frage aufwirft."

„Ich glaube, ich weiß, was es ist: Wie hat Constance –"

„– Lola beseitigt", beendete Jasper den Satz. „Ja, das habe ich mich gefragt. Gäbe es da nicht irgendeinen Beweis – vor allem, wenn das Dienstmädchen zum Putzen kommt? Hast du irgendetwas gesehen, das darauf hindeutet, dass in der Wohnung jemand gestorben ist?"

„Nein, aber wenn Constance es getan hätte, während Lola im Bad war …"

„Oh ja. Ich verstehe, was du meinst. Wie die *Bräute im Bad*-Morde." Obwohl seit dem aufsehenerregenden Mordprozess fast ein Jahrzehnt vergangen war, erinnerte ich mich noch immer an die Einzelheiten der Geschichte des Mannes, der mehrere Frauen in ihrer Badewanne ertränkt hatte.

„Und es würde erklären, warum der Fuß nackt war."

„Ja", sagte Jasper. „Dann gibt es nur noch eine Frage: Wie hat Constance die Leiche aus der Wohnung geschafft?"

„Das weiß ich immer noch nicht. Laut Evans nutzt niemand außer Underhill den Keller. Und obwohl Evans Underhill dabei hilft, heimlich durch den Keller zu kommen und zu gehen, denke ich, dass er beim Entsorgen einer Leiche eine Grenze ziehen würde."

„Du hast wahrscheinlich recht. Es ist ein ziemlich großer Gefallen, um so etwas zu bitten." Wir saßen beide einen Moment schweigend da, dann sagte Jasper: „Ich nehme nicht an, dir ist nicht aufgefallen, ob in Wohnung 225 Gepäck fehlt?"

„Nein. Constance' Zimmer war so unaufgeräumt, dass

es schwierig gewesen wäre, zu bemerken, ob irgendetwas fehlt oder nicht. Und ich habe nicht einmal daran gedacht, in Lolas Kleiderschrank nachzusehen. Ich wünschte, ich hätte es getan."

„Ich rate definitiv davon ab, noch einmal in diese Wohnung zu gehen", sagte Jasper schnell.

„Das will ich auch nicht. Außerdem könnten ihre Koffer auf dem Dachboden gelagert sein. Meine sind auch dort."

Wieder hüllte Stille uns ein, dann setzte ich mich nach vorn. „Wenn ihre Koffer auf dem Dachboden wären, würde Evans es wissen. Er muss Aufzeichnungen haben."

„Ja", sagte Jasper. „Warum gehen wir dann nicht Evans fragen?"

KAPITEL DREIUNDZWANZIG

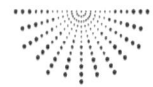

*D*er Aufzug hielt mit seinem üblichen Rucken im Erdgeschoss an, und Jasper schob die Metalltür zurück.

Das Foyer war im Moment leer, und ich ging voran zu der Nische, in der Evans auf seinem Tresen Unterlagen sortierte.

Als er mich sah, wurde sein Gesichtsausdruck vorsichtig. „Guten Tag, Miss Belgrave. Kann ich Ihnen behilflich sein?"

„Guten Tag nochmal, Evans. Keine Sorge, ich bin nicht hier, um unser vorheriges Gespräch fortzusetzen."

„Was kann ich dann für Sie tun?" Er klang erleichtert.

„Eine einfache Sache: Hat jemand aus Wohnung 225 kürzlich darum gebeten, etwas vom Dachboden zu holen?"

Ich erwartete, dass er zu seinem Buch greifen würde, doch er machte keine Anstalten, etwas nachzuschlagen. Er sagte sofort: „Ja, Miss Mallory hat angerufen und mich gebeten, ihren großen Koffer herunterzubringen."

„Anfang der Woche?"

„Ja, am Montag."

Jasper und ich tauschten einen Blick aus, dann stützte Jasper seinen Ellbogen auf die Theke und tippte auf das Hauptbuch. „Sie haben ein beeindruckendes Gedächtnis. Sie mussten nicht einmal Ihre Notizen überprüfen."

„Es war ein Koffer, den man so schnell nicht vergisst. Schwer."

„So?" sagte Jasper. „Groß, oder?"

Evans' Hand wanderte zu seinem Oberschenkel, um die Größe anzuzeigen. „Auch schön gemacht. Verstärkte Lederkanten und Messingbeschläge. Sehr hübsch. Praktisch ein Überseekoffer." Seine Augenbrauen senkten sich, als er die Stirn runzelte. „Miss Belgrave, geht es Ihnen gut? Sie sehen kränklich aus."

Ich holte tief Luft und gab mir Mühe, den Eindruck zu erwecken, dass es ein völlig normales Gespräch war. „Oh, mir geht es gut, danke. Haben Sie den Koffer selbst zur Wohnung 225 gebracht?"

„Ja. Miss Mallory hat mich gebeten, ihn hinter der Wohnungstür zu lassen."

Jasper sagte: „Das ist ziemlich ungewöhnlich. Man könnte meinen, dass eine Dame bei etwas so Unhandlichem wie einem Koffer dieser Größe den Wunsch hätte, ihn in eines der Schlafzimmer bringen zu lassen."

„Miss Mallory war im Begriff, auszugehen. Sie hatte gerade ihren Hut aufgesetzt. Sie sagte mir, ich solle den Koffer dort an der Tür lassen, und sie würde sich später darum kümmern."

Ich dachte an meinen kurzen Besuch in der Wohnung zurück und erinnerte mich an einen Spiegel, der etwa auf halber Höhe des Flurs zwischen der Haustür und der Küche hing. „Lassen Sie mich raten. Miss Mallory stand vor dem Spiegel und hat ihren Glockenhut aufgesetzt, der hellgrün war und zu ihrem Mantel passte." Evans starrte mich einen Moment lang an. „Sie sind eine echte Detektivin, Miss Belgrave. Genau das hat sie getragen."

Normalerweise wäre ich froh gewesen, diese kleinen Details herauszufinden, aber ich konnte aus dem, was ich erfahren hatte, keine große Befriedigung ziehen, schon gar nicht, wenn es eine so düstere Vermutung bestätigte. „Und sie hat über die Schulter mit Ihnen gesprochen?"

„Ja. Genau so ist es passiert."

„Sie haben ihr dabei nie ins Gesicht gesehen?", fragte Jasper. „Nein. Ich habe ihr einen guten Tag gewünscht und bin gegangen."

Jaspers Miene wurde grimmig, und ich wusste, dass seine Gedanken dieselben dunklen Wege gingen wie meine. Ich wandte mich wieder Evans zu. „Und haben Sie später den Koffer für Miss Mallory heruntergebracht?"

„Ja, aber es war nicht an diesem Tag." Er blätterte ein paar Seiten in seinem Buch zurück und fuhr dann mit seinem dicken Finger eine Spalte entlang. Er tippte auf einen Eintrag. „Ja. Dienstagmorgen. Sie wollte ein Taxi. Ich habe den Koffer heruntergebracht und eingeladen. Sie war auf dem Weg zu King's Cross."

„Wie war der Koffer, als Sie ihn heruntergebracht haben?", fragte ich.

„Was meinen Sie?"

„War er leicht? Schwer?"

„Schwer genug, dass ich sie gefragt habe, ob sie nach Amerika segeln würde", sagte Evans langsam und strich seinen Walrossschnurrbart glatt. „Ein kleiner Scherz, wissen Sie?", sagte er, sein Blick schwankte zwischen Jasper und mir hin und her, sein Gesichtsausdruck wurde von Moment zu Moment besorgter. „Aber sie hat gesagt, nein, sie sei auf dem Weg nach Edinburgh."

„Und haben Sie am Dienstag einen Blick auf ihr Gesicht geworfen?", fragte ich.

„Nein, als ich nach oben gekommen bin, um den Koffer zu holen, sagte sie, sie würde gleich nachkommen und hat mich damit vorausgeschickt, um ein Taxi zu rufen. Als sie aus dem Gebäude gekommen ist, waren der Taxifahrer und ich damit beschäftigt, den Koffer einzuladen."

„Haben Sie noch einmal mit ihr gesprochen, als Sie ihr die Tür des Wagens geöffnet haben?", fragte ich.

„Nein, das hat der Taxifahrer getan."

„Also haben Sie ihr Gesicht nie gesehen."

„Wie auch? Sie hat geniest und sich die Nase geputzt."

„Und sie hat ihr Taschentuch vors Gesicht gehalten, als sie ins Taxi gestiegen ist, wette ich", sagte ich.

„Ja, so war es", sagte Evans, doch er schien von der Genauigkeit meiner Vermutung nicht überrascht zu sein. Mit jeder Frage, die ich stellte, wurden die Falten auf seiner Stirn tiefer.

„Und haben Sie Miss Mallory seitdem gesehen?"

„Nein, sie ist noch nicht aus Edinburgh zurückgekehrt." Er blätterte die Seiten vorsichtig zu dem Abschnitt, in dem er sich Notizen zu den heutigen Aktivitäten machte, und strich dann mit seiner großen Handfläche über den Buchsteg. „Das hat etwas mit Ihren Ermittlungen zu tun. Glauben Sie, dass in der Wohnung der jungen Damen etwas passiert ist?"

„Ich fürchte ja. Aber das sollten wir vorerst lieber für uns behalten."

„Natürlich. Ich werde unsere Unterhaltung nicht einmal im Buch vermerken. Normalerweise würde ich aufschreiben, worüber wir gesprochen haben, für den Fall, dass es später noch einmal auftaucht." Er tippte sich an die Stirn. „Der alte Gehirnkasten kann sich nicht alles merken, wissen Sie, aber heute werde ich es lassen."

„Vielen Dank für Ihre Diskretion." Ich schob ein paar Geldscheine unter die Schreibunterlage.

„Das ist nicht nötig, Miss Belgrave." Evans zog das gefaltete Geld unter dem schweren Buch hervor und streckte die Hand aus, um es zurückzugeben, aber ich trat einen Schritt zurück.

„Betrachten Sie es als Dankeschön, dass Sie meine neugierigen Fragen ertragen haben", sagte ich.

Sein dichter Schnurrbart bewegte sich, als er lächelte. „Ich helfe den Bewohnern immer gern. Das ist meine Aufgabe."

„Dann betrachten Sie es als Bonus." Ich machte ein paar Schritte auf den Aufzug zu, als seine Worte über das Buch mich auf eine Idee brachten. Ich eilte zurück und legte meine Hände auf die Theke. „Evans, notieren Sie alles, was passiert?"

„Ja. Wann Leute kommen und gehen, Lieferungen, Besucher, alles."

„Sogar das Eintreffen von Telegrammen?"

„Oh ja. Manche Bewohner wollen genau wissen, wann ein Paket oder Telegramm angekommen ist."

„Ausgezeichnet. Ist am Montag ein Telegramm für Miss Mallory angekommen?"

Evans' dicke Augenbrauen senkten sich wieder. „Das glaube ich nicht." Er blätterte die Seiten zurück und ließ seine Finger erneut über die Spalten gleiten. Er ging die Seite zweimal durch, dann blickte er auf und schüttelte den Kopf. „Nein. Für Wohnung 225 ist am Montag kein Telegramm angekommen."

„Evans, Sie waren sehr hilfreich. Das ist genau das, was

ich wissen musste. Und bitte immer noch kein Wort über den Koffer oder das Telegramm an irgendjemanden."

„Ich scheine mich an nichts über einen Koffer oder ein Telegramm zu erinnern", sagte er, und sein Gesichtsausdruck wurde ausdruckslos.

„Danke, Evans."

„Es freut mich, dass ich Ihnen helfen konnte. Wenn hier etwas Ungehöriges passiert, möchte ich, dass es unterbunden wird. Dies ist ein schöner Arbeitsplatz, und ich möchte meine Position behalten."

„Oh, ich denke, Sie – und Ihr Buch – werden bei der Lösung dieser Angelegenheit von unschätzbarem Wert sein."

Als Jasper und ich zum Aufzug zurückkehrten, sagte ich leise: „Wir sind auf dem richtigen Weg. Ich schätze, es ist unangebracht, dass ich einen kleinen Anflug von Hochgefühl verspüre, aber das tue ich."

„Trotz der Umstände ist es befriedigend, die Wahrheit herauszufinden", sagte Jasper.

„Natürlich wird das ein wenig gedämpft durch das Wissen, dass die Lügen, die wir aufgedeckt haben, es sicherer denn je erscheinen lassen, dass Constance Lola ermordet hat."

Die Bewegung der Eingangstür erregte meine Aufmerksamkeit, und ich war überrascht, Minerva dem Türsteher zunicken zu sehen, als sie eintrat.

Ich ging durch das Foyer zu ihr. „Minerva, ich habe nicht erwartet, dass du so schnell zurückkommst. Wie geht's deiner Mutter?"

„Gut. Unerwartet gut. Sie braucht mich tatsächlich überhaupt nicht." Sie begrüßte Jasper und wandte sich dann wieder mir zu. „Die Situation ist überhaupt nicht, was ich befürchtet habe. Der Arm meiner Mutter ist verstaucht, nicht gebrochen. Die Nachricht des Arztes war etwas verstümmelt. Ein paar Wochen Ruhe, und sie wird wieder ganz die Alte sein."

„Oh, ich bin so froh, das zu hören."

„Und die Frau des Pfarrers hat eine Schwester, eine Witwe, die die Pfarrei besucht. Sie möchte im Dorf bleiben. Meine Mutter hat mit ihr – der verwitweten Schwester – vereinbart, dass sie bei uns einzieht und sich um das Kochen und Putzen kümmert. Offenbar ist die Frau in einer schwierigen Situation. Ihre einzige Tochter hat kürzlich geheiratet und ist mit ihrem neuen Ehemann nach Kanada gezogen. Sowohl meine Mutter als auch die verwitwete Schwester sind von der Vereinbarung begeistert. Alle meine Sorgen um sie waren gänzlich unbegründet. Der Dorfarzt hat mir versichert, dass ihre Momente der Vergesslichkeit typisch für ihr Alter sind und kein Grund zur Sorge besteht. Und meine Mutter hat mir ziemlich deutlich erklärt, dass sie durchaus in der Lage ist, ihr Leben selbst zu regeln. Sie sagte mir, ich solle nach London zurückkehren und in ein paar Wochen wieder zu Besuch kommen."

„Das sind gute Neuigkeiten."

„Ja, es hat ziemlich gut geklappt. Ist während meiner Abwesenheit etwas passiert?"

Ich zog sie zum Aufzug. „So viel, du wirst es kaum glauben."

KAPITEL VIERUNDZWANZIG

*J*asper und ich begleiteten Minerva nach oben zu ihrer Wohnung. Wir warteten schweigend, während der Träger ihren Koffer abstellte. Als Jasper die Tür hinter sich schloss, fragte Minerva: „Was habt ihr herausgefunden?" Sie hatte Hut und Mantel noch nicht abgenommen, und ihre behandschuhten Finger umklammerten den Riemen ihrer Handtasche.

Ich deutete auf das Sofa. „Setzen wir uns, und ich erzähle dir alles."

Sie trat zurück und winkte uns ins Wohnzimmer. „Ich vergesse meine Manieren. Ja, bitte kommt rein."

„Und vielleicht könnte Jasper uns etwas zu trinken besorgen?" Ich fing seinen Blick auf und richtete meinen dann auf die Hausbar im Esszimmer.

Minerva setzte sich auf die Stuhlkante und zupfte an den Fingern ihrer Handschuhe, um sie von ihren Händen zu lösen. „Dann ist es so schlimm?"

„Es sind keine guten Nachrichten", sagte ich, als das Klirren von Glas aus dem Esszimmer zu hören war. Minerva steckte ihre Handschuhe in die Tasche, verschränkte dann die Finger um ihre Knie und wartete mit angespannter Haltung.

„Ich fürchte, es war Lola, die in den Teppich eingewickelt war."

Minerva rührte sich nicht, aber alle Farbe verschwand aus ihrem Gesicht. „Oh, das ist schrecklich!"

Jasper reichte ihr ein Brandyglas, und sie nahm es automatisch.

„Trink' ein bisschen. Das wird gegen den Schock helfen."

Sie nippte, dann holte sie tief Luft. „Bist du sicher, Olive?"

„So sicher ich nur sein kann", sagte ich und erzählte ihr dann, was Jasper und ich entdeckt hatten. „Du siehst also, es hatte überhaupt nichts mit der Wohnung der Darkwaiths oder irgendetwas im Zusammenhang mit dem Keller zu tun. Constance muss die Leiche in Lolas großen Koffer gesteckt haben und durch das Foyer marschiert sein, während Evans sie für sie zum Taxi getragen hat."

Minerva hatte noch ein paar Schlucke von ihrem Brandy getrunken, und jetzt sah ihr Teint nur noch blass und nicht mehr kalkweiß aus. „Das ist schrecklich. Warum sollte Constance das tun?"

„Gier, denke ich. Constance hat zweifellos bewiesen, dass sie den Leuten – zumindest vorübergehend – vorgaukeln kann, dass sie Lola ist. Wenn es Constance gelingt, die Geschichte aufrechtzuerhalten, dass Lola nur verreist ist, hat Constance Zugang zu allem, was Lola gehört hat. Solange sie halbwegs Lolas Unterschrift fälschen kann, kann Constance Abhebungen von Lolas Bank vornehmen."

Jasper hatte ein Feuer angezündet, und nun stand er mit dem Schürhaken in der Hand da und stocherte damit im Kamin herum. „Sie könnte das Konto sogar zu einer anderen Institution verlegen. Es wäre ein dreister Schachzug, aber sicher auch der klügste. Denn dann müsste sich nicht mit Kassierern und Bankangestellten auseinandersetzen, die Lola kannten."

Minerva stieß einen zittrigen Seufzer aus. „Ich hatte fast gehofft, dass ich mich irre – auch wenn das bedeutet hätte, dass hier oben was nicht stimmt" – sie tippte sich an die Schläfe – „aber zu wissen, dass ich recht hatte ..." Sie trank den Rest des Brandys in einem Zug aus. „Nun, das ist eine andere Art von Schrecken. Wo ist der Koffer jetzt?"

Diese Frage schmerzte. Sie hatte an mir genagt und mir unter den Nägeln gebrannt, seit Jasper und ich erfahren hatten, dass eine Frau, die wie Lola aussah, die South Regent Mansions am Dienstag mit einem großen Koffer verlassen hatte. „Ich weiß nicht. Das ist die Schwachstelle des Arguments, und ich weiß, dass die Polizei sich darauf konzentrieren wird. Wenn Constance sich als Lola verkleidet hat und mit dem Flying Scotsman bis York gefahren ist, dort aber aus dem Zug ausgestiegen wäre, wäre es sinnvoll, dass sie auch das Gepäck aus dem Zug mitgenommen hätte."

Jasper legte den Schürhaken weg und lehnte sich mit einer Schulter an den Kaminsims. „Ja, denn wenn sie den Koffer im Zug gelassen hätte, wäre er entdeckt worden, sobald alle Passagiere ausgestiegen sind."

„Ich wette also, dass Constance gleich nach ihrer Ankunft in York einen anderen Hut und einen anderen Mantel angezogen hat, etwas weniger Auffälliges, das sie mitgebracht haben musste. Sobald sie den auffälligen mintgrünen Mantel und den Hut ausgezogen hatte, konnte sie den Koffer in der Gepäckaufbewahrung am Bahnhof in York zurücklassen. Dann ist sie entweder in derselben Nacht oder am nächsten Tag in ihrer üblichen Kleidung nach London zurückgekehrt."

„Wie wirklich entsetzlich", sagte Minerva. „Deshalb hast du Lolas wunderschönen Mantel und Hut in Constance' Zimmer gefunden." Das Feuer prasselte, das einzige Geräusch im Raum, dann holte Minerva tief Luft. „Danke, dass du so hartnäckig bist, Olive. Du hast deinen Teil der Abmachung erfüllt. Tatsächlich hast du mehr getan, als ich verlangt habe. Du hast nicht nur herausgefunden, wer vermisst wird, sondern du hast auch einen Ort, an dem die Polizei nach der Leiche suchen kann. Jetzt werde ich tun, was ich versprochen habe." Sie stellte ihr leeres Glas auf den Sofatisch und holte ihre Handschuhe aus der Handtasche. „Ich gehe zur Polizei." Ihr wurde bei dieser Aussicht schlecht, als sie mit ruckartigen Bewegungen ihre Handschuhe anzog.

„Wenn ich einen Vorschlag machen dürfte", sagte ich.

Minerva blickte auf. „Bitte. Vor allem, wenn es meinen Besuch bei der Polizei hinauszögert."

„Nur eine kleine Verzögerung, aber ich denke, es ist der beste Ansatz. Lass mich Inspector Longly kontaktieren. Er ist mit meiner Cousine verlobt und im Großen und Ganzen ein vernünftiger Kerl. Er wird dir zuhören, und wenn wir die Notwendigkeit der Diskretion betonen, wird er meiner Meinung nach alles tun, um dafür zu sorgen, dass die Situation so unauffällig wie möglich untersucht wird."

Minervas Hände sanken auf ihren Schoß. „Danke, Olive. Ich würde das sehr zu schätzen wissen. Der Gedanke, zur Wache zu gehen, klingt tatsächlich ziemlich grässlich."

„Ich werde sehen, ob er hierherkommen kann. Vielleicht in meine Wohnung?"

„Ja, das wäre gut. Also gut." Sie stand auf. „Ich sollte mein Reisekostüm ausziehen und meine Gedanken sortieren. Ich muss so passabel und bei klarem Verstand wie möglich aussehen."

Mir gefiel die Idee nicht, Minerva alleinzulassen, aber ich stellte ihr Brandyglas in die Spüle, und Jasper und ich verließen ihre Wohnung. Als ich den Flur überquerte, blickte Jasper auf seine Armbanduhr. Ich hielt inne, meine Hand auf dem Türknauf meiner Wohnung. „Bleibst du hier?"

„Ich hasse es, dich an dieser Stelle im Stich lassen zu müssen, aber ich habe einen Termin, den ich einhalten muss. Sollte aber nicht lange dauern."

„Eine Verpflichtung der geheimen Art, nehme ich an?" Jasper lächelte einfach.

„Dann nur zu", sagte ich. „Ich werde dich wissen lassen, wie es läuft."

„Und du hast wirklich vor, alles in Inspector Longlys Schoß fallen zu lassen?"

„Ja, so ungern ich das auch tue, ohne Antworten auf absolut alle meine Fragen zu haben."

„Aber du bist klug genug zu wissen, dass es Zeit ist, die Polizei eingreifen zu lassen." Er setzte seinen Fedora auf den Kopf. „Ich bin ziemlich stolz auf dich, dass du angeboten hast, Longly anzurufen, anstatt die Sache allein weiterzuverfolgen."

Ich verzog das Gesicht. „So ungern ich ihn auch kontaktiere, ich habe gelernt, dass es schreckliche Folgen haben kann, allein weiterzumachen. Ich möchte mich nicht noch einmal in einer solchen Situation wiederfinden."

~

INSPECTOR LONGLY WAR PÜNKTLICH. Als er anklopfte, fiel Minervas Teetasse klappernd auf ihre Untertasse. Ich warf ihr ein aufmunterndes Lächeln zu, bevor ich zur Tür ging.

„Hallo, Inspector", sagte ich, als ich ihn ins Wohnzimmer führte. Longly war Anfang dreißig und hatte hellbraunes Haar und einen dünnen Schnurrbart. Wenn ich ihn zusammen mit meiner Cousine Gwen traf, bemühte ich mich, ihn mit seinem Vornamen Lucas anzusprechen, aber dies schien eine angemessene Gelegenheit zu sein, seinen Titel zu verwenden. Ich hatte ihn vor Kurzem in entspannter gesellschaftlicher Atmosphäre – Dinnerpartys und Familienfeiern – in Gwens Gesellschaft erlebt und einen Blick auf seine außerdienstliche Seite erhaschen können, aber heute war er zu seinem professionell zurückhaltenden Verhalten zurückgekehrt. Ich war froh zu sehen, dass er allein war. Longly musste seinen Sergeant auf der Wache zurückgelassen haben, aus Rücksicht auf meine Bitte, die Befragung so informell wie möglich zu halten.

Ich stellte ihn Minerva vor. Das einzige Anzeichen ihrer Nervosität waren ihre Hände, die im Stehen ihren Rock glattstrichen. Minerva trug wieder ihr strenges graues Kostüm. Mit ihrem zu einem Dutt zurückgebundenen Haar und dem dezenten Lippenstift sah sie aus, als wäre sie bereit, das Diktat eines Seniorpartners einer alteingesessenen Kanzlei entgegenzunehmen.

Longly, ein Veteran des Ersten Weltkriegs, hatte seinen Ärmel an seinem Jackett festgesteckt, und es hätte einen unangenehmen Moment geben können, als Minerva automatisch ihre rechte Hand ausstreckte, um ihm die Hand zu schütteln, dann jedoch innehielt. Er hob seine rechte Schulter, wodurch der leere Ärmel verschoben wurde. „Normalerweise begnüge ich mich mit einem Nicken." Er überspielte den unbehaglichen Moment mit einem Lächeln, das Minerva zu beruhigen schien. „Freut mich, Sie kennenzulernen, Miss Blythe."

Er nahm die angebotene Tasse Tee, trank einen Schluck und stellte sie beiseite. Dann zog er ein kleines Notizbuch aus der Tasche, öffnete es mit geschickten, geübten Bewegungen mit einer Hand und griff nach dem Bleistift, das als Lesezeichen vor der ersten leeren Seite steckte. „Nun, Olive sagt mir, dass es hier in den South Regent Mansions gewisse Probleme gibt, die untersucht werden müssen. Warum fangen Sie nicht damit an, mir Ihre Adresse und Telefonnummer zu geben?"

Er notierte Minervas Informationen, und es war offensichtlich, dass er sich ziemlich gut daran gewöhnt hatte, mit der linken Hand zu schreiben.

Er hielt den Bleistift sicher und klemmte das Notizbuch mit der Handkante fest. Er notierte die Einzelheiten so schnell, wie Minerva sprach. Nachdem das erledigt war, sagte er: „Erzählen Sie mir also etwas über die Situation."

Minerva räusperte sich. „Es begann am Montag. Ich hatte einen Termin in der Fleet Street. Als ich zur Tür hinausging, blickte ich auf die Uhr, denn ich war ein bisschen spät dran. Es war zwölf Uhr vierundvierzig ..."

Longly ließ sie es in ihrem eigenen Tempo erzählen. Sie ging den Tag chronologisch durch und beschrieb, was sie gesehen hatte, wie sie darauf reagierte und warum sie nicht sofort die Polizei kontaktiert hatte. Longly äußerte sich nicht, nickte nur und schrieb weiter in sein Notizbuch.

Als sie so weit war zu beschreiben, dass sie mich für die Ermittlungen rekrutiert hatte, sah er mich an, unterbrach sie aber nicht. Minerva berichtete, dass wir herausgefunden hatten, dass es sich bei der Leiche wahrscheinlich um jemanden handelte, der im zweiten

Stock wohnte. „Olive sollte Ihnen wahrscheinlich den Rest erzählen, wie sie nach allen Bewohnern gesehen hat", sagte Minerva, während die Anspannung in ihrer Stimme nachließ, als sie mir die Geschichte übergab.

Longly drehte sich zu mir um, und ich fasste das Wesentliche zusammen, dass ich überprüft hatte, ob jede Person im Gebäude gesund und munter war. Ich hielt meinen Bericht kurz – insbesondere, was die Wohnung der *Darkwaiths* anging. Ich beschrieb, dass ich dachte, ich hätte bestätigt, dass alle am Leben waren, und sagte dann: „Aber ich hatte mich geirrt. Ich hatte einen Fehler gemacht. Es wurde mir klar, als ich in der Wohnung von Constance und Lola war."

Ich beschrieb, was ich in der Wohnung vorgefunden hatte, und ging dabei nicht darauf ein, wie ich hineingekommen war. Es könnte der Eindruck entstanden sein, dass Lola mir einen Schlüssel gegeben hatte, weil ich ihre Nachbarin war. Ich beeilte mich, zu beschreiben, dass ich Lola nicht von Angesicht zu Angesicht gesehen hatte und dass Constance sich als Lola ausgegeben und mich am Montagabend getäuscht hatte. Ich erzählte ihm von dem Koffer und wie Constance sich im Flying Scotsman weiter als Lola ausgegeben hatte sowie von unserer Vermutung, dass der Koffer sich wahrscheinlich unter dem Gepäck befand, das in der Gepäckaufbewahrung des Bahnhofs in York „vergessen" worden war.

Als ich fertig war, hielt Longly inne, als hätte er so viele Fragen, dass er sich entscheiden musste, wo er anfangen sollte. Schließlich richtete er seine Aufmerksamkeit wieder auf Minerva. „Ist Ihnen irgendwas an diesem Fuß aufgefallen? Egal was. Ein Kratzer? Eine Sommersprosse? Vielleicht ein Hühnerauge? Irgendwas?"

„Nein, etwas Derartiges habe ich nicht gesehen, aber

ich habe das hier für Sie gezeichnet." Sie nahm ihr Skizzenbuch vom Tisch neben sich, öffnete es und drehte es dann um, sodass er ihre Zeichnung des Teppichs sehen konnte, der am Türrahmen der Wohnung der Kemps lehnte.

Das Bild hatte die übliche Sparsamkeit der Striche und ihr schlichter Stil verstärkte nur die gruselige Wirkung des Bildes.

Longly sagte: „Darf ich das behalten?"

„Natürlich." Sie drückte die gegenüberliegende Seite herunter und riss die Seite aus der Bindung. Longly dankte ihr und steckte sie in eine Innentasche seiner Jacke, dann wandte er seinen Blick wieder mir zu. „Die Beweise, die Sie haben, sind also, dass sich die Handtasche von Miss Dolores Mallory zusammen mit einem sehr teuren Mantel und einem passenden Hut in ihrer Wohnung befinden?"

„Ja, und die Tatsache, dass die Handtasche einen wichtigen Brief enthielt, den sie laut Lola immer bei sich trug."

Longly nickte, aber ich konnte sehen, dass er nicht überzeugt war. „Das ist eine ziemlich wackelige Basis für eine Anschuldigung."

Ich rutschte auf meinem Sessel nach vorn. „Wo ist Lola dann? Hier in den South Regent Mansions gibt es keine Spur von ihr. Evans hat sie seit Montag nicht mehr gesehen – und ich bin sicher, dass Lola nicht die Frau war, die Evans gesehen hat. Es war Constance in Lolas Mantel und Hut. Constance geht mir aus dem Weg. Ich habe sie mehrmals nach einer Adresse gefragt und versucht herauszufinden, wo Lola in Edinburgh ist, und jedes Mal hat Constance mich vertröstet. Lola ist verschwunden. Das ist der überzeugendste Beweis. Daran ist nichts wackelig. Ich bin mir sicher, dass Sie alle Beweise, die Sie brauchen, in der Gepäckaufbewahrung des Yorker Bahnhofs finden werden."

Jemand klopfte an meine Tür, und ich runzelte die Stirn. Ich erwartete niemanden, es sei denn, Jasper wäre zurückgekommen, doch normalerweise rief er an, bevor er herkam. „Entschuldigung", sagte ich, und Minerva warf mir einen kurzen, flehenden Blick zu. Ich wusste, dass sie nicht mit Longly alleingelassen werden wollte, also entschuldigte ich mich und verließ schnell das Wohnzimmer. Longly stellte Minerva eine weitere Frage darüber, was sie am Nachmittag getan hatte, unmittelbar nachdem sie den gerollten Teppich gesehen hatte.

Ich würde, wer auch immer im Flur war, abwimmeln und so schnell wie möglich ins Wohnzimmer zurückkehren, doch als ich die Tür aufriss, stand Constance auf der anderen Seite der Schwelle. „Ich habe nur einen Moment." Sie hielt ein Stück Papier entgegen. „Endlich habe ich Lolas Adresse in Edinburgh."

Ich war so fassungslos, dass ich mich einen Moment lang nicht bewegte.

Constance wedelte mit dem Papier. „Na, wollen Sie es nun oder nicht?"

„Ja, natürlich." Ich nahm das Papier. „Haben Sie von Lola gehört? Haben Sie mit ihr gesprochen?"

Das Glöckchen des Aufzugs klingelte, als er auf der Etage ankam. Constance warf einen Blick über die Schulter und dann wieder zu mir. „Tut mir leid. Ich muss rennen, sonst komme ich zu spät zur Arbeit, aber ich wollte Ihnen die Adresse geben. Es schien Ihnen so wichtig, sie zu kontaktieren." Sie sprach die letzten paar Worte, während sie rückwärts ging, dann drehte sie sich um und eilte zum Aufzug. Sie öffnete die Tür, schlüpfte hinein und schob die Metalllamellen zu, während der Aufzug nach unten fuhr.

Ich eilte zurück ins Wohnzimmer und unterbrach Minervas leise Worte. „Ich fasse es nicht. Constance hat mir gerade Lolas Adresse in Edinburgh gebracht." Ich hielt das Papier hoch.

Longly stand auf, und ich sagte: „Wenn Sie sich beeilen, können Sie sie immer noch aufhalten."

„Es ist besser, wenn ich jetzt nicht auf sie zugehe." Er steckte sein Notizbuch in die Tasche. „Darf ich den Zettel sehen?"

„Natürlich." Es war ein einzelnes Blatt, das in der Mitte gefaltet war. Er ergriff es am Rand und neigte es, sodass es auffiel, dann neigte er den Kopf, um die Adresse zu lesen. „Mitten in Edinburgh, wenn ich mich nicht irre. Ich werde das von einem Kollegen überprüfen lassen."

Er steckte den Zettel in die Tasche seines Jacketts und ging dann zu dem Tisch, wo ich seinen Hut abgelegt hatte. Er nickte uns beiden zu und sagte: „Vielen Dank für die Informationen, die Sie mir heute gegeben haben, und für Ihre Zeichnung, Miss Blythe. Ich werde mir alles ansehen und Sie wissen lassen, was ich herausgefunden habe."

KAPITEL FÜNFUNDZWANZIG

„Unglaublich." Ich ließ mich auf das Sofa fallen. „Dass Constance mir jetzt endlich Lolas Adresse gegeben hat! Ich fass' es nicht. Ich kann es einfach nicht glauben."

Minerva sagte: „Sosehr ich mir auch wünschen würde, dass Lola am Leben ist – auch wenn das bedeuten würde, dass ich mich in dem, was ich gesehen habe, geirrt habe –, glaube ich es auch nicht. Constance lügt. So einfach ist das. Sobald der Inspector es überprüft, wird ihm das auch klar sein."

„Was hat zur plötzlichen Änderung deiner Einstellung gegenüber der Polizei geführt? Warum das plötzliche Vertrauen in sie?"

„Inspector Longly war überhaupt nicht das, was ich erwartet hatte. Er hat mir tatsächlich zugehört, und ich fühle mich" – sie neigte den Kopf und betrachtete den leeren Kamin – „erleichtert. Ja, das ist es. Erleichtert, die ganze Sache dem Inspector übergeben zu haben. Ich glaube, dass er sich alles genau ansehen wird, so wie er es gesagt hat. Wenn er das tut ... nun, wir wissen, was er finden wird. Lola wird wirklich vermisst, und sobald er die Gepäckaufbewahrung in York überprüft ..." Sie verstummte und verschränkte die Arme, als wäre ihr kalt. „Du solltest dich nicht verrückt machen. Dass Constance mir die Adresse gegeben hat, wird dem Inspector meinen Standpunkt besser beweisen als jedes andere Argument, das wir vorbringen könnten."

„Ja, das stimmt." Ich erlaubte Minerva, die leeren Tassen einzusammeln und sie auf das Teetablett zu stellen. „Das Einzige, was wir jetzt tun können, ist warten."

„Ich hasse es zu warten."

„Das weiß ich, Olive. Du würdest viel lieber nach York und Edinburgh sausen. Du kannst den Inspector genauso gut seine Arbeit machen lassen. Allein die Fahrt nach York würde Stunden und Stunden dauern, ganz zu schweigen von Edinburgh. Inspector Longly wird wahrscheinlich noch vor Ende des Tages eine Antwort haben. Tatsächlich wette ich, dass er in ein paar Stunden wieder hier sein und an Constance' Tür klopfen wird."

„Ich hasse es auch, wenn deine Logik unwiderlegbar ist."

Minerva lächelte, als sie sich aufrappelte. „Nun, ich gehe nur ungern, aber ich muss mich für die Geburtstagsfeier im Rules umziehen. Zumindest wird mich das für eine Weile ablenken."

„Die Feier im Rules?", fragte ich.

„Erinnerst du dich nicht? Der Geburtstag des alten Harrison?"

„Das ist heute Abend? Das wusste ich nicht. Du gehst hin?"

„Jetzt, wo ich wieder in der Stadt bin, habe ich keine Ausrede, nicht hinzugehen. Wenn er herausfindet, dass ich nach London zurückgekehrt und nicht gekommen bin, wird er es als Brüskierung auffassen. Es wird ihm nur noch mehr Munition geben, die er seinen üblichen Kränkungen und Seitenhieben hinzufügen kann, und es wird seine Entschlossenheit, mich loszuwerden, festigen."

Nachdem Minerva gegangen war, erledigte ich den Abwasch und machte dann in der Dämmerung einen langen Spaziergang durch die Nachbarschaft, weil ich dachte, dass die körperliche Betätigung meinen nervösen und unruhigen Zustand lindern könnte. Ich kehrte müde und mit von der Winterluft kalten Wangen in die South Regent Mansions zurück, doch die Ungeduld brodelte immer noch in mir.

Ich rollte ein neues Blatt Papier in die Remington und blätterte mehrere Seiten mit Übungslektionen zum Tippen durch. Die Aktivität würde mich zumindest von der Warterei ablenken. Ich war gerade bei meiner dritten Übung, als mich ein Klopfen an der Tür unterbrach.

Minerva war gerade dabei, ihren Abendumhang umzulegen, und ich erhaschte einen Blick auf ihr saphirblaues, mit Kristallperlen besetztes Samtkleid, bevor sie die Knöpfe an ihrem Umhang schloss. Normalerweise hätte ich angemerkt, wie hübsch sie aussah, doch ein Blick in ihr niedergeschlagenes Gesicht vertrieb alle Gedanken an Mode. „Hast du von Inspector Longly gehört?"

„Er hat angerufen. Im zurückgelassenen Gepäck am Bahnhof in York war kein verdächtiger vergessener Koffer."

Ich war so verblüfft, dass ich einen Moment brauchte, bis ich ein einziges Wort fand. „Was?"

Sie nickte, ihr Gesicht war traurig. „Ich weiß, aber das hat er gesagt. Und es wird noch schlimmer. Sein Kollege ist zu der Adresse in Edinburgh gegangen und hat sich als

Almosensammler für eine Veteranen-Wohltätigkeitsorganisation ausgegeben. Lola war da."

„Aber das kann nicht sein."

„Genau das, was ich dachte. Ich habe ihn ausgefragt, aber er ist überzeugt."

„Aber warum hat es dann so lange gedauert, ihre Adresse zu bekommen?", fragte ich. „Warum war es so schwierig, Kontakt zu ihr aufzunehmen?"

„Anscheinend war ihre Verwandte schwer krank. Nachrichten zu verschicken – oder Constance' Nachrichten zu beantworten – war das Letzte, woran Lola gedacht hat."

„Er ist sicher, dass es Lola ist?"

„Ja. Blondes Haar, helle Haut und eine kecke Nase", sagte Minerva.

„Das war die Beschreibung des Polizisten? Klingt, als wäre Longlys Kollege ziemlich begeistert gewesen."

Meine Worte brachten ein kleines Lächeln auf Minervas Gesicht. „Nein. Der Inspector hat sie gebeten, im Zeitungsarchiv nach einem Foto von ihr zu suchen, bevor sie zu dieser Adresse gegangen sind. Der Kollege des Inspectors berichtete, dass die Frau den Fotos von Lola, die bei der Beerdigung ihres Großvaters aufgenommen wurden, sehr ähnlich war. Der Fall ist also abgeschlossen."

„Abgeschlossen?" Meine Stimme stieg über ihre übliche Tonhöhe hinaus. „Auf Grundlage der Aussage einer Frau und eines alten Zeitungsfotos? Hat Inspector Longly tatsächlich gesagt, dass der Fall abgeschlossen ist?"

„So gut wie. Er war höflich, aber ich hatte das Gefühl, dass er dringendere Angelegenheiten hatte, mit denen er sich befassen musste."

„Das ist erschreckend", sagte ich. Und sieht Longly so gar nicht ähnlich, dachte ich, doch das behielt ich für mich.

Vielleicht steckte hinter Longlys Untersuchung mehr, als Minerva erkannte. Longly würde einem Zeugen nicht alle Einzelheiten eines Falles mitteilen – das wusste ich aus eigener Erfahrung. Jedenfalls machte er es einem normalerweise nicht leicht. „Ich frage mich, wie aktuell das Foto war."

Minerva fummelte am Verschluss ihrer Tasche herum. „Mir kam derselbe Gedanke. Diese Bilder sind furchtbar grobkörnig." Sie stieß einen tiefen Seufzer aus. „Ich war mir so sicher, dass du recht mit dem hattest, was passiert ist. Ich habe an dem gezweifelt, was ich am ersten Tag gesehen habe, aber jetzt bin ich mir sehr sicher, dass ich mich nicht geirrt habe."

„Das glaube ich auch."

„Aber was sollen wir machen, wenn die Polizei das nicht weiterverfolgt?"

„Lass uns noch nicht aufgeben. Vielleicht ist diese Frau in Edinburgh eine Betrügerin."

„Das denkst du?" Sie reagierte auf meinen Vorschlag mit einem Eifer, der mir sagte, dass sie die Möglichkeit ebenfalls in Betracht gezogen hatte. „Ich gestehe, mir kam der gleiche Gedanke – dass Constance dafür gesorgt hat, dass jemand, der Lola ähnelt, unter dieser Adresse zu finden war. Aber das scheint mir ziemlich mühsam, oder?"

„Denk aber an das Geld. Es steht ein Vermögen auf dem Spiel. Wenn ich weiter gedrängt und weiter versucht hätte, Lola zu erreichen, hätte das irgendwann Fragen aufgeworfen – für Constance unangenehme Fragen. Gibt es einen besseren Weg, weiteren Fragen einen Riegel vorzuschieben, als mir eine Adresse zu geben und jemanden vor Ort zu haben, der entgegennimmt, was ich vielleicht schicke? Vielleicht hatte Constance Angst, dass ich meinen Bericht persönlich vorbringen würde. Ich habe das Anfang dieser Woche versucht. Ich bin sicher, dass man eine Schauspielerin finden könnte, die für ein paar Tage die Rolle der jungen Frau spielt."

Die Reiseuhr in meiner Wohnung schlug die Viertelstunde, und Minervas Mund verzog sich zu einer Grimasse. „Ich habe keine Lust auf diese Party, aber ich sollte gehen."

„Ja, geh. Auch wenn dir die Gesellschaft nicht gefällt, wenigstens das Essen ist ausgezeichnet da. Ich werde sehen, ob ich Longly noch irgendwelche Informationen entlocken kann."

„Glaubst du, dass du das schaffen wirst?"

„Ich werde es auf jeden Fall versuchen."

Minerva ging, und ich rief Longlys Büro an, konnte aber nur eine Nachricht hinterlassen. Ich legte den Hörer wieder auf die Gabel und trommelte mit den Fingern auf dem Schreibtisch. Vielleicht sollte ich Gwen anrufen? Sie musste Longlys Privatnummer habe. Ich überlegte, doch am Ende schob ich das Telefon in die hintere Ecke des Schreibtisches und wandte mich wieder meinen Tippübungen zu.

Ich neigte dazu, voranzupreschen, wenn mir eine Idee kam, aber ich hatte gelernt, dass es manchmal unerwartete Auswirkungen hatte, wenn ich Hals über Kopf zur Tat schritt. Ich wollte nicht, dass Inspector Longly glaubte, ich würde hinter seinem Rücken versuchen, ihn durch Gwen zu manipulieren. Und ich wollte auf keinen Fall einen Streit zwischen Gwen und Longly provozieren. Aber wenn er den Fall abgeschlossen hatte, wäre ich durchaus gewillt, Beziehungen spielen zu lassen, wenn das der letzte Ausweg wäre. Ich würde geduldig sein und darauf warten, dass Longly auf meine Nachricht reagierte. Ich wusste, dass er es tun würde. Constance wusste nicht, dass wir die Polizei auf sie aufmerksam gemacht hatten. Ich würde ihm eine Stunde geben, und wenn ich bis dahin nichts von ihm hörte, würde ich Gwen anrufen. Ich entschied mich, Jasper anzurufen, um ihm mitzuteilen, was passiert war, aber Grigsby informierte mich mit vor Missbilligung triefender Stimme – er war der Meinung, dass junge Damen keine Herren anrufen sollten –, dass Jasper außer Haus war.

Ich schien die Einzige zu sein, die zu Hause war. Ich warf mich in meinen Schreibtischstuhl und beendete meine Tippübungen. Aber das Ergebnis war schlecht und voller Fehler, denn die Fragen, die in meinem Hinterkopf schwelten, wollten nicht aufhören, mich abzulenken. Ich streckte meine Hände nach vorn aus, um meine Schultern zu entspannen, dann zog ich die Vorhänge vor der Abenddunkelheit zu. Die Nacht war übersät mit Punkten von Straßenlaternen und Fenstern, die vor dem schwarzen Hintergrund leuchteten wie die Kristalle auf Minervas Samtkleid. Unruhig warf ich einen Blick auf die Uhr – es war erst eine halbe Stunde vergangen – und ging in der Wohnung auf und ab. Schließlich schaltete ich das Radio ein, und die Klänge eines Jazzorchesters erfüllten die Wohnung. Dann rief ich in der Küche an und bestellte ein Abendessen aus Suppe, Brötchen und Käse.

Ich toastete gerade das Brötchen in der Küche und dachte, mein Abendessen sei ein ziemlicher Kontrast zu dem gebratenen Hammelrücken, den Minerva wahrscheinlich aß, als das schrille Klingeln des Telefons die Musik aus dem Radio übertönte. Ich rannte zum Schreibtisch und erwartete Longlys Stimme, doch als ich mich meldete, unterbrach Minervas aufgeregte Stimme meine Begrüßung, ihre Worte voller Aufregung. „Olive, Constance ist hier!"

„Sie ist heute Abend auch im Rules?"

„Ja, ihr Begleiter beim Abendessen hat schwarze, aus der Stirn zurückgekämmte Haare, einen dünnen Schnurrbart und ein äußerst selbstzufriedenes Auftreten. Wenn ich ihn zeichnen würde, würde ich seine vollen Lippen grinsend darstellen."

Es hörte sich an wie der Mann, den ich mit ihr vor dem Theater gesehen hatte und von dem ich dachte, er sei Alec Woodwiss, doch bevor ich das sagen konnte, fuhr Minerva mit ihrem Monolog fort. „Ich habe etwas ziemlich Leichtsinniges getan. Ich habe sie dabei beobachtet, wie sie gelacht und sich amüsiert haben, und dabei an die arme Lola gedacht. Es ist so furchtbar falsch, Olive, wenn die Polizei sie von jeder Schuld freispricht."

„Ich weiß –"

Es gelang mir, die beiden Worte herauszubringen, aber Minerva holte kaum Luft, bevor sie sagte: „Also habe ich beschlossen, etwas zu tun. Ich habe den Tisch verlassen und bin in die Lobby gegangen – von dort aus rufe ich dich gerade an, vom Lobbytelefon – und habe um Papier und Bleistift gebeten. Ich habe eine Nachricht geschrieben und dem Oberkellner ein Trinkgeld gegeben, damit er sie an Constance' Tisch bringen lässt."

„Haben sie dich nicht gesehen?"

„Die zwei? Nein, sie sind ganz mit sich selbst beschäftigt. Dann bin ich zurück zu meinem Tisch gegangen und habe meinen Stuhl so positioniert, dass sie mich nicht sehen konnten, falls sie sich umblicken sollten, ich sie aber sehen konnte. Der Mann am Tisch mir gegenüber hat einen ziemlich beachtlichen Umfang und hat mir die Sicht versperrt, aber wenn ich mich ein wenig zur Seite gebeugt habe, konnte ich Constance' Gesicht klar sehen. Als sie den Zettel aufgeklappt und ihn gelesen hat, wurde sie weiß wie die Tischdecke und ließ den Zettel fallen, als hätte sie sich die Finger verbrannt. Sie wandte sich sofort dem Mann zu, der bei ihr war. Ich konnte den panischen Ton ihrer Stimme mehrere Tische weiter hören."

Ich wollte Minerva dafür schelten, dass sie ein solches Risiko eingegangen war – schließlich hatte sie mir heute Abend geraten, geduldig zu sein –, aber meine Neugier siegte. „Was hat sie gesagt?"

„Ich konnte die Worte nicht verstehen, nur, dass sie außer sich war. Der Mann hat beruhigend auf sie eingeredet und sich im Raum umgesehen, während er versucht hat, sie zu beruhigen."

„Meine Güte. Was stand in deiner Nachricht?"

„Ich weiß, wo du Lolas Leiche hingeschafft hast."

KAPITEL SECHSUNDZWANZIG

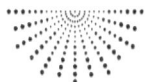

„*M*eine Güte, Minerva!", sagte ich. „Aber wir wissen nicht, wo Lolas Leiche ist! Ich kann nicht fassen, dass du das getan hast."

„Es gibt eine Zeit, mutig zu sein, und eine Zeit, unauffällig zu sein. Dies war eine Zeit, mutig zu sein." Nachdem Minerva mir nun den Kern ihrer Geschichte mitgeteilt hatte, waren ihre Worte langsamer geworden. „Es schien die perfekte Gelegenheit zu sein, herauszufinden, ob wir recht hatten. Ich glaube, der Reaktion von Constance nach zu urteilen, dass dem so ist."

„Da kann ich dir nicht widersprechen", sagte ich.

„Ich habe das Abendessen noch einmal verlassen, um dich anzurufen, weil Constance und der Mann im Begriff sind, zu gehen. Sie haben die Rechnung verlangt."

„Du hast sie verunsichert."

„Ja", sagte sie mit zufriedener Stimme, dann wurde ihr Ton geschäftsmäßig. „Ich bin gerade hinter ihrem Tisch vorbeigegangen und habe es geschafft, ein paar Fetzen ihrer Unterhaltung mitzubekommen. Der Mann bringt Constance zurück in die South Regent Mansions. Lolas

Automobil parkt im Hof, und sie wollen es nehmen, um nachzusehen, wo sie ..." Minerva schluckte, dann schien es, als müsste sie ihre nächsten Worte mit Gewalt herausbringen: „… sie gelassen haben. Lola, meine ich. Sie haben einen Ort namens Ashwick erwähnt – zumindest glaube ich, dass sie das gesagt haben."

„Nie gehört."

„Ich auch nicht. Ich weiß nicht, ob es eine Stadt, ein Dorf oder ein Landgut ist ... aber ich denke, dass sie dorthin fahren wollen."

„Dann müssen wir uns sofort mit Inspector Longly in Verbindung setzen", sagte ich.

„Ich habe versucht, ihn vor dir anzurufen, und eine Nachricht hinterlassen. Wer weiß, wann er sie bekommt? Vielleicht erst morgen früh. Ich werde mich entschuldigen und nach Hause in die Wohnung zurückkommen. Mir ist plötzlich schlecht."

„Ich denke, es wäre besser, wenn du dortbliebest. Wenn sie dich jetzt sehen, könnten sie vermuten, dass die Nachricht von dir stammt. Schließlich wohnst du im zweiten Stock der South Regent Mansions. Du bist wahrscheinlich die Einzige im Restaurant, die sie kennt und auch Lola kannte."

„Aber sie haben mich nicht gesehen."

„Das glaubst du, aber was ist mit dem riesigen Spiegel im Speisesaal des Rules? Vielleicht haben sie dein Spiegelbild gesehen und vermuten schon, dass du die Nachricht geschickt hast. Ich glaube, du bist in einer äußerst gefährlichen Situation. Ein Taxi zu nehmen und allein durch London zu fahren, ist keine gute Idee. Du hast gesagt, du bist am Eingang des Restaurants?"

„Ja. Ich kann in den Speisesaal sehen und habe ihn

während unseres Gesprächs die ganze Zeit beobachtet. Sie sind noch nicht gegangen."

„Dann bleib, wo du bist. Lass sie gehen und geh dann zu deiner Party zurück. Ich werde Inspector Longly anrufen und ihm erzählen, was passiert ist."

„Aber er ist nicht da."

„Ich habe eine andere Möglichkeit, ihn zu kontaktieren."

WENIG SPÄTER STAND ich hinter dem Stamm eines Kastanienbaums im Park gegenüber der South Regent Mansions, und mein Atem bildete kleine weiße Wölkchen. Es dauerte nicht lang, bis ein Taxi anhielt und ein Paar ausstieg. Ich konnte das Gesicht des Mannes nicht erkennen, aber ich erkannte Constance, als sie im Wirbel ihres Abendumhangs ausstieg. Der Mann blieb stehen, damit sie vor ihm hergehen konnte, und sie stapfte die Stufen hinauf und in das Gebäude. Ich machte mich auf den Weg, selbstbewusst, als würde ich jeden Abend einen Mondscheinspaziergang durch London machen. Ich ging um das Gebäude herum und stellte mich in die Eingangsnische eines Ladens, von wo aus ich den Eingang zum Hinterhof der South Regent Mansions sehen konnte.

Ich hatte alle möglichen Wege versucht, um Longly zu erreichen, doch es war mir nicht gelungen. Ich hatte noch eine Nachricht für ihn in seinem Büro hinterlassen und dann Gwen in Parkview Hall angerufen, aber auch sie war nicht da. Zusammen mit dem Rest der Familie speiste sie bei den Nachbarn, die kein Telefon hatten. Brimble, der Butler von Parkview, hatte die private Telefonnummer von Inspector Longly nicht. „Ich fürchte, es bestand nie die

Notwendigkeit, den jungen Mann in seiner Wohnung zu kontaktieren, Miss Olive", hatte er in zutiefst bedauerndem Ton gesagt. „Ich werde Miss Gwen sagen, dass Sie angerufen haben, sobald sie nach Hause kommt."

„Danke, Brimble", hatte ich gesagt. Aber dann wäre es zu spät. „Aber machen Sie sich keine Mühe. Ich werde morgen anrufen und mit ihr sprechen."

„Sehr wohl, Miss."

Ein zweiter Versuch, die Verteidigungswälle des diensthabenden Polizisten zu durchbrechen und ihn davon zu überzeugen, mir Longlys Privattelefonnummer zu geben, war ebenfalls gescheitert, also hatte ich Reithosen und meine robustesten Schuhe angezogen, dazu meinen dicken Wollmantel, meine Mütze und Handschuhe. Da ich Longly nicht alarmieren und ihm mitteilen konnte, dass er Constance folgen musste, würde ich es selbst tun.

Ich hatte Geduld. Ich hatte versucht, die angemessenen Kanäle zu nutzen. Aber das hatte nicht funktioniert, also machte ich weiter, wo sie aufgehört hatten. Ich fühlte mich wie eines der Aufziehspielzeuge, mit denen ich als Kind gespielt hatte und die sich drehten, sobald die Feder losgelassen wurde. Es war eine Erleichterung, etwas unternehmen zu können – selbst wenn es nur darum ging, im Dunkeln zu stehen und auf Constance' Rückkehr zu warten.

Zuvor hatte es ein wenig geregnet, aber jetzt war der Himmel wolkenlos. Die Pfützen, die nach dem Regen entstanden waren, waren inzwischen vereist und reflektierten die Straßenlaternen wie ein Spiegel. Eine eiskalte Brise wehte mir um die Ohren und meinen Nacken. Ich zog meinen Schal höher und schlang meine Arme fester um das Bündel, das ich an meine Brust gedrückt hielt.

Wenn Constance und ihr Begleiter nicht bald auftauchten, würde ich herumlaufen und zu einer anderen Tür gehen müssen, um mich warmzuhalten.

Das Geräusch eines Motors kündigte die Ankunft eines Automobils an, lange, bevor es um die Ecke bog. Ein älterer Austin mit 10 PS hielt im Leerlauf an, doch der Motor dröhnte und rasselte weiter.

Mein Streitwagen war angekommen. Ich löste mich aus der Nische der Tür.

Jasper stieg aus und schielte in meine Richtung. „Das bist du, nicht wahr, Olive?" Er hatte den Anzug, dessen Ärmel vom Keller verschmutzt gewesen waren, ausgetauscht. Trotz der späten Stunde sah er in Abendanzug und einem dicken Wollmantel makellos gekleidet wie immer aus.

„Ja, ich bin's."

Er öffnete mir die Beifahrertür und sprintete dann zurück zur Fahrerseite. Ich kletterte in den Wagen und war froh, nicht mehr dem schneidenden Wind ausgesetzt zu sein, obwohl Jaspers Automobil alles andere als luftdicht war. Selbst nachdem beide Türen geschlossen waren, pfiff ein kühler Luftzug durch den Spalt zwischen dem Canvasdach und den Fenstern. Doch ich war so froh, dass Jasper gekommen war, bevor Constance South Regent Mansions verließ, dass mir selbst die Zugluft nichts ausmachte.

Jasper rieb seine behandschuhten Hände aneinander und nickte in Richtung des großen Buches, das ich auf den Sitz zwischen uns gelegt hatte. „Du hast ein wenig Lesestoff mitgebracht, wie ich sehe. Das wird helfen, die Zeit zu vertreiben."

Ich holte eine Taschenlampe und eine Thermoskanne aus meiner Tasche. Ich schraubte den Deckel ab, und der

Duft von Kaffee verteilte sich im Innenraum des Wagens. „Ein paar wesentliche Dinge. Vielen Dank, dass du mit deinem Automobil gekommen bist."

„Alles Teil meiner Watson-Aufgaben."

Als ich mich von Minerva verabschiedet hatte, wusste ich, dass ich keine Zeit hatte, die Garage zu kontaktieren, in der mein Morris Cowley stand, geschweige denn, ihn mir bringen zu lassen. Aber wo Jasper wohnte, gab es einen Stall, in dem er seinen Wagen unterstellte.

Sein Austin 10-PS war im Vergleich zu den modernen Linien meines Morris ziemlich veraltet, doch wenn man in Not ist, nutzt man das, was einem zur Verfügung steht. Ich goss etwas Kaffee in die Tasse der Thermoskanne und reichte ihn ihm.

„Du bist ein gutes Mädchen, Olive."

„Nun, ein Mädchen kann einen Mann nicht bitten, sie mitten in der Nacht durch das Land zu chauffieren, ohne etwas zum Aufwärmen anzubieten."

„Du bist genauso rücksichtsvoll wie anspruchsvoll. Hast du zufällig Sandwiches mitgebracht?"

„Keine Zeit dafür."

„Schade. Ich habe auf etwas gehofft, bei dem die Krusten abgeschnitten sind, weißt du? Also worauf warten wir eigentlich? Soll ich den Motor abstellen?"

„Wie einfach ist es, ihn anzulassen?"

„Es ist eher ein Prozess – ein langer."

„Dann nein. Lass uns das nicht tun. Wir warten darauf, dass Lolas Automobil aus dem Hinterhof der South Regent Mansions kommt."

„Was für eins?"

„Ich bin mir nicht sicher."

„Ach so? Dann ist es wohl eher ein Schuss ins Blaue?"

„Nun ja, ich arbeite mit eher skizzenhaften Details. Wir

müssen nah genug sein, um die Insassen zu sehen. Zum Glück ist es spät, und es herrscht nicht viel Verkehr."

„Nein. London ist um diese Zeit ziemlich verschlafen. Nun sag, warum hast du mich heute Abend von meinem Schlummer vor dem Kaminfeuer geweckt? Es ist etwas Bedeutsames passiert, nehme ich an?"

„Viel ist passiert, aber du siehst nicht so aus, als hättest du dich zu Hause entspannt."

„Ich bin zum Abendessen in den Club gegangen, nachdem du früher am Abend angerufen hast."

Wir hatten nach Longlys Besuch gesprochen, aber jetzt habe ich ihn auf den neuesten Stand gebracht und ihm erzählt, dass die Polizei in York keinen verdächtigen verlassenen Koffer gefunden hatte; von der Frau in Edinburgh, die behauptete, Lola zu sein, und von Minervas impulsiver Entscheidung, im Rules die Nachricht an Constance zu schicken.

„Meine Güte", sagte Jasper. „Eher mutig von ihr."

„Ich weiß. Aber es hat funktioniert. Minerva hat eine Reaktion ausgelöst – eine schuldbewusste Reaktion. Ich habe sie überredet, im Restaurant zu bleiben, für den Fall, dass sie sie bemerkt haben. Sie hat einen Teil ihres Gesprächs mitgehört. Es hat sich angehört, als ob sie sich auf den Weg machten, um sich zu versichern, dass Lolas Leiche nicht entdeckt worden ist – was für ein unangenehmer Gedanke, aber genau das, was wir erwartet hatten. Constance und der Mann sind hierher zurückgekehrt, um Lolas Wagen zu holen. Sie wollen zu einem Ort namens Ashwick fahren."

Jasper setzte den Deckel wieder auf die Thermoskanne. „Ich weiß nicht, wo das ist."

„Ich auch nicht." Ich nahm das große Buch. „Darum der Atlas." Ich schlug den Index auf. „Es macht dir doch nichts aus, nach jemandem Ausschau zu halten, der aus dem Hof fährt, oder?"

„Überhaupt nicht, alte Bohne. Sieh du dir die Karte an. Ich werde Wache halten."

Ich schirmte das Licht der Taschenlampe mit meiner Hand ab, als ich sie einschaltete, doch die weißen Seiten waren immer noch blendend hell.

„Sehr praktisch, einen Atlas zur Hand zu haben", bemerkte Jasper, während seine Aufmerksamkeit auf die Hofeinfahrt gerichtet war.

Ich fuhr mit dem Finger über die Spalte mit den Ortsnamen. „Es ist sehr wichtig, einen zur Hand zu haben. Ich musste in der Vergangenheit schon ein paarmal einen Atlas konsultieren. Wenn nicht gerade eine Bibliothek oder ein Buchladen in der Nähe ist, ist es ziemlich schwierig, einen zu finden. Darum habe ich beschlossen, für einen solchen Fall meinen eigenen zu haben."

„Ausgezeichnete Idee. Du weißt, ich lege großen Wert auf eine gut ausgestattete Bibliothek."

Ich kam am Ende der entsprechenden Spalte an. „Wie seltsam. Es ist kein Ashwick aufgeführt."

„Hmm, Ashwick …" Jasper tippte mit nachdenklicher Miene auf das Lenkrad. „Ich kann nicht sagen, dass mir dieser Name jemals begegnet ist. Wenn es jedoch Astwick wäre, ist es mir bekannt. Könnte sich Minerva geirrt haben?"

„Durchaus möglich. Sie sagt, sie hat nur einen Bruchteil des Gesprächs mitgehört." Ich ging die Liste noch einmal durch. „Ja, hier ist es. Astwick, und da das der einzige annähernd ähnliche Name ist, muss es das sein. Es ist als Gutshaus aufgeführt."

„Es war eins. Jetzt ist es eine Ruine."

„Ach so?"

„Ja. Es hat 1908 oder 1909 Feuer gefangen. Die Hälfte ist abgebrannt, doch die Versicherung war nicht bezahlt. Die Familie konnte es nicht wieder aufbauen. Sie haben verkauft, was zu retten war, und sind in ein Reihenhaus in London gezogen."

Ich hatte die entsprechende Kartenseite aufgeblättert und das zerstörte Gutshaus gefunden. „Es ist nicht weit. Etwas nördlich von London."

„Es wäre ein perfekter Ort, um eine Leiche zu entsorgen."

Ich sah ihn an. „Du kennst es?"

„Einer meiner Freunde von der Schule hat in der Nähe gewohnt. Ich habe ihn einmal in den Schulferien besucht. Mein Freund und ich haben den größten Teil der Ferien damit verbracht, uns gegenseitig herauszufordern, in die Ruine zu gehen und das Haus zu erkunden. Tolles heruntergekommenes Anwesen. Es hat ungewöhnlich gutes Futter für Geistergeschichten geliefert."

„Das kann ich mir vorstellen."

„Nun, wenn wir dorthin wollen, könnte die Fahrt ziemlich lang werden."

Ich schaltete die Taschenlampe aus und zog meinen Mantelkragen enger, um mich vor dem Wind zu schützen, der durch den Innenraum des Wagens wehte. „Natürlich ist das alles Spekulation. Wenn sie stattdessen nirgendwo hinfahren, dann –"

„Ich glaube –" Jasper streckte sich und spähte durch die Windschutzscheibe. „Da bewegt sich was im Hof."

Seine Größe ermöglichte ihm eine bessere Sicht. Er griff in die Manteltasche, zog seine Brille heraus und setzte sie sich auf die Nase. „Ja, eindeutig Bewegung." Ein Paar Scheinwerfer leuchteten auf, und ihre goldenen Strahlen erhellten das Pflaster des Hofes. „Sieht doch so aus, als würden wir einen Ausflug machen."

„Kannst du sie sehen?", fragte ich. „Sind es eine blonde Frau und ein Mann mit dunklen, nach hinten gekämmten Haaren?"

„Könnte sein. Mist! Meine Sicht ist nicht die beste, wie du weißt." Er öffnete die Tür. „Schnell, Olive, lass uns die Plätze tauschen. Deine Sehkraft ist viel besser als meine. Wenn es doch zu einer Jagd übers Land kommt, kannst du sie besser im Blick behalten als ich."

Als ich ausstieg und mich auf den Fahrersitz setzte, hallte das laute Geräusch zuschlagender Türen durch die Nachtluft, dann begann ein Motor zu surren. Ich schlüpfte auf den Fahrersitz und ließ mich tief hineinsinken. Jasper setzte sich neben mich und duckte sich unter das Armaturenbrett, als der Wagen aus dem Hof auftauchte. Die Scheinwerfer schwenkten über die Straße und blitzten über die Windschutzscheibe.

Ich riskierte einen Blick. Ein perlgrauer Hispano-Suiza fuhr in schnellem Tempo davon.

Jasper nahm den Atlas und fand die Seite für die Londoner Innenstadt. „Du folgst ihnen in einigem Abstand, und ich werde versuchen herauszufinden, ob wir in Richtung Astwick oder woanders hinfahren. Tally-ho, altes Mädchen."

Ich ließ die Kupplung los. „Tally-ho."

KAPITEL SIEBENUNDZWANZIG

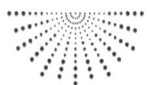

*E*s war ziemlich leicht, im Kielwasser des Hispano-Suiza durch London zu navigieren. Es herrschte immer noch ein wenig Verkehr, obwohl es schon spät am Abend war. Als wir die Stadt verließen, ließ ich mich so weit zurückfallen, wie ich es wagte, und raste über dunkle Landstraßen. Ich behielt die zwei Punkte der roten Rücklichter im Blick und folgte dem Wagen, dessen perlgraue Lackierung über das Straßenband glitt, das sich zwischen dichten Baumreihen hin und her schlängelte.

Das Gelände wurde dichter bewaldet und hügeliger. Ich hatte das Lenkrad fest im Griff und meine Nackenmuskeln waren angespannt, weil ich mich nach vorn gebeugt hatte, um durch die Windschutzscheibe zu spähen. Die beiden roten Punkte bogen von der Hauptstraße ab, und Jasper, den Kopf über den Atlas gebeugt, während sein Finger unsere Route nachzeichnete, erklärte: „Ich sehe nicht, wohin sie sonst unterwegs sein könnten, außer nach Astwick."

Der Hispano-Suiza bog erneut ab, und als ich wenige Augenblicke später dieselbe Kurve nahm, beleuchteten die

Scheinwerfer des Austin kurz einen Wegweiser nach Astwick Village. „Sieht so aus, als hättest du recht." Als ich langsamer wurde, um durch das schlafende Dorf zu navigieren, entspannte ich meinen Griff, bewegte die Finger und drückte meine Handflächen gegen das Lenkrad.

Jasper klappte den Atlas zu und rückte seine Brille zurecht, während wir an einem Metzger, einem Gemüsehändler und einer Kirche vorbeikrochen. „Es ist nicht viel anders als damals, als ich als Junge hier war, außer natürlich dem Ehrenmal auf dem Grün."

Als wir am letzten Cottage vorbei waren, wechselte ich den Gang und trat aufs Gaspedal. „Wie weit ist Astwick Manor entfernt?" Der Hispano-Suiza hatte den Hügel vor uns erklommen und verschwand aus unserem Blickfeld, als sie auf der anderen Seite hinabfuhren.

„Nicht weit. Gleich hinter dem Hügel. Das Tor ist auf der rechten Straßenseite, etwa zwei Meilen weiter."

„Gut. Bei all den Bäumen und Hügeln ist es schwierig, sie im Blick zu behalten." Wir erklommen die Anhöhe, und die Straße bog ab, ein dünner dunkler Streifen durch die Baumgruppen. In der Ferne bog das blasse Grau des Hispano-Suiza von der Straße ab. Es hüpfte über unebenen Boden und verschwand dann zwischen zwei steinernen Torpfosten. Das Licht der Scheinwerfer des Motors beleuchtete die kahlen Äste hinter den bröckelnden Mauern und machte es so leicht, die Bewegung des Wagens zu verfolgen.

„Keine Tore?", fragte ich.

„Sie wurden verkauft, wie fast alles, was zu Geld zu machen war."

Als wir den Hügel hinunterjagten, sagte ich: „Ich weiß nicht, wie es dir geht, aber ich bin nicht so sicher, ob ich mit deinem Wagen auf dieser Holperpiste fahren soll."

„Du hast recht, es sieht unangenehm aus. Ich bin mir sicher, dass niemand etwas unternommen hat, um die Straßen instand zu halten."

„Dann ist es entschieden. Wir parken hier." Wir kamen einige Meter vor dem ehemaligen Tor am Straßendamm zum Stehen. Ich ließ die Motorhaube hinter eine Ansammlung von etwas, das wie Leyland-Zypressen aussah, rollen, und ihre immergrünen Zweige versperrten den Blick auf den Wagen.

„Wir müssen ihnen nicht nachgehen", sagte Jasper. „Lass uns jetzt zurück nach London fahren, altes Mädchen. Wir wissen jetzt, dass wir die Polizei nach Astwick Manor schicken müssen, um nach der Leiche der armen Lola zu suchen. Alles, was du tun musst, ist, Longly zu informieren. Er wird das Anwesen morgen durchsuchen lassen."

Ich betrachtete die Höhe der bröckelnden Steinmauer und die imposanten Torpfosten. „Astwick Manor ist groß?"

Jasper zögerte einen Moment. „Ja."

Ich schloss den obersten Knopf meines Mantels und steckte die Taschenlampe in meine Tasche. „Und das Land drum herum? Ich kann mir vorstellen, dass es ein weitläufiges Anwesen ist."

Jasper seufzte. „Ja. Eine Parklandschaft mit einem See und einer Insel mit einem Möchtegern-Tempel darauf."

„Natürlich. Was ist ein Anwesen ohne einen See, eine Insel und einen Tempel?" Ich griff nach der Türklinke. „Wir müssen zumindest sehen, wohin sie gehen. Sonst könnte Longly monatelang suchen und nichts finden." Ich öffnete die Tür und stieg aus. Ein kalter Wind peitschte mir die Haare über die Augen. Ich strich sie mir hinter die Ohren und setzte dann die Mütze fester auf den Kopf. Wir schlossen beide leise unsere Türen. Jasper flüsterte über die Motorhaube hinweg: „Ich wusste, dass du darauf bestehen würdest, aber ich musste es zumindest versuchen."

„Natürlich. Ich bin nur froh, dass du dich nicht wie ein Gentleman verhalten und darauf bestanden hast, dass ich im Wagen warte, während du die Gegend erkundest."

„Gott bewahre. Ich kenne dich zu gut, Olive. Dem würdest du niemals zustimmen." Er streckte seine Hand aus, als wir uns vor dem Wagen trafen. „Wollen wir?"

„Ja, lass uns gehen."

Wir gingen zwischen den Torpfosten hindurch. Ein teppichartiges Moos bedeckte die steinernen Adler, die auf den Pfosten thronten, während blasse Flechten die Säulen überzogen. Was einst eine breite Allee gewesen war, war jetzt mit allerlei Kraut und hohem Gras überwuchert.

Wir kamen am heruntergekommenen Torhaus vorbei. Ich hatte die Taschenlampe nicht eingeschaltet. Die Nacht war klar, und ein dicker Mond warf ein milchiges Licht, das die Spuren des Hispano-Suiza hervorhob, wo er die Vegetation zerquetscht hatte.

Während wir dem Weg der Reifen folgten, kamen wir schnell voran. Auf beiden Seiten der Straße erstreckte sich ein Wald. Die Bäume waren zu dicht, um zu erkennen, wohin der graue Wagen gefahren war, doch als der Wind für einen Moment nachließ, hallte das Summen des Motors durch die Luft.

Jasper sagte mit leiser Stimme: „Das Gutshaus liegt geradeaus. Es ist jetzt zu dunkel, um es zu sehen, aber es liegt am Ende dieser Allee." Der Wind pfiff durch die kahlen Äste über uns. Im Unterholz bewegten sich Äste, was darauf hindeutete, dass eine nachtaktive Kreatur unterwegs war. Wir sprachen nicht mehr, bis wir am Ende der Allee auf etwas hinauskamen, das einst ein gekiester Vorplatz mit einem Brunnen gewesen war. Bis zur Vordertreppe des ausgebrannten Gutshauses im italienischen Renaissancestil wuchs Jungholz. Es war eine leere Hülle aus zerbrochenen Fenstern und durchhängenden Firsten. Das Mondlicht floss über die vernarbte Fassade, wo das Feuer das Mauerwerk geschwärzt hatte.

Der Hispano-Suiza war nur unwesentlich schneller vorangekommen als wir zu Fuß. Reifenspuren, die sich durch den Kies zogen, deuteten darauf hin, dass der Wagen hier gewesen war und sich durch den Wildwuchs gekämpft hatte. Dann war er an einer Lücke in den Bäumen vom Kies abgebogen, wo ein weiterer kleinerer Weg durch den Wald führte. Wir hielten uns vom Kies fern und blieben auf dem schwammigen Waldboden, der unsere Schritte dämpfte. „Wenn ich mich richtig erinnere", sagte Jasper, „führt dieser Weg zum See."

Spuren von niedergedrücktem Bewuchs säumten den kleineren Weg. Der Motor des Wagens war zu hören. „Wir kommen näher", sagte ich. „Sie kommen nicht schneller voran als wir."

Jasper stieg über einen Ast, der dicker als mein Arm war. „Das Unterholz macht es zu einer Herausforderung. Ich bin überrascht, dass sie es mit dem Automobil überhaupt so weit geschafft haben."

Der Motor ging aus, und das Geräusch des Windes, der durch die Äste der Eichen und Kiefern peitschte, imitierte das Rauschen eines rauschenden Flusses. Wir schlichen bis zu einer Biegung weiter. Lautlos wechselten wir beide auf eine Seite. Jasper streckte eine Hand aus und half mir über einen Baumstumpf, während wir auf eine kräftige Eiche mit dickem Stamm zugingen.

Der Hispano-Suiza stand mit schmutzigen Türen und

mit schlamm- und moosbedeckten Reifen in der Nähe eines klapprigen Bootshauses. Dahinter deuteten das Fehlen von Bäumen und der klare Streifen des sternenübersäten Himmels darauf hin, dass der See geradeaus lag.

Der Lichtkegel einer Taschenlampe durchschnitt die Dunkelheit. Wir hielten uns immer noch an den Händen, und Jaspers Griff wurde fester, als das Licht über die Lücken in den Brettern des Bootshauses huschte. Doch der gelbe Kegel schwang nicht in Richtung Wald. Es fiel zu Boden und hüpfte dann hin und her, als sich jemand vom Automobil entfernte.

Ich drückte Jaspers Hand und nickte zu einer riesigen Eibe etwas weiter den Weg hinunter. Er schüttelte den Kopf und zeigte mit dem Daumen zurück in Richtung des zerstörten Gutshauses.

Ich runzelte die Stirn und stellte mich auf Zehenspitzen, damit ich ihm ins Ohr flüstern konnte. „Wir sind den ganzen Weg hierhergekommen. Lass uns sehen, wohin sie gehen, dann verschwinden wir." Ich gab ihm keine Gelegenheit zu antworten. Ich schlich weiter, bis der dicke, knorrige Stamm der Eibe mich vor möglichen Blicken schützte.

Jasper tauchte neben mir auf. „Ich möchte zu Protokoll geben, dass wir schon vor zwei Minuten hätten gehen sollen."

„Zur Kenntnis genommen."

Der Wind frischte nicht wieder auf, und ohne, dass er ihre Worte dämpfte, konnten wir Constance' Stimme klar und deutlich hören. „... wenn du ihn vergraben hättest, wie ich es dir gesagt habe, wären wir jetzt nicht einmal hier!"

Der Mann sagte etwas, aber ich konnte ihn nicht gut

verstehen. Sein Ton war jedoch unverkennbar. Er war gereizt und unterbrach Constance' klagende Stimme.

„Warum nicht?", widersprach sie gut hörbar. „Es hat alles funktioniert. Nachdem du ihn aus der Gepäckaufbewahrung geholt hast, hättest du ihn loswerden sollen." Constance, immer noch in ihrem schwarzen Abendmantel, kam in Sicht. Sie ging vorsichtig um die Motorhaube des Automobils herum und streckte die Arme seitlich aus, um das Gleichgewicht zu halten, während sie Schlammpfützen auswich. „Warum bist du damit den ganzen Weg hierhergefahren? Die Idee war doch, ihn so weit wie möglich von London wegzubringen."

Der Mann war von ihr weggegangen, doch jetzt drehte er sich halb um, um sie anzusehen. „Woher sollte ich abgelegene Orte in York kennen? Du kannst nicht einfach am Straßenrand anhalten und anfangen zu graben. Außerdem ist der Boden zu dieser Jahreszeit zu hart." Er hielt die Taschenlampe immer noch auf den See gerichtet. Jetzt, da das Licht nicht vor ihm war, konnte ich sein Gesicht erkennen. „Du wolltest nicht wissen, wo ich ihn gelassen habe. Ich habe mich darum gekümmert."

Ich beugte mich zu Jasper hinüber und flüsterte: „Das ist Alec Woodwiss, der Mann, vor dem Lola Diana gewarnt hat."

Constance war weitergegangen, doch sie wurde langsamer und holte tief Luft, während sie ihre Hand gegen die Motorhaube drückte.

Alec schwang die Taschenlampe herum und richtete sie auf Constance' Gesicht. „Was ist los?"

Sie hob eine Hand, um ihre Augen zu schützen. „Hör auf damit. Du blendest mich."

Das Licht schwenkte zurück auf den Boden.

„Nichts ist los", sagte sie und stieß sich von der Motorhaube ab. Sie machte ein paar Schritte, doch beim Gehen hielt sie sich mit einer Hand die Stirn. „Lass uns einfach weitermachen. Zeig mir, wo du ihn versteckt hast."

Der Lichtstrahl wanderte zurück zum See und ließ das stille Wasser glitzern, bis er die Spitze eines verrotteten Anlegestegs entdeckte, der vom Bootshaus mehrere Meter weit in den See hineinführte.

Alec sagte: „Ich habe ihn vom Ende des Stegs aus in den See geworfen." Constance blieb stehen und ließ ihre Hand sinken. „Du Idiot. Leichen schwimmen oben."

„Ich habe es dir doch gesagt", sagte Alec. „Ich habe mich darum gekümmert. Ich weiß es besser, als den Koffer einfach so ins Wasser zu werfen. Ich habe ihn mit Steinen beschwert, Es ist ein Ding der Unmöglichkeit, dass irgendjemand ihn gefunden hätte." Alec schwenkte die Taschenlampe über die Oberfläche des Sees. „Siehst du? Nichts."

Jasper berührte meine Schulter und ruckte seinen Kopf in Richtung Dunkelheit hinter mir. Ich nickte. Wir hatten genug gehört und gesehen. Wir könnten Longly genau sagen, wo er nach Lolas Leiche suchen sollte. Ich drehte mich um und bereitete mich darauf vor, Jasper den Weg hinunter zu folgen.

Alec sagte: „Hier war auch niemand. Das sieht man am Boden." Das Licht glitt über den Schlamm und das fleckige Gras. Jasper und ich erstarrten. Der Strahl schwenkte über die Baumstämme der Umgebung und erhellte die Eibe, hinter der wir standen. Mein Herz raste, doch das Licht blieb nicht stehen, sondern glitt einfach weiter.

Jasper beugte sich vor; sein Atem war warm an

meinem Ohr. „Wir warten, bis der Wind wieder auffrischt, dann gehen wir los."

Ich nickte.

„Wir mussten nachsehen." Constance machte ein paar Schritte, ihr Gang war unsicher. „Gib mir die Taschenlampe. Ich will nachsehen."

Ich konnte mir nicht vorstellen, den Steg hinunterzuge-hen. Er sah so aus, als ob die Bretter bei der geringsten Belastung nachgeben könnten. Alec murmelte etwas, gab ihr jedoch die Taschenlampe.

Ich blickte zu den Eibenzweigen hinauf und forderte den Wind auf, aufzufrischen und wieder das Rauschen eines fließenden Flusses zu imitieren, das jeden Lärm übertönte, den wir vielleicht machten, wenn wir davon-schlichen, aber die Baumkrone rührte sich nicht.

Constance machte ein paar Schritte in Richtung Steg, dann stolperte sie.

Alec packte sie am Ellbogen. „Geht's dir gut?" Seine Stimme war nicht mehr so grob.

„Mir geht's gut. Nur wackelig. Willst du mir etwa sagen, dass du auf diesen vermodert aussehenden Brettern gelaufen bist?"

„Der Steg ist solide genug. Ich habe den elenden Koffer da rausgeschleppt und ihn am Ende ins Wasser geworfen."

„Nachdem du ihn beschwert hast?" Constance klang wie eine Gouvernante, die herausfinden wollte, ob ein Kind gelogen hatte.

„Ja."

„Wie?"

„Ich habe ein paar ziemlich große Steine drangebunden."

Der Lichtkegel bewegte sich unruhig über den Steg

und das Wasser. Constance hob eine Hand an ihren Kopf. „Ich fühle mich nicht gut."

Alec nahm ihr die Taschenlampe ab, legte einen Arm um ihre Schultern und führte sie zum Bootshaus. „Bleib einen Moment hier sitzen, bis es dir besser geht."

Sie lehnte ihren Kopf gegen die verwitterten Bretter des Gebäudes und schloss die Augen. „Ich brauche nur einen Moment. Es hat damit zu tun, die Stelle zu sehen ... zu wissen, dass sie ... irgendwo da draußen unter Wasser ist ..."

„Natürlich." Er ging ein paar Schritte und holte eine Packung Zigaretten aus der Tasche.

Der beißende Rauch wehte in unsere Richtung, und ich konzentrierte mich darauf, flach zu atmen. Ich hatte Asthma, und ein Hustenanfall war das Letzte, was wir jetzt brauchten. Was war mit den Windböen passiert, die kurz zuvor die Äste gegeneinander gepeitscht hatten? Wir trauten uns nicht, uns zu bewegen, bis der Wind wieder zunahm. Wenn wir einen falschen Schritt machten, würden sie uns sicherlich hören. Jasper und ich mussten uns nicht beraten, um zu wissen, dass wir keine Wahl hatten. Wir blieben.

Nach ein paar Augenblicken schlenderte Alec zurück zum Bootshaus, die Hände in den Taschen. „Besser?"

„Nein, ich weiß nicht, was los ist ... ich bin müde ... und so ... benommen."

Er nahm einen Zug und warf die Zigarette dann ins Wasser. „Das ist das Schlafpulver." Er schaltete die Taschenlampe ein, klemmte sie unter seinen Arm und hielt sie so, dass sie Constance beleuchtete. Sie saß in einem seltsamen Winkel, zusammengesackt gegen die rauen Bretter. Sie sah aus wie eine verlorene Puppe. Ihr Kopf war zur Seite gesunken, ihre Arme hingen auf beiden Seiten herunter, ihre Handschuhe lagen im Dreck.

Alec löste seine Fliege. „Mach dir keine Sorgen. So wird es viel reibungsloser ablaufen."

„Aber ich … habe kein … Pulver genommen." Das Ancinanderreihen der Wörter zu einem Satz schien Constance zu erschöpfen.

„Doch, das hast du", sagte Alec, als er sich neben sie kniete. „Es war in der Taschenflasche."

Constance bewegte die Schultern und bemühte sich, aufrechter zu sitzen. Doch im nächsten Moment gab sie auf und sank wieder in ihre zusammengesackte Position zurück. „Aber du … hast auch davon …"

„Ich habe nur so getan, als würde ich aus der Flasche trinken." Sein Ton war tadelnd.

„Aber warum?"

Ich musste mich anstrengen, um zu hören, was sie sagte.

„So ist es einfacher." Alec zog ihre Hände zusammen und schlang seine Krawatte um ihre Handgelenke.

„Was … Alec …? Was machst du?" Ihre undeutlichen Worte waren kaum zu verstehen, und sie schaffte es nicht einmal, ihren Kopf zu heben.

„Ich fessele dich, meine Liebe."

KAPITEL ACHTUNDZWANZIG

*J*asper und ich tauschten angesichts Alecs beiläufigem Tonfall erschrockene Blicke aus, aber wir trauten uns nicht, uns zu bewegen. Der Wind hatte immer noch nicht wieder aufgefrischt. Sobald er damit fertig war, Constance' Hände zu fesseln, stand Alec auf und holte eine Waffe aus seiner Jackentasche.

Ich presste meine Finger vor den Mund, um das Keuchen zu unterdrücken.

Alec blickte auf Constance hinab, während er mit dem Lauf der Waffe gegen sein Hosenbein klopfte. „Warum? Weil ich dich nicht mehr brauche."

Sie wurde ein wenig lebhafter und kämpfte sich in eine Position, die nicht ganz so schief war. „Aber wir ... gehen weg ... zusammen. Mit all dem ... Lolas schönem Geld. Du brauchst ... mich, um ... ranzukommen."

„Nein, das tue ich nicht." Er schwang die Waffe in einer beiläufigen Geste in Richtung des Hispano-Suiza. „Der Schlüssel zu deiner Wohnung liegt in deiner Handtasche im Auto. Ich sage dem Portier einfach, dass du ihn vergessen hast und dass ich ihn zu dir hochbringe. Ich werde kaum Zeit brauchen, um die Inhaberschuldverschreibungen einzusammeln, die du so hilfsbereit aus Lolas Schließfach geholt hast. Geniale Arbeit übrigens, wie du den Bankangestellten getäuscht hast. Dann werde ich allein einen kleinen Ausflug im Hispano-Suiza unternehmen." Er hob eine Schulter. „Es ist schade zu gehen, bevor Lolas Bankkonto vollständig leergeräumt ist, aber die Anleihen und das Automobil sind keine unbedeutende Beute."

Ein paar Augenblicke zuvor waren Jasper und ich kurz davor gewesen, wegzuschleichen, doch das konnten wir jetzt nicht – nicht, während Alec so mit der Waffe herumfuchtelte. Und egal, was Constance getan hatte, wir konnten uns nicht einfach davonmachen und sie Alec überlassen. Jasper bedeutete mir, dass er vorwärts gehen würde und ich bleiben sollte, wo ich war.

Ich gab ihm mit meinen Augen die Antwort, und die war ein klares Nein!

Seine Schultern zuckten zu einem lautlosen, gereizten Seufzer. Dann bedeutete er mir, den Weg zum Haus hinaufzugehen, und deutete damit an, dass er immer noch wollte, dass ich ging und ihn mit einem bewaffneten Mann allein ließ.

Ich warf ihm einen ungläubigen Blick zu. Wenn er dachte, ich würde ihn in einem Moment wie diesem verlassen, war er verrückt. Ganz zu schweigen davon, dass ich allein die Vorstellung, durch die Wildnis eines verlassenen Landguts zu wandern, nicht attraktiv fand.

Alec sprach erneut mit Constance und wedelte mit der Waffe hin und her. „Oh, spar dir das. Tränen werden mich nicht umstimmen. Ich habe mich entschieden. Ich gehe allein weg."

Das Flüstern einer Böe traf meinen Nacken und zerzauste mein Haar. Ich spannte mich an und wartete auf das Rauschen des Windes durch die Baumwipfel, doch nichts geschah.

Constance hörte auf, sich zu bemühen, sich wieder aufzurichten.

„Dann … lass mich einfach hier." Die klägliche Bitte schwebte kaum hörbar durch die Luft.

„Das geht nicht, meine Liebe. Zu riskant. Ja, du bist im Moment kleinlaut und verängstigt, aber du wirst so wütend wie eine nasse Katze sein, wenn das Schlafpulver nachlässt. Du würdest aus Bosheit direkt zur Polizei rennen und ihnen von mir erzählen, selbst wenn das bedeutet, dass du dir selbst eine Schlinge um den Hals legst." Seine Stimme veränderte sich, und er sprach die nächsten Worte mehr zu sich selbst als zu Constance. „Ich hatte gedacht, dass es am zweckmäßigsten wäre, dich zu erschießen, aber … nein, ich werde es genauso machen, wie ich Lola beseitigt habe."

Die Äste der Bäume bogen sich, und ein paar Blätter flatterten und schlugen Räder über dem Uferbereich. Der Wind nahm zu.

Alec steckte die Waffe weg und hob mehrere große Steine auf, die er in die Taschen von Constance' Umhang steckte. „Passend, findest du nicht? Ihr werdet beide am Grund desselben Sees ruhen. Zugegeben, es wird ein bisschen anstrengend sein, dich bis zum Ende des Stegs zu bringen, aber insgesamt ist es sauberer als ein Schuss. Über so etwas muss man nachdenken. Ich will kein Blut an mir oder im Wagen."

Ein scharfer Windstoß fegte vorbei und brach einen Ast ab. Er klapperte zwischen den anderen Ästen hindurch und landete ein paar Zentimeter vor Jasper am Boden.

Alec drehte sich zum Wald um und ging ein paar Schritte, während er das Licht über die Bäume schwenkte. Der Lichtkegel der Taschenlampe landete auf Jasper, bevor er ihm ausweichen konnte. Ich war im Schatten des Baumes und blieb regungslos dort stehen. Mein Herz hämmerte in meinen Ohren, während ich meine Fingernägel in die raue Rinde grub.

„Du da! Komm raus!", schrie Alec.

Jasper verriet mich nicht. Er schlenderte auf Alec zu, seine Schritte waren unregelmäßig und führten ihn in einer etwa diagonalen Linie, die ihn näher an Alec heran-brachte, von der Eibe weg. „Mann, dieses Licht blendet ziemlich. Sei ein guter Mann und nimm es runter, ja?"

Ich spähte um die andere Seite des Baumstamms herum. Alec hatte sich ein wenig umgedreht und folgte Jasper mit dem Blick. Da das Licht der Taschenlampe jetzt nicht mehr auf mich gerichtet war, konnte ich sehen, dass Alec die Waffe wieder aus der Tasche genommen hatte. Der Lichtkegel senkte sich langsam auf Jaspers Brust, und ich versuchte, nicht daran zu denken, was für ein leichtes Ziel das Weiß seines Hemdes darstellte.

„Was machst du hier?"

Jasper schlenderte weiter, sein Gang war unsicher, seine Worte waren undeutlich, als er sagte: „Ich suche nach meinen verdammten Freunden."

„Bleib stehen!", rief Alec, und Jasper stolperte über eine Wurzel. Ich spannte mich an, weil ich fürchtete, dass Alec die Waffe abfeuern würde, aber Jasper richtete sich wieder auf und blieb schwankend stehen. Der Beinahe-Sturz hatte ihn bis auf eine Armlänge an Alec herange-bracht. „Deine Freunde?"

„Wir wollten ein bisschen Spaß haben. Wollten die Ruinen eines Gutshauses im Mondlicht ansehen." Er sah sich um, sein Gesicht war leer und harmlos. „Ich scheine sie verloren zu haben. Du hast doch nicht ein halbes Dutzend junge Leute irgendwo rumlaufen sehen, oder?"

„Nein. Hier ist niemand gewesen."

„Na dann, wenn sie nicht hier waren, gehe ich sie weiter suchen. Ich habe mich hier draußen verlaufen, ohne eigene Taschenlampe. Wenn du mir zeigst, in welche Richtung die Straße ist, mache ich mich auf den Weg."

Alec richtete den Lichtkegel auf den Weg. „Geh in die Richtung. Auf dem Weg kommst du zurück zum Gutshaus."

„Exze – exze –" Jasper holte tief Luft und schwankte. „Sehr gut", ergänzte er. „Wenn ich nur auf die Idee gekommen wäre, eine Taschenlampe mitzubringen. Wäre ziemlich hilfreich." Jasper betonte das Wort „Taschenlampe", und es war, als hätte er mit mir gesprochen. Ich wusste, was er vorhatte.

Ich riss die Taschenlampe aus meiner Tasche. Jasper drehte sich halb um, als würde er davonstolpern. Ich schaltete die Taschenlampe ein und richtete sie auf Alecs Gesicht, wodurch er vorübergehend geblendet wurde. Jasper wirbelte herum und versetzte ihm einen rechten Haken, der Alec zu Boden schleuderte. Er sank zu Boden und blieb regungslos liegen, die Wange im Dreck.

Ich eilte zu ihm. Jasper schüttelte seine Hand aus. „Gut gemacht, du hast meinen Wink verstanden, Olive. Wirklich gut gemacht."

„Was hast du dir dabei gedacht, direkt auf einen Mann mit einer Waffe zuzugehen? So ein Risiko darf man nicht eingehen! Es war absurd und tollkühn und unvernünftig und … und – mach sowas nie wieder!"

Jasper hörte auf, seine Hand zu massieren und lächelte mich an. „Ich denke, das ist das Schönste, was du jemals zu mir gesagt hast, Olive. Danke." Er küsste mich, und ich packte seine Schultern. All das Adrenalin, die Sorge und die aufgestaute Energie, die durch mich strömten, fanden ihr Ventil in unserem Kuss.

Es war ein bemerkenswerter Kuss. Schließlich lösten wir uns wieder voneinander. Jasper sagte: „Meine Güte." Er trat zurück und sah sich um, als hätte er vergessen, wo er war. Ich weiß, dass es mir auf jeden Fall so ergangen war. „Richtig." Er räusperte sich. „Also. Obwohl ich dich lieber noch einmal küssen würde, sollten wir uns besser um diese beiden kümmern."

„Glaub nicht, dass diese Diskussion vorbei ist", sagte ich, aber die wütende Hitze war aus meiner Stimme verschwunden. „Ich habe dir ziemlich viel zu sagen."

„Und ich werde gerne zuhören. Wir hatten eine Handvoll wirklich gute Auseinandersetzungen. Wenn dieser Kuss ein Versprechen war, sollten wir noch ein paar mehr haben – solange wir uns danach wieder so versöhnen können." Jasper löste seine Fliege, bückte sich und fesselte damit Alecs Hände hinter dessen Rücken. „Ausgleichende Gerechtigkeit, findest du nicht?"

„Sehr passend", sagte ich und machte mich auf den Weg zu Constance.

Jasper sagte: „Ich werde die Waffe einsammeln und sie für die Polizei aufbewahren. Für den Fall, dass er wieder zu sich kommt, wollen wir keine Komplikationen." Ich ging nach Constance sehen. Ihr Kopf ruhte auf ihrer Schulter und ihre Augen waren geschlossen. Verschmierte Wimperntusche umrandete ihre Augen und hatte Streifen im Puder auf ihrem Gesicht hinterlassen, wo ihre Tränen bis zum Kinn hinuntergelaufen waren. Sie sah mitleiderregend und hilflos aus, aber ich konnte kein großes Mitleid mit ihr empfinden. Schließlich war sie eine Mörderin. Ich drückte meine Finger an ihren Hals, trat dann einen Schritt zurück und ging zu Jasper, der über Alec gebeugt stand. „Constance ist bewusstlos, aber sie atmet noch. Wir brauchen einen Arzt."

„Und die Polizei", fügte Jasper hinzu.

„Gute Idee", verkündete eine Stimme hinter uns.

Wir wirbelten beide herum. „Inspector Longly!", keuchte ich, und mein Herz pochte wieder rasend schnell. „Was machen Sie hier?"

„Einer Spur nachgehen."

„Sie haben den Fall also nicht abgeschlossen!"

„Ganz und gar nicht. Ich war nicht zufrieden. Wir haben Miss Duskin den ganzen Tag beschattet und sind Woodwiss auch gefolgt. Zwei schwarze Schafe, wie es so schön heißt. Doch das hier rundet alles schön ab." Er drehte sich um, und auf sein Zeichen hin traten mehrere uniformierte Polizisten aus dem Wald. „Sie haben eine wirklich gute Show mit Woodwiss abgezogen, Rimington, aber das war nicht nötig. Sie waren die ganze Zeit in unserem Blickfeld, sonst hätten wir uns früher gezeigt."

„Sie haben das Gespräch zwischen Alec und Constance belauscht?", fragte ich.

„Ja. Ich wollte – ähm – euren Moment – ähm – vorhin nicht unterbrechen. Wir haben uns zurückgehalten, aber wir waren im Wald versteckt." Er grinste auf eine Weise, die ich noch nie gesehen hatte. Er sah fast ... kess aus. Ja, das war es. Ich spürte, wie die Röte in mein Gesicht stieg. Longly räusperte sich und fuhr in sachlichem Ton fort. „Ich habe einen Mann beauftragt, die Bewegungen von Woodwiss in der vergangenen Woche zu verfolgen. Als ich erfahren habe, dass Woodwiss Anfang dieser Woche nach York gereist war, habe ich ihn heute beschatten lassen. Tatsächlich hat er im Rules am Tisch neben Woodwiss und

Miss Duskin gesessen, also wusste er, wo sie heute Abend hinfahren würden."

Ein Polizist kam und stellte sich über Alec, und ein anderer blieb neben Constance stehen. Longly wandte sich ab und rief einem Beamten zu, er solle den Hispano-Suiza durchsuchen. „Stellen Sie Miss Duskins Handtasche sicher, Mills, und holen Sie dann einen Arzt."

Longly drehte sich wieder zu uns um. „Wir mussten uns verdammt viel Mühe geben, euch heute Abend aus dem Weg zu gehen und unsere Anwesenheit vor Woodwiss und Duskin geheim zu halten. Aber über all das können wir morgen oder so reden. Ich muss hierbleiben und den Abtransport dieser beiden beaufsichtigen und" – er deutete auf das Wasser, während ein grimmiger Ausdruck über sein Gesicht huschte – „einen Blick in den See werfen. Es wird wahrscheinlich einige Zeit dauern. Vielleicht wollt ihr nach London zurückfahren? Ihr habt eine ziemliche Nacht hinter euch."

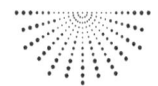

iss Bobbin schrieb die endgültige Punktzahl für das Spiel auf und legte ihren Bleistift weg.

„Gut gemacht, Olive. Vielen Dank, dass Sie mit mir gespielt haben."

„Es war mir ein Vergnügen." Ich war erleichtert, dass ich mich während des Spiels einigermaßen gut geschlagen hatte. Wenn einem ein Bridge-Lehrer als Partner zugewiesen wird, kann das einen schon nervös machen.

Miss Bobbin schob ihren Stuhl zurück. „Sollen wir eine Pause machen? Erfrischungen gibt es im Esszimmer."

Es fühlte sich ziemlich seltsam an, daran zu denken, dass Jasper und ich letzte Nacht über das Gelände von Astwick Manor geschlichen waren und jetzt an einer Bridgeparty teilnahmen, bei der die einzigen Geräusche das Knistern des Feuers im Wohnzimmer, das Mischen der Karten und das gedämpfte Gemurmel der Spieler war.

Ich war überrascht zu sehen, dass alle derzeitigen Bewohner des zweiten Stocks – außer natürlich Mr.

Underhill – anwesend waren, zusammen mit mehreren von Miss Bobbins Bridge-Schülern.

Minerva hatte sich mit Mr. Culpepper zusammengetan, und ihre Gruppe entfernte sich ebenfalls vom Tisch. Minerva sagte etwas zu ihm und gab mir dann ein Zeichen, dass sie mich am Kamin treffen wollte. Ich nickte, nahm meine Teetasse, legte ein Macaron auf die Untertasse und ging zwischen den Tischen hindurch.

Als wir aus Astwick zurückgekommen waren, hatte ich Minerva alles erzählt, was passiert war, doch es gab immer noch Lücken in unserem Wissen darüber, was mit Lola passiert war. Als wir heute zur Party gekommen waren, war keine Zeit zum Plaudern gewesen. Miss Bobbin hatte schnell alle an ihren Platz bringen und mit den Spielen anfangen wollen.

„Inspector Longly ist heute Nachmittag vorbeigekommen, und jetzt weiß ich mehr", sagte Minerva, sobald sie neben mir stand.

„Hut ab. Er ist mir gegenüber nie sehr aufgeschlossen. Was hast du herausgefunden?"

„Das Wichtigste – und Verstörendste – ist, dass sie Lolas Leiche im See gefunden haben."

„Alec hat also nicht gelogen, als er gesagt hat, was er getan hat."

„Hast du das gedacht?"

„Ich hatte keine Ahnung. Er hat Constance erzählt, dass Lolas Leiche im See sei, aber er ist nicht gerade der verlässliche Typ."

„Er ist ein durch und durch verabscheuungswürdiger Mensch. Und er stammt aus einer recht guten Familie. Der jüngere Sohn. Anscheinend war er bis vor ein paar Jahren nur ein bisschen ziellos, aber dann hat er angefangen, sich von wohlhabenden Frauen aushalten zu lassen."

„Diana hat mir erzählt, dass er das mit Lola versucht hat, aber sie ist ihm auf die Schliche gekommen."

„Inspector Longly hat das bestätigt. Er sagt, Constance hat nichts für sich behalten. Sie hat Longly erzählt, dass Alec Lola abserviert hat, als ihm klar wurde, dass er kein Geld aus ihr herausbekommen würde. Dann haben Alec und Constance einen Plan geschmiedet, um an Lolas Geld zu kommen. Es war genau so, wie du es dir gedacht hast. Sobald sie Lola aus dem Weg geräumt hatten, ist Constance in die Rolle von Lola geschlüpft, um Zugang zu ihren Bankkonten zu bekommen."

Ich hatte das Macaron in die Hand genommen, doch jetzt legte ich es wieder auf die Untertasse meiner Teetasse. Ich hatte meinen Appetit verloren. „Aber er war nicht sehr loyal, oder? Alec hat zur selben Zeit auch Diana den Hof gemacht."

„Er war genau der schamlose Halunke, für den Lola ihn gehalten hat."

Wir schwiegen einen Moment. Alles, woran ich denken konnte, war Lola, die das Opfer des Plans zweier gieriger Menschen geworden war. „Hat Longly etwas über die Anklagen gegen Constance und Alec gesagt?"

„Ja. Da Constance alle Einzelheiten darüber preisgibt, was sie und Alec getan haben, sagt Inspector Longly, dass sie vor Gericht landen werden. Constance hat erkannt, dass der Auszug der Kemps die perfekte Gelegenheit war, sich ein Alibi zu verschaffen. Constance hat Lola in der Badewanne ertränkt und die Leiche dann in den Wohnzimmerteppich eingewickelt. Sie hat den Teppich in den Flur gebracht, bevor das Dienstmädchen saubergemacht hat, und nachdem das Dienstmädchen fertig war, hat sie den Teppich zurück in die Wohnung geschafft. Sobald Evans den Koffer in die Wohnung gebracht hatte, hat sie die Leiche hineingepackt. Sie hat ihn als Gepäck im Flying Scotsman mitgenommen, ist aber in York ausgestiegen, genau wie du und Jasper es vermutet hattet. Sie hat den Koffer in der Gepäckaufbewahrung am Bahnhof gelassen, aber Alec hat dort schon auf sie gewartet. Sie hat ihm den Abholschein für den Koffer gegeben, bevor sie nach London zurückgekehrt ist. Er hat den Koffer mitgenommen."

„Und hat sich nicht an Constance' Plan, ihn zu vergraben, gehalten. Ich frage mich, warum er ihn nach Astwick gebracht hat? Es ist ein verlassener Ort, und er konnte sich dort ziemlich sicher sein, dass ihn niemand sehen würde, aber wie ist er auf diesen Ort gekommen?"

„Longly sagt, Alec sei in der Gegend aufgewachsen. Er muss sich an den See erinnert haben."

„Stell dir das vor, Evans den Koffer aus dem Gebäude schleppen zu lassen und ihn dann im Flying Scotsman zu transportieren, das ist so unverfroren, wie man nur sein kann", sagte ich, während ich an den komplizierten Zeitplan und die Kühnheit ihres Plans dachte. „Sie hatten alle Details ausgearbeitet, nicht wahr?"

„Sogar daran, den Teppich wieder auszulegen, hat sie gedacht", sagte Minerva. „Constance hat ihn über zwei Stühle gehängt und sie zum Trocknen vor das Feuer gestellt. Er war mit Badewasser getränkt gewesen. Dann hat sie den Teppich wieder an seinen üblichen Platz gelegt, als wäre nichts passiert! Es ist einfach grässlich und kaltblütig."

„Das ist wahr." Ich konnte die Welle der Abscheu, die mich überrollte, nicht ganz unterdrücken, als ich daran dachte, was in der Wohnung nebenan passiert war.

„Ich hatte gedacht, dass ich eines Tages vielleicht eine Mitbewohnerin haben möchte, aber das hat mich von der

Idee abgebracht", sagte Minerva. „Abgesehen von dir, Olive", fügte sie schnell hinzu. „Ich würde dir bedingungslos vertrauen."

„Mir geht's genauso. Allerdings bin ich noch nicht bereit, umzuziehen und mit jemand anderem zusammenzuleben. Ich genieße mein Leben allein sehr."

Diana, die noch an einem Tisch saß, an dem gerade ein Spiel zu Ende ging, stieß einen kleinen Freudenschrei aus. Monty war ihr Partner, und er nickte zufrieden. Jasper, der am selben Tisch saß und mit einer von Miss Bobbins Schülerinnen spielte, stöhnte. Er klopfte Monty auf die Schulter, nickte dann Diana und der anderen Frau zu und lehnte sich vom Tisch zurück.

Ich hatte eigene Neuigkeiten. „Wusstest du, dass Diana beabsichtigt, Spendenaktionen für die beiden Wohltätigkeitsorganisationen zu sponsern, deren Bücher mich Lola hat überprüfen lassen?"

Minerva kniff die Augen zusammen. „Diana? Engagiert sich in Wohltätigkeitsarbeit?"

„Ja. Sie hat von Lolas Tod gehört und kam heute sofort zu mir. Sie war ziemlich erschüttert und mitgenommen. Sie hatte sich nach ihrem Streit bei Lola entschuldigen wollen, aber sie wird nie die Gelegenheit dazu bekommen."

„Aber woher wusste sie von den Wohltätigkeitsorganisationen?", fragte Minerva. „Das ist nicht allgemein bekannt."

„Ich habe es ihr gesagt." Ich hatte keine Bedenken mehr bezüglich der Vertraulichkeit meines Klientenverhältnisses mit Lola. Alle meine Interaktionen mit Lola würden im Polizeibericht stehen und während der Verhandlungen von Alec und Constance an die Öffentlichkeit gelangen. „Ich habe angedeutet, dass ich mich über eine Spende in Lolas Namen freuen würde. Das war das Einzige, was ich vorschlagen konnte. Ein paar Stunden später habe ich Anrufe von würdigen alten Damen in den Vorständen der Wohltätigkeitsorganisationen bekommen. Sie waren von Dianas Plänen begeistert. Sie hat nicht nur selbst zwei ziemlich große Spenden getätigt, sie wird die Wohltätigkeitsorganisationen auch als ihre eigenen Projekte begleiten."

„Nun, Diana verschwendet sicher keine Zeit, nicht wahr?", sagte Minerva, als Jasper durch den Raum kam und sich uns anschloss.

Er fragte: „Hat eine von euch die Abendzeitung gesehen? Nein? Dann dürfte euch der Artikel auf der Titelseite interessieren."

Er holte eine Zeitung aus der Innentasche seiner Jacke. Sie war auf ein Viertel ihrer Größe gefaltet. Er entfaltete sie und enthüllte eine Überschrift in fetten Lettern: *Abgeordneter hat Liebesnest in Bloomsbury.*

Minerva beugte sich vor. „Das ist ein Bild der South Regent Mansions."

Jasper reichte ihr die Zeitung. „Ja. Underhills ehemalige Geliebte hat ein Interview gegeben. Da ist alles drin, was das Lesepublikum erfreut – ein Geheimgang, eine Täuschung und ein Skandal. Faszinierende Lektüre."

Ich blickte über Minervas Schulter und fragte: „Was ist passiert? Warum redet sie jetzt mit den Zeitungen?"

„Anscheinend hat Underhill die Beziehung beendet. Sie war nicht erfreut und" – Jasper tippte auf eine Zeile am Ende des Artikels – „ihre neue Show hat morgen Premiere."

Minerva sagte: „Nun, Evans wird jetzt alle Hände voll zu tun haben. Die Reporter werden ihr Lager im Park aufschlagen und das Gebäude observieren."

„Du solltest sie besser nicht wissen lassen, dass du hier wohnst, Minerva", sagte ich. „Alle Reporter des *Hullabaloo* werden dich benutzen wollen, um hier reinzukommen."

„Gott bewahre! Vielleicht muss ich Evans bitten, die Kellertür sinnvoll zu nutzen und mich so ein- und ausgehen zu lassen, bis das Interesse nachlässt."

„Es wird die Situation in der politischen Arena sicherlich interessant machen", sagte Jasper, als Minerva die Hand ausstreckte, um ihm die Zeitung zurückzugeben.

Ich streckte die Hand danach aus. „Darf ich? Ich habe den Beatrice-Cartoon heute noch nicht gesehen."

„Genau genommen schon. Es ist die endgültige Version über Beatrice' schwungvolle Leidenschaften."

„Das hat mir gefallen", sagte ich, als ich die Seiten durchblätterte, um den Cartoon zu finden.

„Der Frau des Herausgebers vom *Express* hat es auch gefallen." Minervas Ton deutete darauf hin, dass hinter der Geschichte mehr steckte.

„Ach so?", fragte ich.

„Sehr sogar. Tatsächlich ist sie schon seit einiger Zeit ein Fan von mir. Sie hat ihrem Mann gesagt – und das offenbar ziemlich oft –, dass er ein Narr wäre, wenn er mich nicht dem *Hullabaloo* abwerben würde. Er ist ihrem Rat gefolgt und hat mich heute Nachmittag angerufen. Er hat mir eine Anstellung beim *Express* angeboten."

„Das ist wunderbar – solange es ein gutes Angebot ist", sagte ich.

„Es ist ein extrem gutes Angebot. Ich habe ihm gesagt, dass ich nicht bereit sei, den Arbeitgeber zu wechseln, es sei denn, ich hätte die vollständige Kontrolle über den Inhalt des Beatrice-Cartoons und wäre in der Lage, unabhängig zu arbeiten und ihm direkt zu unterstehen. Er hat zugestimmt."

Ich hob meine Teetasse. „Wie wunderbar. Glückwunsch!"

„Danke." Sie hob ihre Teetasse. „Trinken wir darauf, dass ich dem alten Harrison am Montag auf Wiedersehen sagen kann."

„Zum Wohl." Ich gab ihr die Zeitung zurück. „Dann solltest du die behalten", sagte ich mit einem Blick auf Jasper, der nickend zustimmte, dass ich seine Zeitung verschenkte.

„Wozu?", fragte Minerva.

„Für dein Archiv."

Etwas hinter mir hatte sie abgelenkt, doch ihre Aufmerksamkeit kehrte wieder zu mir zurück. „Mein Archiv? Hast du den Verstand verloren? Archive sind für ernsthafte Leute wie Dichter und Bühnenautoren gedacht. Ich werde nie ein Archiv brauchen."

„Da wäre ich mir nicht so sicher", sagte ich. „Karikaturistinnen sind ein eher seltener Schlag. Ich bin überzeugt, dass deine Skizzen und Notizen eines Tages an irgendeiner Universität zu finden sein werden, wo Wissenschaftler sie studieren werden."

„Sei nicht albern."

„Ich meine es so, jedes Wort, das ich sage, vollkommen ernst. Wenn ich so darüber nachdenke, sollte ich anfangen, ein paar Autogramme von dir zu sammeln."

Minerva lachte. „Nun, es ist eine nette Idee, auch wenn sie ziemlich weit hergeholt ist." Ihr Blick wanderte wieder zu einer Stelle hinter mir in der Nähe des Esstisches. Ich drehte mich um, um zu sehen, was sie interessierte. Mr. Culpepper war allein im Esszimmer. Als ich mich in seine Richtung drehte, wandte er sich ab, schob mit dem Zeigefinger seine Brille an seiner Nase empor und betrachtete interessiert die Macarons.

Minerva rüttelte an meinem Arm. „Vergraul ihn nicht, Olive. Ich habe hart gearbeitet, um ihn so weit zu bringen." Ich drehte mich zu ihr um. „Wie weit?"

„Er hat mich zum Abendessen eingeladen."

„Faszinierend! Hast du Ja gesagt?"

„Das habe ich. Ich denke über eine neue Handlung für den Cartoon nach. Ich denke, Beatrice könnte einem Wissenschaftler- oder Erfindertyp begegnen. Ich kann mir mehrere mögliche Handlungsstränge vorstellen, die aus dieser Situation entstehen könnten. Ich musste Ja sagen ... schon allein zu Forschungszwecken."

„Ich denke, Mr. Culpepper könnte ein großer Fan dieser Forschung sein."

„Das hoffe ich sehr." Sie hob ihre Untertasse. „Oh, sieh an, ich habe keinen Tee mehr. Ich glaube, ich brauche noch eine Tasse."

Sie gesellte sich zu Mr. Culpepper und sie kamen ins Gespräch. Keiner von ihnen füllte seine Teetassen nach.

„Apropos interessante Verbindungen ...", sagte ich zu Jasper und neigte meinen Kopf in Richtung von Miss Bobbin und Mr. Popinjay, die sich freundschaftlich unterhielten. „Was ist da passiert? Wer hätte gedacht, dass sie sich so gut verstehen würden." Ace trottete herbei und schnupperte an Mr. Popinjays Knöchel, der sich bückte, um dem Hund die Ohren zu kraulen. „Haben sie einen Waffenstillstand erklärt?"

Jasper sagte: „Ich glaube, es hat mit Mrs. Attenboroughs frühem Verschwinden heute Abend zu tun."

„Ich habe bemerkt, dass sie gegangen ist. Was war der Grund?"

„Miss Bobbin und Mr. Popinjay haben heute beim Bridge zusammen gespielt. Jemand hat in letzter Minute abgesagt, und es blieb ihnen nichts anderes übrig, als sich zusammenzutun und den letzten Tisch zu besetzen. Sie haben mit Mrs. A und ihrem Partner gespielt. Es stellte sich heraus, dass sie eine Kraft sind, mit der man rechnen muss, wenn es um Bridgespielen geht."

„Du sprichst immer noch von Miss Bobbin und Mr. Popinjay?"

„Ja. Mrs. A hat zu Beginn des Spiels ein paar abfällige Bemerkungen über Bridge-Lehrer gemacht. Anscheinend verliert sie selten, das sagt sie zumindest, und sie musste nie Unterricht nehmen. Sie hat auch erwähnt, dass sie Katzen nicht mag und sie räudig genannt. Doch Mr. Popinjay hat sich als recht guter Spieler erwiesen."

„Also haben Miss Bobbin und Mr. Popinjay zusammengearbeitet? Als Partner?", fragte ich erneut und versuchte immer noch, es zu begreifen.

„Ja", sagte Jasper.

„Wie ist es ausgegangen?"

„Völlige Vernichtung. Es war eine ziemliche Show. Sie haben Mrs. A gründlich den Allerwertesten versohlt. Daraufhin ist ihr plötzlich eingefallen, dass sie einen dringenden Anruf tätigen musste."

„Nun, das ist eine Wendung, die ich nicht erwartet habe."

Als jemand an die Tür klopfte und Miss Bobbin verschwand, um zu öffnen, bemerkte ich: „Vielleicht ist Mrs. Attenborough für ein Rückspiel zurückgekommen."

Aber Miss Bobbin kehrte allein zurück. Sie hielt einen Brief in der Hand und schob sich durch die Menschenmenge zu Jasper.

„Das ist gerade für Sie abgegeben worden, Mr. Rimington. Evans hat den Boten direkt nach oben geschickt."

„Danke." Jasper blickte auf die Adresse und murmelte vor sich hin: „Ja, Grigsby weiß, dass ich das sofort würde sehen wollen, und hat es mir hierher geschickt." Er riss den Umschlag auf und überflog die Zeilen.

Ich beobachtete sein Gesicht, aber es verriet nichts. „Keine schlechten Nachrichten, hoffe ich."

„Nein, eher das Gegenteil." Er blickte auf. „Ich wurde zu einer Reise eingeladen. Es ist eine Gruppenreise. Was sagst du zu einem Urlaub?"

„Ich finde, das ist ein sehr interessanter Vorschlag. Ich würde gern mehr hören."

∾

DIE GESCHICHTE HINTER DER
GESCHICHTE

Vielen Dank, dass Sie Olive auf ein weiteres Abenteuer begleitet haben. Ich reise immer gern zurück in die Goldenen Zwanziger. Es ist eine schöne Flucht vor den Problemen und dem Stress der modernen Welt.

Die Inspiration für diesen Roman kam teilweise von meinen Recherchen über das Leben im London der 1920er-Jahre und auch von Agatha Christies Kurzgeschichte „The Third Floor Flat" (Tod im dritten Stock) sowie der gleichnamigen Folge der Poirot-Fernsehserie. Christie-Fans werden auch meine Anspielung zu Christies Buch „Why Didn't They Ask Evans?" (Ein Schritt ins Leere) bemerkt haben. Ich habe absichtlich den Namen Evans für den Portier in der Geschichte gewählt, als Hommage an Christies Krimis, die mich inspiriert haben.

Beim Schreiben bin ich in mehrere Recherche-„Kaninchenlöcher" vorgedrungen, darunter einen tiefen Einblick in die Welt der weiblichen Karikaturisten des frühen 20. Jahrhunderts. „The Flapper Queens: Women Cartoonists of the Jazz Age" (Die Flapper-Königinnen: Cartoonistinnen der Jazz-Ära) von Trina Robbins mir einem Einblick in die wunderschöne Kunst weiblicher Cartoonistinnen. Das Buch ist leider nicht auf Deutsch erhältlich, doch selbst, wenn man der englischen Sprache nicht mächtig ist, sind die vielen Zeichnungen und Skizzen einen Blick wert. Ursprünglich hatte ich geplant, mehr Details über Minervas Arbeit als Cartoonistin aufzunehmen, doch die Geschichte konzentrierte sich mehr auf die South Regent Mansions, sodass diese Details die Erzählung gestört hätten. Wenn Sie interessiert sind, sehen Sie sich einige der frühen Cartoon-Zeichnerinnen wie Nell Brinkley, Fay King und Ethel Hays an, deren Flapper-Fanny-Cartoon die Beatrice-Cartoons inspiriert hat.

Ich habe auch einige faszinierende Informationen über den Flying Scotsman gefunden – obwohl es viel einfacher war, Details über die Lokomotive namens Flying Scotsman herauszufinden, die einige ziemlich begeisterte Fans hat, als über das Reisen an Bord. Sie können immer noch die Route des Flying Scotsman bereisen, doch die Fahrt dauert heute nur etwas mehr als vier Stunden und die Züge sind nicht mehr so elegant wie zu Olives Zeiten. Auch die Verpflegung und die Innenausstattung der Waggons haben sich verändert. Leider konnte ich diese Bahnfahrt nicht persönlich unternehmen. Ich habe dieses Buch geschrieben, während COVID-19 das Reisen eingeschränkt hat, aber ich habe die Reise durch Bücher und auf YouTube unternommen.

Als ich diesen Roman geplant habe, habe ich überlegt, wie der Mord begangen und wie die Leiche transportiert worden sein könnte. Dazu gehörte auch die Überlegung, wie die beiden die Gepäckaufbewahrung des Bahnhofs nutzen würden. Erst als ich etwa die Hälfte des Buchs geschrieben hatte, habe ich von den berühmten „Koffermorden" der 1930er-Jahre erfahren, bei denen

Gepäck an den Bahnhöfen Brighton und King's Cross zurückgelassen wurde. Genauere Recherchen ergaben, dass in einem Fall aus dem Jahr 1924, der als „Bungalow-Mord" bekannt wurde, auch Beweisstücke an einem Bahnhof gefunden wurden, diesmal in Waterloo.

Um zu einem erfreulicheren Thema überzugehen: Sie können weiterhin im Rules in London speisen und sich der langen Liste berühmter Gäste anschließen, zu der Charles Dickens, Charlie Chaplin, Clark Gable und Mitglieder der königlichen Familie gehören.

Und wenn Sie sich für Ruinen von Gutshäusern interessieren, werden Sie bei einer Internetsuche zahlreiche verlassene Häuser finden. Mit der Erhöhung der Erbschaftssteuern und den wirtschaftlichen Veränderungen in den 1920er-Jahren wurden viele Landgüter zerstört oder aufgegeben, weil sich die Familien den Unterhalt nicht mehr leisten konnten. Einige, wie mein fiktives Astwick Manor, werden langsam von der Natur zurückerobert. Ich fand die Website Lost-Heritage.org.uk besonders hilfreich, um mir meine Ruine in Astwick vorzustellen.

Olive wird bald in einem weiteren Abenteuer zurück sein. Wenn Sie informiert werden möchten, wann das nächste Buch erscheint, melden Sie sich bitte für meine Updates unter SaraRosett.com/signup an. Außerdem erhalten Sie auf diesem Weg meine persönlichen Mystery-Buchempfehlungen sowie exklusive Inhalte und Giveaways.

ÜBER DIE AUTORIN

Die USA Today-Bestsellerautorin schreibt unterhaltsame Kriminalgeschichten für unbeschwerte Lesestunden für LeserInnen, die interessante Schauplätze, skurrile Charaktere und Rätsel mögen. Sie liebt Kriminalromane aus den Goldenen Zwanzigern, Jane Austen-Adaptionen und Reisen.

Sie ist die Autorin der historischen Kriminalroman-Serie *Detektivin mit Stil* sowie dreier zeitgenössischer Serien: der *Murder on Location*-Serie, der *On the Run*-Serie und der *Ellie Avery*-Serie. Sara ist die Schöpferin des Online-Kurses *How to Outline A Cozy Mystery* und Autorin von *How to Write a Series*. Zu ihren Sachbüchern gehört *The Bookish Sleuth: Mystery Reader's Journal and Planner*.

Publishers Weekly bezeichnet Saras Bücher als „zauberhaft", „spannend geschrieben" und „prickelnd". Sara liebt es, neue Stempel in ihrem Reisepass zu sammeln, und hält dunkle Schokolade für ein Grundnahrungsmittel. Erfahren Sie mehr unter www.SaraRosett.com.

WEITERE BÜCHER VON SARA ROSETT

Dies ist zum Zeitpunkt der Veröffentlichung Saras vollständige Bibliothek, doch Sara bringt ständig neue Bücher heraus. Melden Sie sich für ihre Updates unter www.SaraRosett.com/signup an, um über neue Veröffentlichungen auf dem Laufenden zu bleiben.

Verfügbar als E-Book, Audio und Print

Detektivin mit Stil

Mord auf Archly Manor

Mord auf Blackburn Hall

Der Mumienmord

Mord im Gesellschaftsanzug

Mord in Mayfair

Mord in einer klaren Nacht

Mord in den South Regent Mansions

*Mord in den Alpen**

*erscheint bald

Murder on Location

Death in the English Countryside

Death in an English Cottage Death in a Stately Home

Death in an Elegant City

Menace at the Christmas Market (Kurzgeschichte)

Death in an English Garden

Death at an English Wedding